COMPANHIA DAS LETRAS

DUBLINENSES

JAMES JOYCE nasceu em Dublin, em 2 de fevereiro de 1882. Era o mais velho dos dez filhos de uma família que, após uma breve prosperidade, caiu na pobreza. No entanto, foi educado nas melhores escolas jesuítas e depois no University College de Dublin. Em 1902, depois de se formar, mudou-se para Paris, por pensar que lá poderia estudar medicina. Porém logo acabou por assistir a aulas e por devotar-se à escrita de poemas e rascunhos e à elaboração de um "sistema estético". Chamado de volta a Dublin em abril de 1903, devido a uma doença fatal de sua mãe, ele rumou gradualmente para a carreira literária. No verão de 1904, conheceu uma jovem de Galway, Nora Barnacle, e convenceu-a a ir com ele para o continente, onde planejava lecionar inglês. O jovem casal passou alguns meses em Pola (hoje na Croácia); depois, em 1905, mudou-se para Trieste, onde, exceto por sete meses em Roma e por três viagens a Dublin, eles viveram até junho de 1915. Tiveram dois filhos, um menino e uma menina. O primeiro livro de Joyce, os poemas de *Música de câmara*, foi publicado em Londres, em 1907; e *Dublinenses*, um livro de contos, em 1914. Com a entrada da Itália na Primeira Guerra Mundial, Joyce viu-se obrigado a se mudar para Zurique, onde permaneceu até 1919. Nesse período, publicou *Um retrato do artista quando jovem* (1916) e *Exilados* (1918), uma peça. Depois de um breve retorno a Trieste após o armistício, Joyce decidiu mudar-se para Paris a fim de ter mais facilidade na publicação de *Ulysses*, um livro em que estivera trabalhando desde 1914. Na verdade, o livro foi publicado no seu aniversário, em Paris, em 1922, e deu-lhe fama internacional. No mesmo ano, ele começou a trabalhar em *Finnegans Wake*; e, apesar de estar muito perturbado com problemas num olho e profundamente abalado pela doença mental de sua filha, completou o livro e o publicou em 1939. Depois do começo da Segunda Guerra Mundial, ele foi morar na França ainda não ocupada e então conseguiu uma permissão, em dezembro de 1940, para retornar a Zurique, onde morreu em 13 janeiro de 1941. Foi enterrado no cemitério Fluntern.

CAETANO W. GALINDO nasceu em 1973 em Curitiba, onde mora com sua mulher. É professor da Universidade Federal do Paraná. Entre outras obras, traduziu *Os mortos*, *Finn's Hotel* e *Ulysses*, de James Joyce. Escreveu *Sim, eu digo sim*, um guia de leitura do *Ulysses*. É pai de uma filha e de alguns textos acadêmicos sobre tradução, teoria do romance e sobre a obra de James Joyce.

JAMES JOYCE

Dublinenses

Tradução, notas e cronologia de
CAETANO W. GALINDO

2ª reimpressão

COMPANHIA DAS LETRAS

Grafia atualizada segundo o Acordo Ortográfico da Língua Portuguesa de 1990, que entrou em vigor no Brasil em 2009.

Published by Companhia das Letras in association with Penguin Group (USA) Inc.

TÍTULO ORIGINAL
Dubliners

PREPARAÇÃO
Ana Cecília Agua de Melo

CRONOLOGIA
Caetano W. Galindo

REVISÃO
Fernando Nuno
Carmen T. S. Costa

Dados Internacionais de Catalogação na Publicação (CIP)
(Câmara Brasileira do Livro, SP, Brasil)

Joyce, James, 1882-1941.
Dublinenses/ James Joyce ; tradução, notas e cronologia de Caetano W. Galindo. — 1ª ed. — São Paulo: Penguin Classics Companhia das Letras, 2018.

Título original: Dubliners.
ISBN 978-85-8285-077-0

1. Contos irlandeses I. Galindo, Caetano W. II. Título.

18-18906 CDD-Ir823

Índice para catálogo sistemático:
1. Contos : Literatura irlandesa Ir823

Maria Paula C. Riyuzo — Bibliotecária — CRB 8/7639

EDITORA SCHWARCZ S.A.
Rua Bandeira Paulista, 702, cj. 32
04532-002 — São Paulo — SP
Telefone: (11) 3707-3500
www.penguincompanhia.com.br
www.blogdacompanhia.com.br
www.companhiadasletras.com.br

Sumário

Nota do tradutor

Dublinenses é, de certa forma, o livro mais *seguro* de Joyce, aquele que provavelmente está mais próximo dos cânones da alta literatura de seu tempo. E, nesse sentido, talvez seja o livro mais perfeito de sua obra em prosa.

A maior glória de seus romances posteriores pode estar justamente no que eles têm de "imperfeição", de arestas e de aparas. Mesmo assim, é incrível ler nestes contos a versão acabada, econômica, praticamente *irretocável* de Joyce, especialmente se levarmos em conta que, apesar de o livro só ter sido publicado em 1914 (depois de uma verdadeira batalha que envolveu recusas, ameaças, livros queimados), seus contos foram na maioria escritos entre 1904 e meados de 1906. Ou seja, quando o autor tinha entre 22 e 24 anos.

Não conheço outro exemplo de um escritor tão jovem e tão maduro. Ele escreveu "Eveline", um lindo exercício de habitar o outro e de viver outra consciência, ainda antes de completar 23 anos. O único texto de 1907 aqui é "Os mortos", no qual Joyce parece ter atingido o ponto mais alto dessa sua prosa "convencional". Foi o único conto a que o romancista russo Vladimir Nabokov deu uma nota A+ em suas aulas de análise literária. E não sem razão.

É nesse conto também que fica mais aparente no livro o elemento biográfico que sempre caracterizou a literatura de Joyce, pois a história que fornece o clímax à narrativa surge do choque que o autor sofreu ao descobrir algo que não sabia do passado de sua esposa, Nora. Mas a vida de Joyce também ilumina a situação de Chandler em "Uma pequena nuvem", escrito logo depois do nascimento de seu primeiro filho; ou o dilema de Doran em "A casa de pensão", já que Nora era camareira de um hotel quando eles se conheceram; além de ter sido uma queda do próprio Joyce, depois de uma bebedeira, o que inspirou a cena de abertura de "Graça".

As notas que elaborei para este volume, no entanto, tentam não entrar no domínio da "interpretação", nem no da biografia. Escolhemos anotar apenas o que não fosse facilmente elucidável de outra maneira: especialmente dados da cultura da época, da geografia dublinense e da história irlandesa. Por exemplo, a confissão protestante de certa instituição ou pessoa representa, às vezes, a chave para o desprezo na católica Dublin, que na época ainda estava sob o domínio da Inglaterra anglicana. Registrar, por outro lado, todas as pessoas e locais "reais" poderia ser excessivo num livro cuja publicação foi sendo adiada justamente pelo que o meio literário de então julgava ser uma presença "exagerada" (e talvez juridicamente complicada) de pessoas, dados, cenas e elementos da realidade.

Outra questão complexa se refere ao dinheiro. Primeiro porque, antes da decimalização de 1971, a moeda britânica era dividida de maneira nada clara para nós, sendo que uma libra equivalia a vinte xelins e um xelim, a doze pence.

As moedas ainda podiam ter nomes específicos. Assim, a de uma libra se chamava *soberano* e uma *coroa* valia cinco xelins. Sem contar que o singular de pence é pêni, e que um *guinéu* vale 21 xelins, sendo uma espécie de *libra generosa* e, portanto, de pretensões aristocráticas.

Ainda mais complexo é o problema de determinar correspondências de valores. Como bem sabem os economistas, apenas acrescentar a inflação pode gerar graves distorções, e comparar o poder de compra nem sempre é possível, já que a escassez ou o prestígio de determinados itens podem variar com o tempo, alterando também seu valor monetário. Quando necessário, especialmente nos contos em que esse dado é central para a leitura (como em "Arábias"), tento dar uma correspondência estimada, possível, em valores em reais de 2018.

Especificamente quanto à tradução, tenho que registrar primeiro a imensa dívida que eu, como qualquer tradutor de *Dublinenses*, tenho para com o livro *Joyce Annotated*, de Don Gifford, fonte principal para estas notas, junto com recursos mais novos e também interessantes como o *Digital Dubliners*, de Joseph Nugent, e outros textos mencionados nas "Sugestões de leitura".

No que se refere a questões linguísticas, vale comentar que especialmente os diálogos do livro estão cheios de marcas "regionais" dublinenses que, claro, se perdem como tais em tradução. Mas a tentativa de marcar essa oralidade e sua singularidade pode também gerar certo estranhamento no texto em português. Em alguns momentos, também (especialmente em "Dia de hera na sala do comitê", em que o nacionalismo é mais tematizado), optamos por manter as palavras pronunciadas em irlandês (ou gaélico), a língua céltica nativa da Irlanda que, na virada para o século XX, começava a ter seu uso novamente incentivado.

Dublinenses é ainda a apresentação de mais de trinta personagens (registrados aqui nas notas) que veremos de novo no *Ulysses*, de modo que, depois da edição anotada de *Um retrato do artista quando jovem* e da publicação do guia de leitura *Sim, eu digo sim*, este livro agora conclui, quinze anos depois, o projeto de apresentar ao leitor brasileiro a maneira mais completa de acessar o maior romance do século XX.

E conclui com um *bônus*.

Se no *Ulysses* tive a colaboração de Paulo Henriques

Britto e, no *Retrato*, contei com a revisão de Cristian Clemente, quem releu os contos e deu inestimáveis sugestões neste livro foi Vitor Alevato do Amaral, que além de tudo assina a tradução de "O velho vigia", de Berkeley Campbell, conto que encerra o volume. Vitor pescou da fortuna crítica joyciana a referência ao conto que acabou servindo de mote para a escrita de "As irmãs" e que, apresentado aqui, permite que o leitor conheça mais um pouco do método de reelaboração e apropriação de Joyce.

Agradeço, assim, na pessoa do Vitor, a todos que ajudaram nessa década e meia de um *projeto Ulysses*, que só pôde ter o tamanho que tem por incluir gente maior do que eu, colegas tradutores, preparadores, revisores e o grande editor André Conti.

Vamos ao projeto *Finnegans Wake*.

Quanto a você, *Go n-éirí an bothar leat.*
Que tua estrada seja boa.
E muito obrigado.

Dublinenses

As irmãs*

Ele já não tinha chance: era o terceiro derrame. Noites a fio eu passei pela casa (era tempo de férias) e examinei o quadrado iluminado da janela: e noites a fio eu o vi iluminado da mesma maneira, tênue e regularmente. Se estivesse morto, pensei, eu veria o reflexo das velas na persiana escurecida porque eu sabia que se devia pôr duas velas na cabeceira de um morto. Ele tinha me dito muitas vezes: *Logo não vou mais ser deste mundo*, e eu tinha achado que era bobagem. Agora sabia que era verdade. Toda noite quando ficava fitando a janela eu me dizia baixinho a palavra "paralisia".** Ela sempre me soou estranha, como a palavra "gnômon" no Euclides e a palavra "simonia" no Catequismo. Mas agora me soava como o nome de algum ser malévolo e pecaminoso. Ela me enchia de medo, e mesmo assim eu queria me aproximar mais e contemplar seus efeitos fatais.

O velho Cotter estava sentado diante da lareira, fumando, quando eu desci para jantar. Enquanto a tia servia o meu cozido ele disse, como quem retoma um comentário anterior:

— Não, eu não diria que ele era exatamente... mas ti-

* Tanto freiras quanto enfermeiras são chamadas de "sisters" na Irlanda.

** A palavra podia ser usada como eufemismo para a fase final da sífilis.

nha algum desvio... tinha alguma coisa esquisita nele. Eu vou te dizer o que eu acho...

Começou a chupar o cachimbo, sem dúvida arrumando as opiniões na cabeça. Velho bobo e chato! Assim de cara ele era bem interessante, falando de cabeças* e de serpentinas; mas eu logo cansei dele e daquelas estórias sobre a destilaria, que não acabavam mais.

— Eu tenho aqui a minha teoria — ele disse. — Eu acho que ele era um desses... casos peculiares**... Mas é difícil dizer...

Começou a chupar de novo o cachimbo sem dizer qual era a teoria. O meu tio me viu encarando e me disse:

— Bom, então o chato é que o teu amigo foi-se embora.

— Quem? — eu disse.

— O padre Flynn.

— Ele morreu?

— O sr. Cotter aqui acabou de contar pra gente. Ele passou ali pela casa.

Eu sabia que estava sendo observado, então continuei comendo como se a notícia não tivesse interesse. O tio explicou ao velho Cotter.

— O menino e ele eram bem chegados. O velhote ensinou bastante coisa pra ele, ah mas ensinou; e dizem que queria muito bem o guri.

— Deus tenha piedade da alma dele — disse a tia, pia.

O velho Cotter me olhou um tempo. Eu sentia que aqueles olhinhos pretos estavam me examinando mas não ia lhe dar o gostinho de desviar o rosto do prato. Ele voltou ao cachimbo e finalmente cuspiu grosseiro na grade.

— Eu não ia querer que algum filho meu — ele disse — ficasse de muita conversa com um homem daquele tipo.

— Como assim, sr. Cotter? — perguntou a tia.

— Como assim — disse o sr. Cotter — é que faz mal

* Primeira fração, desprezada, da destilação.

** Ele não foi excomungado, mas está fora da Igreja.

pros meninos. A minha ideia é a seguinte: deixa os guris correrem por aí e brincarem com os guris da idade deles e não ficar... Eu não estou certo, Jack?

— É o meu princípio, também — disse o tio. — Ele que aprenda a se defender. É o que eu vivo dizendo aí pra esse rosa-cruz: faça exercício. Ora, quando eu era menininho todo santo dia de manhã eu tomava um banho frio, inverno ou verão. E é isso que me dá força hoje. Isso de educação é muito bom e tudo... O sr. Cotter pode querer um pedacinho daquele pernil de carneiro — ele acrescentou para a tia.

— Não, não, pra mim não — disse o velho Cotter.

A tia trouxe o prato da arca e largou na mesa.

— Mas por que o senhor acha que não presta pras crianças? — ela perguntou.

— Não presta — disse o sr. Cotter — porque a cabecinha delas é impressionável demais. Quando uma criança vê uma coisa dessas, a senhora sabe, tem um efeito...

Entupi a boca de mingau de medo de dar voz à minha raiva. Chato imbecil do nariz vermelho!

Era tarde quando eu peguei no sono. Apesar de estar com raiva do velho Cotter por se referir a mim como uma criança eu fiquei revirando a cabeça para extrair algum sentido daquelas frases entrecortadas. No escuro do quarto imaginei que estava vendo de novo o rosto cinza e pesado do paralítico. Puxei os cobertores para cima da cabeça e tentei pensar no Natal. Mas o rosto cinza ainda me seguia. E murmurava; e eu entendi que ele desejava confessar alguma coisa. Sentia a minha alma se recolher a alguma região gostosa e má; e lá mais uma vez ele estava me esperando. Começou a se confessar comigo numa voz murmurante e eu fiquei pensando por que o rosto sorria continuamente e por que os lábios estavam tão úmidos de saliva. Mas aí lembrei que ele tinha morrido de paralisia e senti que eu também estava sorrindo bem de leve como que para absolver o simoníaco do seu pecado.

Na manhã seguinte depois do café eu fui dar uma olhada na casinha da Great Britain Street. Era uma lojinha discreta, registrada com o vago nome de *Armarinho*. O armarinho consistia basicamente de galochas de criança e guarda-chuvas; e em dias normais ficava uma placa na janela, que dizia: *Recobrimos guarda-chuvas*. Agora não se viam placas pois as persianas estavam baixadas. Um buquê de luto estava atado à maçaneta com fita. Duas mulheres pobres e um mensageiro de telegrama liam o cartão preso ao crepe. Eu também me aproximei e li:

> Primeiro de julho, 1895
> Rev. James Flynn (anteriormente da igreja de Sta. Catarina, Meath Street),
> sessenta e cinco anos de idade.
> Descanse em Paz

Ler o cartão me convenceu de que ele estava morto, e foi incômodo perceber que eu estava sem rumo. Se ele não estivesse morto eu teria subido até o quartinho escuro atrás da loja para encontrá-lo sentado na sua poltrona junto da lareira, quase sufocado pelo casacão. Talvez eu chegasse com um pacote de High Toast que a tia mandou para ele e esse presente o fizesse sair daquele sono pasmado. Era sempre eu quem esvaziava o pacotinho na caixa de rapé porque as mãos lhe tremiam demais para ele fazer isso sem derramar metade pelo chão. Mesmo quando ele erguia a mão enorme e trêmula até o nariz umas nuvenzinhas de fumo escorriam por entre os seus dedos e caíam no peito do casaco. Podem ter sido essas chuvas constantes de rapé que deram às suas antigas roupas sacerdotais aquela aparência verde desbotada, pois o lenço vermelho, preto, como sempre, por causa de manchas de rapé de uma semana, com que ele tentava varrer os grãos caídos, era praticamente inútil.

Eu queria entrar e dar uma olhada nele, mas não tinha

coragem de bater. Fui me afastando pelo lado da rua que estava no sol, lendo todos os anúncios teatrais nas vitrines enquanto andava. Achei estranho que nem eu nem o dia parecíamos estar de luto e me senti até irritado por descobrir em mim uma sensação de liberdade como se a morte dele tivesse me libertado de alguma coisa. Fiquei espantado com isso porque, como o tio tinha dito na noite anterior, ele tinha me ensinado muito. Tinha estudado no colégio irlandês em Roma* e me ensinado a pronunciar latim direito. Tinha me contado histórias das catacumbas e de Napoleão Bonaparte, e me explicado o significado das diversas cerimônias da Missa e das diferentes vestes que o padre usa. Às vezes ele se divertia me fazendo perguntas difíceis, perguntando o que a gente devia fazer em certas circunstâncias ou se esse ou aquele pecado era mortal ou venial ou só uma imperfeição. As perguntas dele me mostravam o quanto eram complexas e misteriosas certas instituições da Igreja que eu sempre tinha considerado serem os atos mais simples. Os deveres do padre para com a Eucaristia e para com o segredo do confessionário me pareciam tão sérios que me espantava que alguém tivesse achado em si a coragem de enfrentá-los; e eu não me surpreendi quando ele me disse que os pais da Igreja tinham escrito livros da grossura do *Diretório postal* e com uma letra tão miudinha quanto a dos anúncios jurídicos no jornal, para elucidar todas aquelas questões complicadas. Muitas vezes quando pensava nisso eu não conseguia achar nenhuma resposta ou só uma bem boba e hesitante, quando então ele sorria e fazia que sim com a cabeça duas ou três vezes. Às vezes ele me fazia repetir os responsórios da Missa, que tinha me feito decorar; e, enquanto eu titubeava, ficava sorrindo pensativo e fazendo que sim, vez por outra metendo imensas pitadas de rapé nas narinas, uma de cada vez. Quando sorria

* O que significa que se acreditava muito no seu potencial.

ele revelava uns dentes enormes e descoloridos e deixava a língua apoiada no lábio inferior — um costume que me deixou incomodado nos primeiros tempos antes de eu o conhecer melhor.

Andando ali sob o sol eu lembrei as palavras do velho Cotter e tentei lembrar o que tinha acontecido depois, no sonho. Lembrei que tinha percebido umas cortinas compridas de veludo e uma luminária antiquada que balançava. Parecia que eu tinha estado bem longe, em alguma terra com costumes estranhos — na Pérsia, eu achava... mas não conseguia lembrar o fim do sonho.

À tardinha a minha tia me levou com ela para visitar a casa enlutada. Foi depois do pôr do sol; mas os vidros das casas que davam para o oeste refletiam o ouro velho de uma imensa barragem de nuvens. Nannie nos recebeu no átrio; e, como não teria ficado bem gritar com ela, a minha tia lhe apertou a mão e só. A velha apontou para cima com ar interrogativo e, depois de um aceno da minha tia, foi subindo laboriosamente a escadinha estreita à nossa frente, com a cabeça baixa mal ficando acima do nível do corrimão. No primeiro patamar ela parou e fez sinal para nos encorajar a seguir até a porta aberta do quarto do morto. Minha tia entrou e a velha, ao ver que eu hesitava, começou a me fazer repetidos sinais com a mão, chamando.

Fui na pontinha dos pés. O quarto pela franja rendada da cortininha se afundava em uma densa luz dourada em meio à qual as velas lembravam vagas chamas finas. Ele estava no caixão. Nannie foi a primeira e nós três nos ajoelhamos ao pé da cama. Eu fingi que estava rezando mas não conseguia pôr a cabeça em ordem porque o resmungo da velha me distraía. Percebi como a saia dela estava enganchada toda torta ali atrás e que os saltos dos dois pés das suas botas estavam gastos só de um lado. E me veio a ideia de que o padre velho estava ali no caixão sorrindo.

Mas não. Quando levantamos e fomos até a cabeceira da cama eu vi que ele não estava sorrindo. Estava ali, solene e copioso, trajado como que para o altar, mãos imensas frouxamente segurando um cálice. Tinha o rosto muito truculento, cinza e gigante, com negras narinas cavernosas e cercado de rala penugem branca. Havia um cheiro pesado no quarto — as flores.

Fizemos o sinal da cruz e saímos. Na salinha do térreo encontramos Eliza sentada na poltrona dele em toda a sua glória. Fui tateando até a minha cadeira de sempre no canto enquanto Nannie foi até o aparador e pegou um decantador de xerez e umas taças de vinho. Largou essas coisas na mesa e nos convidou a tomar um copinho. Então, quando a irmã pediu, ela serviu o xerez nos copos e os passou para nós. Ela me disse para aceitar umas bolachinhas salgadas também mas eu declinei porque achei que ia fazer barulho demais comendo. Ela pareceu um pouco desapontada com a minha recusa e foi silenciosamente até o sofá onde sentou atrás da irmã. Ninguém falou: nós todos ficamos olhando a lareira vazia.

A tia esperou até Eliza suspirar e aí disse:

— Enfim, ele foi pra um lugar melhor.

Eliza suspirou de novo e curvou a cabeça, concordando. A tia correu os dedos pelo pé da taça antes de tomar um golinho.

— E ele... em paz? — ela perguntou.

— Ah, foi bem tranquilo, dona — disse Eliza. — Não deu nem pra saber quando foi que ele parou de respirar. Foi uma morte linda, graças a Deus.

— E tudo...?

— O padre O'Rourke veio falar com ele na terça e deu a unção e preparou e tudo mais.

— Então ele já sabia?

— Ele tinha aceitado.

— Parece mesmo, de olhar pra ele — disse a tia.

— A mulher que a gente chamou pra lavar o corpo

disse bem isso mesmo. Ela disse que parecia que ele estava era dormindo, de tão tranquilo, que ele tinha aceitado. Ninguém podia imaginar que ele ia dar um defunto tão bonito.

— Verdade mesmo — disse a tia.

Ela tomou outro golinho da taça e disse:

— Bom, srta. Flynn, mas pelo menos deve ser um alívio saber que vocês fizeram tudo que podiam por ele. Vocês duas foram muito boas com ele, foram de verdade.

Eliza alisou o vestido nas pernas.

— Ah, coitadinho do James! — ela disse. — Deus bem sabe que a gente fez o que podia, assim com a nossa pobreza; a gente não deixou faltar nada pra ele enquanto ele estava daquele jeito.

Nannie encostou a cabeça na almofada do sofá e parecia prestes a cair no sono.

— Olha a coitada da Nannie — disse Eliza, olhando para ela —, ela está um trapo. O trabalho que deu, pra ela e pra mim, chamar a mulher pra lavar o corpo e aí ajeitar na cama e aí o caixão e aí marcar a missa na capela. Não fosse o padre O'Rourke eu nem sei o que a gente ia ter feito da vida. Foi ele que trouxe esse monte de flor e aqueles dois candelabros lá da capela e escreveu a notícia pro *Freeman's General** e cuidou de toda a papelada do cemitério e do seguro do coitadinho do James.

— Coisa mais simpática, não é? — disse a minha tia.

Eliza fechou os olhos e sacudiu a cabeça devagar.

— Ah, amigo bom é sempre o das antigas — ela disse —, no fim das contas, os que dão confiança.

— Verdade, isso mesmo — disse a minha tia. — E eu tenho certeza que agora que ele foi receber a recompensa eterna ele não vai esquecer de vocês e dessa bondade toda com ele.

* O *Freeman's Journal and National Press*, citado em outros contos e também no *Ulysses*.

— Ah, coitado do James! — disse Eliza. — Ele nem dava trabalho. Ele não fazia mais barulho do que está fazendo agora aqui em casa. Ainda assim, eu sei que ele não volta mais e tal e tudo...

— Quando acabar tudo é que vocês vão sentir saudade — disse a minha tia.

— Eu sei — disse Eliza. — Eu não vou mais ficar levando o caldinho de carne pra ele, nem a senhora vai ficar mandando o rapé. Ah, coitadinho do James!

Ela parou, como se estivesse revivendo o passado, e aí disse mordaz:

— Mas veja bem, eu percebi que tinha alguma coisa esquisita com ele nos últimos tempos. Toda vez que eu chegava com a sopinha dele, ele estava ali com o breviário largado no chão, afundado na poltrona e de boca aberta.

Ela encostou um dedo no nariz e cerrou o cenho: então prosseguiu:

— Só que mesmo assim ele ficava dizendo que antes de acabar o verão ele ia dar uma volta quando desse um dia bonito só pra ver a nossa casa velha de novo onde a gente nasceu, todo mundo, lá em Irishtown,* e que ia levar eu e a Nannie com ele. Era só a gente conseguir arrumar uma dessas carruagens que andaram inventando, que não fazem barulho, que o padre O'Rourke disse pra ele que agora tem por aí — essas com as rodas reumáticas — baratinha por um dia só, ele dizia, lá no Johnny Rush** e aí ir os três juntos num domingo de tarde. Ele tinha encasquetado com isso... Coitado do James!

— Que o Senhor tenha piedade da alma dele! — disse a minha tia.

Eliza pegou o lencinho e enxugou os olhos com ele. Então ela o guardou de novo no bolso e ficou um tempo olhando a grade vazia sem falar.

* Dado que marca as origens muito humildes da família.

** Locador de carros e coches.

— Ele sempre foi detalhista demais — ela disse. — Os deveres do sacerdócio foi demais pra ele. E aí tem isso que a vida dele foi, assim... enviesada.

— Pois é — disse a minha tia. — Era um homem desapontado. Dava pra ver.

Um silêncio tomou conta da salinha e, protegido por ele, eu me aproximei da mesa e provei meu xerez e aí voltei quietinho para a minha cadeira no canto. Eliza parecia ter caído numa profunda contemplação. Nós esperamos respeitosamente ela romper o silêncio: e depois de uma longa pausa ela disse devagar:

— Foi aquele cálice que ele quebrou... foi ali que começou. Claro, eles dizem que tudo bem, que não tinha nada ali dentro,* quer dizer. Mas ainda assim... Dizem que foi culpa do menino. Mas o coitado do James estava tão nervoso, que Deus tenha misericórdia dele!

— E foi isso mesmo? — disse a minha tia. — Eu ouvi dizer...

Eliza fez que sim.

— Afetou a cabeça dele — ela disse. — Depois disso ele foi ficando cabisbaixo, sem falar com ninguém e andando à toa sozinho. Aí uma vez precisaram dele pra ir atender uma pessoa de noite e ninguém encontrou ele. Procuraram por tudo mesmo; e nem pra ver sinal dele. Aí então o funcionário disse pra eles tentarem na capela. Aí então eles pegaram a chave e abriram a capela e o padre O'Rourke e um outro padre lá que estava com eles trouxeram uma lanterna pra procurar... e não é que ele estava bem ali mesmo, sentado sozinho no escuro dentro do confessionário dele, bem acordadinho e meio que rindo, baixinho?

Ela parou de repente como quem escuta. Eu também tentei ouvir; mas não havia sons na casa: e eu soube que

* Simplificação da questão teológica que sustenta que, nesse caso, apenas a "aparência" do vinho seria derramada, e não o sangue consagrado.

o velho padre ainda estava lá deitado no caixão como quando a gente foi ver, solene e truculento na morte, cálice à toa sobre o peito.

Eliza recomeçou:

— Bem acordadinho e meio que rindo... Aí então claro que quando eles viram aquilo, aquilo fez eles pensarem que tinha alguma coisa errada com ele...

Um encontro

Foi o Joe Dillon que mostrou o Velho Oeste para nós. Ele tinha uma bibliotequinha só de números antigos de *The Union Jack*, *Pluck* e *The Halfpenny Marvel*.* Todo dia depois da aula a gente ia pro quintal da casa dele e fazia umas batalhas de índio. Ele e o gordo do irmão mais novo dele, o encostado do Leo, defendiam a plataforma do estábulo que a gente ia sitiando com o nosso ataque; ou a gente fazia uma batalha campal no gramado. Mas, por mais que a gente lutasse bem, a gente nunca ganhou uma batalha de cerco e todas as nossas lutas terminavam com a dança de guerra do Joe Dillon. Os pais dele iam todo dia à missa das oito da manhã na Gardiner Street e o cheiro tranquilo da sra. Dillon dominava a entrada da casa. Mas ele brincava bruto demais pra quem era mais novo e mais tímido que nem a gente. Parecia um índio quando saltitava pelo quintal, com um abafador de chá na cabeça,** batendo com a mão numa lata e berrando:

— Ya! Yaka, yaka, yaka!

Todo mundo ficou incrédulo quando disseram que ele tinha vocação pra padre. Mas era verdade mesmo assim.

* Revistas para meninos publicadas na Inglaterra por um editor irlandês desde os primeiros anos da década de 1890.
** No original, *tea cosy*, uma cobertura de lã para manter o bule quente.

Um espírito de indisciplina foi se espalhando por todo mundo ali e, sob essa influência, diferenças de cultura e de constituição foram sendo apagadas. Nós formávamos um bando só, uns de um jeito mais atirado, outros só de brincadeira, e outros ainda quase amedrontados: e entre esses últimos, os índios relutantes que tinham receio de parecer estudiosos ou desprovidos de robustez, estava eu. As aventuras narradas na literatura do Velho Oeste eram totalmente distantes da minha natureza mas, pelo menos, abriam rotas de fuga. Eu preferia umas histórias americanas de detetives que eram atravessadas vez por outra por moças lindas, bravas e desleixadas. Embora nada houvesse de errado com essas histórias e embora por vezes tivessem intenções literárias, elas eram passadas em segredo na escola. Um dia, quando o padre Butler estava tomando as quatro páginas do livro de história romana, o desastrado do Leo Dillon foi pego com um exemplar de *The Halfpenny Marvel.*

— Esta página ou aquela? Esta página? Dillon, já de pé! *Mal começara o dia...* Continue! Que dia? *Mal começara o dia então...* Você estudou? O que é que você tem aí no bolso?

O coração de todos palpitava enquanto Leo Dillon entregava a revistinha e todos faziam cara de inocentes. O padre Butler foi virando as páginas, cara fechada.

— Que porcariada é essa? — ele disse. — *O chefe apache!* É isso aqui que você lê em vez de estudar história romana? Eu não quero mais ver essa sujeira aqui no colégio.* O sujeito que escreveu isso aqui, eu imagino que seja algum escritorzinho pé-rapado que escreve em troca de bebida. Eu fico muito surpreso que meninos como vocês, educados, leiam essas coisas. Daria para entender se vocês fossem... da National School.** Agora,

* O Belvedere College, onde Stephen Dedalus também estudou.

** Não apenas uma escola pública para famílias pobres, mas dominada pelo protestantismo inglês.

Dillon, eu recomendo muito que você comece a estudar de verdade ou...

Essa bronca durante as sóbrias horas escolares fez muito da glória do Velho Oeste empalidecer para mim, e o rosto confuso e inchado de Leo Dillon despertou uma das minhas consciências. Mas quando a influência disciplinadora da escola se fazia distante eu começava uma vez mais a buscar sensações violentas, a fuga que somente essas crônicas da desordem pareciam me oferecer. A caricatura de guerra das tardes acabou me parecendo tão tediosa quanto a rotina da escola de manhã porque eu queria que me acontecessem aventuras de verdade. Mas aventuras de verdade, eu refletia, não acontecem com quem fica em casa: você tem que ir atrás delas.

As férias de verão estavam próximas quando eu decidi escapar do tédio da vida escolar pelo menos por um dia. Com Leo Dillon e um menino chamado Mahony eu planejei um dia de cabulação. Cada um de nós guardou seis pence.* A gente ia se encontrar às dez da manhã na Canal Bridge. A irmã mais velha do Mahony ia escrever um bilhete para ele poder sair e o Leo Dillon ia mandar o irmão falar que ele estava doente. A gente marcou de ir pela Wharf Road até chegar aos navios, e aí atravessar de balsa e ir a pé até a Pigeon House.** Leo Dillon tinha medo de a gente encontrar o padre Butler ou alguém da escola lá; mas Mahony perguntou, com muita sensatez, o que é que o padre Butler iria fazer lá na Pigeon House. Nós ficamos mais tranquilos: e eu concluí a primeira fase do plano recolhendo os seis pence dos outros dois, ao mesmo tempo que mostrava os meus seis pence. Na hora de combinar os últimos detalhes no dia anterior

* Talvez menos de dez reais em valores de hoje.

** Que naquele tempo era a usina que fornecia a eletricidade de Dublin.

nós estávamos todos vagamente excitados. Trocamos apertos de mãos, rindo, e Mahony disse:

— Até amanhã, marujos.

Naquela noite eu dormi mal. De manhã fui o primeiro a chegar à ponte já que morava mais perto. Escondi os livros no mato alto perto do depósito das cinzas no fundo do jardim onde ninguém ia e saí correndo pela margem do canal. Era uma manhã agradável da primeira semana de junho. Fiquei sentado na mureta da ponte admirando meus frágeis sapatos de lona que tinha cuidadosamente branqueado com barro na noite anterior e vendo os cavalos mansos puxarem um bonde inteiro de trabalhadores morro acima. Todos os galhos das árvores altas que cercavam o Mall* estavam alegres com folhinhas verdes e a luz do sol passava oblíqua por entre elas para cair na água. O granito da ponte começava a esquentar e eu comecei a dar tapinhas na pedra ao compasso de uma melodia que tinha na cabeça. Estava muito contente.

Quando já fazia cinco ou dez minutos que eu estava ali eu vi o paletó cinza do Mahony se aproximar. Ele vinha morro acima, sorrindo, e trepou ali na mureta para ficar comigo. Enquanto a gente esperava ele pegou o bodoque que lhe enchia o bolso interno e me explicou uns melhoramentos que tinha feito nele. Perguntei por que ele tinha trazido o bodoque e ele me disse que só de farra, por causa dos passarinhos. Mahony usava bastante gíria, e chamava o padre Butler de Bico de Bunsen. Ficamos esperando mais quinze minutos mas nada do Leo Dillon aparecer. Mahony, por fim, desceu dali e disse:

— Anda. Eu sabia que o balofo ia cascar fora.

— E os seis pence dele...? — eu disse.

— Está no bolo — disse Mahony. — É melhor pra gente — um pila e seis em vez de um pila.

Acompanhamos a North Strand Road até chegarmos

* O Charleville Mall, perto da Newcomen Bridge.

à fábrica de Vitríolo e então entramos à direita na Wharf Road. Mahony começou a brincar de índio assim que nós nos vimos longe dos olhos públicos. Ele correu atrás de um grupinho de meninas maltrapilhas, brandindo o bodoque sem pedra, e, quando dois meninos maltrapilhos,* por cavalheirismo, começaram a jogar pedras em nós, ele propôs que nós devíamos atacar o grupo. Eu objetei que os meninos eram muito pequenos, e assim nós seguimos adiante, com a tropa maltrapilha atrás de nós aos berros: *Crentes! Seus crentes!* pensando que nós éramos protestantes porque Mahony, que tinha a pele mais escura, estava com o distintivo prateado de um clube de críquete no boné. Quando chegamos ao Ferro de Passar** nós montamos um cerco; mas foi um fracasso porque precisa de pelo menos três pessoas. Nós nos vingamos do Leo Dillon dizendo como ele era chato e imaginando quantos bolos*** ele ia levar do sr. Ryan às três da tarde.

Fomos chegando ao rio. Passamos muito tempo andando pelas ruas ruidosas cercadas de altos muros de pedra, vendo o trabalho de gruas e guindastes e muitas vezes ouvindo gritos dos condutores de gemebundas charretes por estarmos ali parados. Era meio-dia quando chegamos ao cais e, como aparentemente todos os peões estavam almoçando suas marmitas, compramos dois pães de groselha bem grandes e sentamos para comer em cima de uns canos de metal junto ao rio. Estávamos felizes com o espetáculo do comércio de Dublin — as barcaças marcadas já lá longe por seus cachos de fumaça felpuda, o marrom da frota de pesca para lá de Ringsend, o grande

* Alunos das *ragged schools*, ainda mais pobres que os da National School.

** Pedra cujo formato lhe rendeu esse apelido, usada como plataforma de mergulho.

*** Palmadas com a férula, uma tira de couro reforçada por uma barbatana de baleia.

veleiro branco que descarregava no cais do outro lado. Mahony disse que ia ser supimpa fugir para alto-mar num desses barcos enormes e até eu, olhando os mastros altos, via, ou imaginava, a geografia que tinha me dado em doses contadas na escola tomar forma gradualmente diante dos meus olhos. Nossa escola e nossas casas pareciam se afastar dali e a influência que exerciam sobre nós parecia sumir.

Atravessamos o Liffey na balsa, pagando a nossa passagem para sermos transportados na companhia de dois peões e de um judeuzinho com uma sacola. Estávamos solenes de tão silenciosos, mas uma única vez durante toda a curta viagem nossos olhos se encontraram e nós rimos. Quando atracamos ficamos vendo descarregarem o elegante trimastro que tínhamos ficado observando do outro cais. Alguém por ali disse que era uma embarcação norueguesa. Fui até a proa e tentei decifrar o que estava escrito mas, sem conseguir, voltei e examinei os marujos estrangeiros para ver se por acaso alguém tinha olhos verdes pois eu tinha alguma noção confusa...* Os olhos dos marujos eram azuis e cinzentos, e até pretos. O único marujo cujos olhos podiam ter sido chamados de verdes era um sujeito alto que divertia a aglomeração que estava no cais gritando alegre a cada vez que caíam as tábuas:

— Tudo bem! Tudo bem!

Quando cansamos dessa cena fomos lentamente entrando em Ringsend. O dia já estava abafado, e nas janelas das vendas biscoitos bolorentos se descoloriam. Compramos biscoitos e chocolate que comemos concentradamente enquanto íamos entrando nas ruas miseráveis onde moravam as famílias dos pescadores. Não conseguíamos achar uma leiteria então entramos na lojinha de um mascate e compramos cada um sua garrafa de gaso-

* Os olhos verdes serão um tema recorrente. Gifford registra que textos medievais davam olhos verdes a Odisseu.

sa de limão. Refrescado por ela, Mahony perseguiu um gato num beco, mas o gato fugiu para um campo aberto. Nós dois estávamos meio cansados e quando chegamos ao campo fomos direto para um barranco inclinado por sobre o qual dava para ver o Dodder.

Estava tarde demais e estávamos cansados demais para levar a cabo o nosso projeto de visitar a Pigeon House. Era preciso estar em casa antes das quatro para não descobrirem a nossa aventura. Mahony olhava pesaroso para o bodoque e eu tive que sugerir que a gente voltasse para casa de trem para ele recobrar qualquer animação. O sol se recolheu atrás de umas nuvens e nos deixou ali com nossas ideias esfarrapadas e as migalhas do nosso farnel.

Não havia mais ninguém naquele campo. Quando já fazia algum tempo que estávamos deitados no barranco sem conversar eu vi um homem se aproximar vindo do outro lado do campo. Fiquei olhando preguiçoso enquanto mascava um daqueles talinhos verdes que as meninas usam para tirar a sorte.* Ele vinha pela margem lentamente. Andava com a mão na cintura e na outra tinha uma vara com que batia de leve na turfa. Estava algo andrajoso com um terno preto esverdeado e usava um chapéu que a gente chamava de Jerry, de copa bem alta. Parecia já bem velho pois seu bigode era cor de cinzas. Quando passou aos nossos pés ele nos olhou só de relance e então seguiu seu caminho. Nós o acompanhamos com os olhos e vimos que quando tinha andado talvez uns cinquenta passos ele se virou e começou a voltar. Andava na nossa direção com muita lentidão, sempre batendo no chão com a vara, tão lento que eu achei que estava procurando alguma coisa na grama.

Ele parou quando chegou perto de nós e nos deu bom-dia. Respondemos e ele sentou ao nosso lado no barran-

* Puxando as fibras do caule como as pétalas de uma flor de malmequer.

co devagar e com extremo cuidado. Começou a falar do tempo, dizendo que seria um verão muito quente e acrescentando que as estações tinham mudado muito desde a sua infância — muito tempo atrás. Disse que a época mais feliz da vida da gente era sem dúvida os tempos da escola e que ele daria tudo para ser jovem de novo. Enquanto expressava esses sentimentos que nos deixavam entediados nós ficamos em silêncio. Aí ele começou a falar da escola e dos livros. Perguntou se já tínhamos lido a poesia de Thomas Moore ou as obras de Sir Walter Scott e Lord Lytton. Eu fingi que tinha lido todos os livros que ele ia mencionando, então no fim ele disse:

— Ah, dá pra ver que você é rato de biblioteca que nem eu. Agora — acrescentou, apontando para Mahony que nos olhava de olhos abertos — aquele ali é diferente; ele é dos jogos.

Ele disse que tinha em casa todas as obras de Sir Walter Scott e todas as obras de Lord Lytton e nunca se cansava de ler aqueles livros. Tudo bem, ele disse, que algumas das obras de Lord Lytton não eram para meninos.* Mahony perguntou por que um menino não podia ler aquilo — uma pergunta que me deixou agitado e incomodado porque eu temia que o homem achasse que eu era tão estúpido quanto Mahony. O homem, no entanto, se limitou a sorrir. Vi que ele tinha grandes falhas na boca entre os dentes amarelos. Aí ele perguntou qual de nós tinha mais damas na vida. Mahony mencionou descontraído que tinha três damas. O homem me perguntou quantas eu tinha. Respondi que não tinha. Ele não acreditou em mim e disse que tinha certeza que eu devia ter. Eu fiquei em silêncio.

— Conta aí — disse ao homem um atrevido Mahony —, quantas o senhor tem?

* Edward Bulwer-Lytton (1803-73), autor de romances de denúncia social que, somados a uma reputação moral questionável, lhe renderam essa imagem.

O homem sorriu como antes e disse que quando era da nossa idade tinha muitas damas.

— Todo menino — ele disse — tem lá sua dama.

A atitude dele quanto a isso me pareceu estranhamente liberal para um homem da sua idade. No meu coração eu achava que o que ele dissera dos meninos e das damas era razoável. Mas não estava gostando das palavras na boca dele e tentava entender por que ele estremeceu uma ou duas vezes como se temesse alguma coisa ou subitamente sentisse frio. Enquanto ele continuava eu fui notando que seu sotaque era bom.* Começou a nos falar de meninas, dizendo como era gostoso e macio o cabelo delas e como suas mãos eram macias e como todas as meninas não eram assim tão boazinhas quanto pareciam se você soubesse de tudo. A coisa de que ele mais gostava, ele disse, era olhar para uma menina novinha, aquelas mãozinhas brancas e aquele cabelo macio. Ele me dava a impressão de estar repetindo alguma coisa que tinha decorado ou de que, magnetizada por algumas das palavras de seu próprio discurso, sua mente estivesse dando voltas, bem devagar, na mesma órbita. Às vezes falava como se estivesse simplesmente aludindo a certo fato conhecido por todos, e às vezes baixava a voz e falava em tom misterioso como se nos contasse algo secreto que não queria que outros entreouvissem. Ficava repetindo suas frases, variando cada uma e envolvendo todas com sua voz monocórdia. Eu continuava olhando para o pé do barranco, ouvindo o que ele dizia.

Depois de um bom tempo seu monólogo cessou. Ele se levantou devagar, dizendo que precisava nos deixar ali um minutinho, uns minutos, e, sem mudar a direção do meu olhar, eu vi que ele caminhava lento na direção do extremo mais próximo do campo. Ficamos quietos quan-

* Em toda a Grã-Bretanha há ainda hoje uma marcada consciência de classe que se reflete e se apoia em marcas linguísticas.

do ele saiu. Depois de um silêncio de alguns minutos eu ouvi Mahony exclamar:

— Caramba! Olha o que ele está fazendo!

Como eu nem respondi nem ergui os olhos, Mahony exclamou de novo:

— Caramba... Ele é um velhusco desviado!

— Se ele perguntar o nosso nome — eu disse — você fica sendo Murphy e eu fico sendo Smith.

Não nos dissemos mais nada. Eu ainda estava ponderando se ia embora ou não quando o homem voltou e sentou de novo ao nosso lado. Ele mal tinha sentado quando Mahony, vendo o gato que tinha lhe escapado, levantou de um salto e correu atrás dele pelo campo. O homem e eu ficamos vendo a corrida. O gato escapou mais uma vez e Mahony começou a jogar pedras no muro que o bicho tinha escalado. Então desistiu e ficou andando pelo extremo mais distante do campo, à toa.

Depois de um intervalo o homem me dirigiu a palavra. Disse que meu amigo era um menino muito grosseiro e perguntou se ele apanhava muito de chicote dos professores. Eu estava prestes a replicar indignado que nós não éramos alunos da National School para apanhar *de chicote* como ele dizia; mas permaneci em silêncio. Ele começou a falar da ideia de castigar meninos. Sua mente, como que magnetizada uma vez mais pelo discurso, parecia dar lentas voltas na roda do seu novo centro. Disse que quando os meninos eram daquele jeito deviam mais era apanhar, e de chicote. Quando um menino era grosseiro e rebelde a única coisa que podia ajudar era uma bela de uma surra, de chicote. Tapa na mão ou tabefe no ouvido não servia: ele precisava era de uma bela de uma surra de chicote bem ardida. Fiquei surpreso com essa opinião e involuntariamente ergui os olhos para o rosto dele. E então encontrei um par de olhos verde-garrafa que me encaravam debaixo de uma testa que se contorcia. Desviei de novo os olhos.

O homem continuou com seu monólogo. Parecia ter esquecido seu recente liberalismo. Disse que se um dia visse um menino conversando com as meninas ou um menino que tivesse uma dama ia dar e dar nele de chicote; e aí ele ia aprender a não ficar conversando com as meninas. E se um menino tivesse uma dama e mentisse que não aí ele ia lhe dar uma surra de chicote que nenhum menino já tomou. Ele disse que a coisa de que ia mais gostar no mundo era isso. Descreveu para mim como ia dar de chicote nesse tal desse menino como se estivesse expondo algum mistério complexo. Ele ia gostar disso, ele falou, mais do que de qualquer coisa neste mundo; e sua voz, ao me conduzir monocordiamente pelo mistério, foi ficando quase carinhosa e parecia me pedir que o compreendesse.

Esperei até seu monólogo cessar de novo. Então levantei abruptamente. Para não trair minha agitação eu me deixei ficar ainda uns segundos enquanto fingia que ajeitava o sapato direitinho e então, dizendo que tinha mesmo que ir, eu me despedi dele. Subi o barranco com calma mas meu coração batia forte de medo que ele me agarrasse pelos tornozelos. Quando cheguei ao alto do barranco eu me virei e, sem olhar para ele, chamei alto para o outro lado do campo.

— Murphy!

Minha voz tinha um tom de bravura forçada e eu me envergonhava do meu estratagema desprezível. Tive que chamar o nome de novo para Mahony me ver e gritar uma resposta. Como batia o meu coração enquanto ele vinha correndo pelo campo até mim! Ele corria como se viesse me socorrer. E eu me penitenciava; pois no fundo do coração eu sempre tinha sentido um certo desprezo por ele.

Arábias*

A North Richmond Street, sendo sem saída, era uma rua calma a não ser na hora em que a Escola dos Irmãos Cristãos liberava os meninos. Uma casa desabitada de dois andares ficava no fundo do beco, isolada dos vizinhos num terreno quadrado. As outras casas da rua, conscientes das vidas decentes que abrigavam, ficavam se olhando com semblantes castanhos imperturbáveis.

O antigo morador da nossa casa, um padre, tinha morrido na sala de estar dos fundos. Um certo ar, rançoso de ter ficado tanto tempo encerrado, tomava cada cômodo, e o quarto de despejo atrás da cozinha estava entupido de papéis inúteis. Entre eles eu achei umas poucas brochuras, de páginas retorcidas e úmidas: *O abade*, de Walter Scott, *The Devout Communicant*** e *As memórias de Vidocq*.*** Gostei mais deste último porque as páginas estavam amarelas. O jardim cheio de mato atrás da casa cercava uma macieira central e uns arbustos perdidos embaixo de um dos quais eu achei a bomba de bicicleta enferrujada do antigo morador. Ele foi um padre muito caridoso; no tes-

* Bazar que ocorreu de fato entre 14 e 19 de maio de 1894.

** Do frade franciscano inglês Pacificus Baker (1695-1774).

*** De Eugène-François Vidocq, criminoso que se tornou detetive e fundador da *Sûreté* da polícia francesa. Suas memórias inspiraram a criação do Vautrin de Balzac.

tamento deixou todo o dinheiro que tinha para caridade e a mobília da casa para a irmã.

Quando chegavam os dias curtos do inverno a noite caía antes de nós termos jantado direito. Quando a gente se encontrava na rua as casas tinham ficado sombrias. O espaço de céu sobre nós era de um violeta furta-cor e para ele os postes da rua erguiam suas débeis lanternas. O ar frio era cortante e a gente brincava até o corpo reluzir. Nossos gritos ecoavam na rua calada. A toada da nossa brincadeira nos levava pelas ruelas escuras enlameadas atrás das casas onde desafiávamos as tribos sujas dos casebres, e até as portas dos fundos dos escuros jardins gotejantes onde odores se elevavam das fossas, e a negros estábulos fragrantes em que um cocheiro alisava e penteava o cavalo ou tirava música chacoalhando os arreios de fivelas. Quando voltávamos à rua a luz das janelas das cozinhas cobria os poços de luz. Se alguém via meu tio dobrando a esquina a gente se escondia na sombra até ver que estávamos fora de perigo, com ele dentro de casa. Ou se a irmã do Mangan aparecia na porta para chamar o irmão para o chá a gente ficava olhando lá da nossa sombra enquanto ela espiava para um lado e para o outro da rua. Esperávamos para ver se ela ficava ou entrava e, se ficava, saíamos da sombra e caminhávamos resignados até a porta do Mangan. Ela estava esperando por nós, com o vulto definido pela luz da porta entreaberta. O irmão dela sempre a provocava antes de obedecer e eu ficava junto da grade olhando para ela. Seu vestido balançava quando ela movia o corpo e a corda macia do cabelo abanava de um lado para o outro.

Toda manhã eu ficava deitado no chão da sala da frente olhando a porta dela. A persiana ficava baixada até quase tocar a soleira para ninguém me ver. Quando ela saía pela porta o meu coração dava um pulo. Eu corria para a entrada, pegava os meus livros e ia atrás dela. Ficava com aquele vulto castanho sempre à vista e, quando a gente chegava perto do ponto em que os nossos caminhos se separavam, eu acelerava o passo e passava por ela. Isso acontecia toda manhã. Eu nunca tinha falado com ela, a não ser uma palavrinha à toa de vez em quando, e no entanto o seu nome era como uma palavra mágica para todo o meu sangue tolo.

A imagem dela me acompanhava até os lugares menos propícios ao romance. Nas tardes de sábado em que a minha tia ia fazer compras eu tinha que ir ajudar a carregar os pacotes. Caminhávamos pelas ruas que iam se abrindo, abalroados por bêbados e pechinchadeiras, entre as pragas de operários, as agudas ladainhas dos rapazes das vendinhas que ficavam de sentinela junto aos barris de bochechas de porco, o canto anasalado dos menestréis de rua, que cantavam um "Come-all-you"* sobre O'Donovan Rossa ou uma balada sobre os problemas da nossa terra. Esses ruídos convergiam para mim numa única sensação de vida: imaginava que portava meu cálice em segurança por entre uma malta de inimigos. O nome dela me vinha aos lábios vez por outra em estranhas orações e loas que nem eu mesmo compreendia. Meus olhos viviam cheios de lágrimas (eu não sabia dizer por quê) e de vez em quando uma inundação que me vinha do coração parecia se derramar no meu peito. Eu pensava pouco no futuro. Não sabia se um dia ia ou não falar com ela ou, se falasse, como ia poder lhe dizer da minha confusa adoração. Mas o meu corpo era como uma harpa e as palavras e os gestos dela eram como dedos que lhe percorriam as cordas.

Uma noite eu entrei na sala de estar dos fundos em que o padre tinha morrido. Era uma noite escura de chuva e não havia sons na casa. Por um dos vidros quebrados

* Canção normalmente humorística, cantada nas ruas ou nos bares, que tira seu nome do verso inicial, sempre o mesmo, uma paródia do hino "Adeste Fideles", conhecido em português como "Ó, vinde, adoremos".

eu ouvia a chuva pespegar-se em gotas sobre a terra, as finas agulhas incessantes da água saltando nos canteiros empapados. Algum poste distante ou uma janela iluminada reluzia abaixo de mim. Estava grato por poder ver tão pouco. Meus sentidos todos pareciam desejar se velar e, sentindo que eu estava prestes a escapar deles, apertei bem as palmas juntas até que tremessem, murmurando: "Ah, amor! Ah, amor" muitas vezes.

Finalmente ela falou comigo. Quando me dirigiu as primeiras palavras eu fiquei tão confuso que não sabia o que responder. Ela perguntou se eu ia às Arábias. Eu não lembro se respondi que sim ou que não. Ia ser um bazar esplêndido, ela disse que adoraria ir.

— E por que é que você não pode ir? — eu perguntei.

Enquanto falava ela ficava girando um bracelete de prata no pulso sem parar. Ela não podia ir, disse, porque ia ter um retiro no convento* naquela semana. O irmão dela e mais dois meninos estavam brigando por causa dos bonés e eu estava sozinho junto da grade. Ela segurou uma das barras, curvando a cabeça na minha direção. A luz do poste da frente da nossa porta tocou-lhe a curva branca do pescoço, iluminou-lhe o cabelo que ali ficou e, caindo, iluminou a mão sobre a grade. Caiu-lhe por um lado do vestido e bateu na barra branca da anágua, que mal se entrevia com ela ali parada à vontade.

— Sorte tua — ela disse.

— Se eu for — eu disse — eu te trago alguma coisa.

Que tolices inumeráveis inutilizaram a minha cabeça, dormindo ou acordado, depois daquela noite! Queria aniquilar os dias intermédios tão sem graça. Tinha dificuldades com as tarefas da escola. À noite no quarto e durante o dia na sala de aula a imagem dela aparecia entre mim e a página que eu fazia força para ler. As sílabas da palavra "Arábias" eram sopradas para mim através do silêncio em

* Onde ela estudava.

que a minha alma se refestelava e projetavam sobre mim um encanto oriental. Pedi permissão para ir ao bazar na noite de sábado. Minha tia ficou surpresa e torceu para não ser alguma coisa da maçonaria. Eu respondia a poucas perguntas em sala. Vi o meu mestre passar da amicabilidade à severidade; ele esperava que eu não estivesse começando a ficar encostado. Eu não conseguia pôr ordem nos meus pensamentos errantes. Mal tinha paciência com o trabalho sério da vida que, agora que se punha entre mim e meu desejo, me parecia brincadeira de criança, brincadeira feia e monótona de criança.

Na manhã de sábado eu lembrei ao meu tio que queria ir ao bazar à noite. Ele estava remexendo no cabideiro da entrada, procurando a escova de chapéu, e me respondeu seco:

— É, eu sei, guri.

Como ele estava na entrada eu não podia ir para a sala da frente para ficar deitado diante da janela. Saí de casa de mau humor e fui andando devagar até a escola. O ar estava impiedosamente duro e o meu coração já me punha medo.

Quando cheguei para jantar o meu tio ainda não tinha passado em casa. Mas ainda era cedo. Fiquei sentado encarando o relógio por um tempo e, quando o tique-taque começou a me irritar, saí dali. Subi a escada e ganhei a parte superior da casa. Os cômodos altos, frios, vazios e melancólicos me libertaram e eu fui de cômodo em cômodo cantando. Pela janela da frente via meus amigos brincando na rua lá embaixo. Seus gritos me chegavam enfraquecidos e indistintos e, apoiando a testa contra o vidro frio, fiquei olhando a casa escura em que ela morava. Posso ter ficado ali uma hora, vendo apenas a figura envolta em vestes castanhas que minha imaginação projetava, tocada discretamente pela luz do poste no pescoço curvo, na mão sobre a grade e na barra sob a saia.

Quando desci de novo encontrei a sra. Mercer sentada diante do fogo. Era uma velha faladeira, viúva de um penhorista, que juntava selos usados para algum propósito pio.* Tive que aturar a fofoca da mesa de chá. A refeição se prolongou para além de uma hora e nada ainda do meu tio. A sra. Mercer levantou para ir embora: ela lamentava não poder esperar mais, mas já passava das oito e ela não gostava de ir para a cama tarde porque o ar da noite lhe fazia mal. Depois que ela saiu comecei a andar para cima e para baixo pela cozinha, cerrando os punhos. A minha tia disse:

— Acho que você bem pode ter que largar mão desse bendito bazar.

Às nove horas eu ouvi a chave do meu tio na porta da entrada. Ouvi ele falar sozinho e ouvi o cabideiro balançar quando recebeu o peso do sobretudo. Eu sabia interpretar esses sinais. Quando ele estava já na metade do jantar pedi para ele me dar o dinheiro para eu ir ao bazar. Ele tinha esquecido.

— Já está todo mundo no terceiro sono uma hora dessas — ele disse.

Eu não sorri. A minha tia lhe disse firme:

— Não dá pra você dar o dinheiro pra ele poder ir de uma vez? Você já fez ele esperar demais.

Meu tio disse que lamentava muito ter esquecido. Disse que acreditava no velho ditado: "Nem só de pão vive o homem". Perguntou aonde era que eu ia e quando eu disse pela segunda vez ele perguntou se eu conhecia "O adeus do Árabe a seu corcel".** Quando eu saí da cozinha ele estava prestes a recitar os versos iniciais para a minha tia.

Eu apertava bem um florim*** na mão enquanto marchava pela Buckingham Street rumo à estação. A visão

* Provavelmente para a Igreja arrecadar recursos para financiar missionários no exterior.

** "The Arab's Farewell to His Steed", poema de Caroline Norton (1808-77).

*** Moeda de dois xelins, talvez trinta reais em termos de valor de compra hoje.

das ruas fervilhantes de compradores e deslumbrantes de luz a gás me fez lembrar o propósito da minha jornada. Sentei num vagão de terceira classe de um trem deserto. Depois de um atraso intolerável o trem foi saindo da estação lentamente. Ia se arrastando por entre casas decrépitas e por sobre o rio cintilante. Na estação Westland Row uma multidão se espremeu contra as portas do vagão, mas os funcionários afastaram a todos, dizendo que era um trem especial para o bazar. Segui sozinho no vagão vazio. Em poucos minutos o trem encostou numa plataforma improvisada de madeira. Saí para a rua e vi pelo mostrador iluminado de um relógio que eram dez para as dez. Diante de mim estava um prédio enorme que ostentava o nome mágico.

Eu não conseguia achar nenhuma entrada de seis pence e, com medo de que o bazar fosse fechar, passei rápido por uma catraca, entregando um xelim a um sujeito com cara de cansado. Eu me vi num grande salão cingido a meia-altura por uma galeria. Quase todas as barracas estavam fechadas e a maior parte do salão estava no escuro. Reconheci um silêncio como o que toma uma igreja depois do serviço. Caminhei timidamente até o centro do bazar. Havia algumas pessoas reunidas em volta das barracas que ainda estavam abertas. Diante de uma cortina, sobre a qual estavam escritas em lâmpadas coloridas as palavras "Café Chantant",* dois homens contavam dinheiro numa salva. Fiquei ouvindo as moedas que caíam.

Lembrando com dificuldade por que tinha vindo fui até uma das barracas e examinei os vasos de porcelana e os floridos conjuntos de chá. Na porta da barraca uma moça estava conversando e rindo com dois cavalheiros. Percebi o sotaque inglês e fiquei vagamente ouvindo a conversa.

* Cafés em que havia música e dança, e que eram algo menos "respeitáveis" que os *Music Halls*.

— Ah, mas eu nunca disse uma coisa dessas!

— Ah, mas disse sim!

— Ah, não disse não!

— Ela não disse?

— Disse, que eu ouvi.

— Ah, mas que... que lorota!

Ao notar a minha presença a moça veio e perguntou se eu queria comprar alguma coisa. Seu tom de voz não era encorajador; parecia ter falado por alguma noção de dever. Eu fiquei humildemente olhando os grandes jarros que ficavam como guardas orientais um de cada lado da escura entrada da barraca e murmurei:

— Não, obrigado.

A moça mudou a posição de um dos vasos e voltou aos dois rapazes. Eles começaram a falar do mesmo assunto. Uma ou duas vezes a moça me lançou um olhar por sobre o ombro.

Fui ficando diante da barraca daquela moça, conquanto soubesse ser vã minha demora, para deixar mais real o meu interesse pelo que ela vendia. Aí lentamente dei as costas e fui até o meio do bazar. Deixei duas moedas de pence caírem suaves contra a de seis que tinha no bolso.* Ouvi uma voz gritar de um extremo da galeria que as luzes estavam apagadas. A parte superior do salão estava agora completamente escura.

Erguendo os olhos para as trevas eu me vi como uma criatura movida e ridicularizada pela vaidade; e meus olhos queimaram de angústia e de raiva.

* Ele ainda gastaria quatro pence com a passagem de volta, se não quisesse andar mais de três quilômetros.

Eveline

Sentada à janela, assistia ao poente invadir a avenida. Cabeça apoiada nas cortinas, tinha nas narinas o cheiro do cretone empoeirado. Estava cansada.

Pouca gente passava. O homem lá do fim da rua passou voltando para casa; ela ouviu seus passos estalarem na calçada de concreto e depois estralejarem na trilha de pedrisco da frente das casas vermelhas novas. Um dia houve ali um campo onde eles brincavam toda tarde com os filhos dos outros. Aí um homem de Belfast* comprou o campo e ergueu casas — não como as casinhas marrons deles mas casas de tijolos de cor viva e telhados reluzentes. As crianças da avenida brincavam juntas naquele campo — os Devine, os Water, os Dunn, o aleijadinho do Keogh, ela e seus irmãos e irmãs. Ernest, no entanto, nunca ia brincar: era grande demais. O pai dela vivia enxotando todos eles do campo com aquela bengala de abrunheiro;** mas normalmente o menino dos Keogh ficava de atalaia e gritava quando via que o pai dela estava chegando. Ainda assim parecia que eles tinham sido bem felizes naquele tempo. O pai dela não era tão mau naquela época; e além de tudo a mãe estava viva. Isso foi muito tempo atrás;

* Belfast fica no norte da Irlanda, o que na época sugeria protestantismo e favorecimento dos ingleses.

** Madeira associada à magia negra na mitologia irlandesa.

ela e seus irmãos e irmãs já estavam todos crescidos; sua mãe estava morta. Tizzie Dunn também estava morta, e os Water tinham voltado para a Inglaterra. Tudo muda. Agora ela ia embora como os outros, ia sair de casa.

Casa! Ela olhou toda a sala, repassando todos os objetos conhecidos que tinha espanado uma vez por semana por tantos anos, pensando de onde é que podia lhe aparecer tanto pó. Talvez ela nunca mais fosse ver aqueles objetos conhecidos de que nunca tinha sonhado se ver separada. E no entanto durante esses anos todos ela jamais chegara a descobrir o nome do padre cuja foto amarelada estava na parede em cima do harmônio quebrado ao lado da gravura colorida das promessas feitas à Beata Margarida Maria Alacoque.* Era um amigo de escola do pai dela. Toda vez que mostrava a foto a uma visita o pai dava um jeito de deixar isso claro com uma informação casual:

— Ele agora está em Melbourne.

Tinha aceitado ir embora, sair de casa. Será que tinha feito bem? Tentou pesar ambos os lados da questão. Em casa pelo menos tinha abrigo e tinha comida; tinha as pessoas que conheceu a vida toda ali à sua volta. Claro que tinha que trabalhar duro tanto em casa quanto no emprego. O que é que iam dizer dela nas Lojas** quando descobrissem que tinha fugido com um rapaz? Dizer que era uma boba, talvez; e a sua vaga seria anunciada nos classificados. A srta. Gavan ia ficar contente. Sempre falava cortante com ela, especialmente quando tinha gente ouvindo.

— Srta. Hill, a senhorita não está vendo essas senhoras aqui esperando?

— Acorde, srta. Hill, faça-me o favor.

Ela não ia derrubar muitas lágrimas por sair das Lojas.

* Canonizada em 1920. Seus fiéis comungavam sempre na primeira sexta-feira do mês.

** Como era conhecido o estabelecimento dos irmãos Pim, quacres que vendiam tecidos e mobília no centro de Dublin.

Mas na sua casa nova, numa terra distante e desconhecida, não ia ser assim. Então ela ia ser uma mulher casada — ela, Eveline. As pessoas iam tratá-la com respeito então. Não seria tratada como a mãe tinha sido. Mesmo agora, apesar de ter passado dos dezenove, ela às vezes se sentia ameaçada pela violência do pai. Sabia que era isso que a deixava com palpitações. Quando eles eram menores ele nunca tinha caído em cima dela, como caía em cima do Harry e do Ernest, porque ela era menina; mas nos últimos tempos tinha começado a ameaçar e dizer que só ia cuidar dela em nome da memória da mãe. E agora ela não tinha mais quem a protegesse. Ernest estava morto e Harry, que trabalhava no ramo de decoração de igrejas, estava quase sempre em algum lugar no interior. Além de tudo, aquela briga toda por causa de dinheiro nos sábados à noite tinha começado a lhe dar nos nervos de um jeito... Ela sempre dava tudo que ganhava — sete xelins — e o Harry sempre mandava o que podia mas o problema era conseguir algum dinheiro com o pai. Ele dizia que ela gastava sem pensar, que não tinha cabeça, que ele não ia lhe dar seu dinheirinho suado para ela torrar na rua, e muito mais, pois ele normalmente estava bem torto no sábado à noite. No fim ele lhe dava o dinheiro e perguntava se por acaso ela tinha alguma intenção de comprar o almoço de domingo. Aí ela precisava sair o mais rápido que podia para fazer as compras, segurando bem apertada a bolsinha de couro enquanto abria caminho entre a multidão e voltando tarde para casa com um pesado fardo de mantimentos. Era duro manter aquela casa e cuidar para que as duas crianças novinhas que estavam agora sob sua responsabilidade fossem regularmente à escola e comessem regularmente. Era duro — uma vida dura —, mas, agora que estava prestes a abandonar tudo aquilo, ela não achava que fosse uma vida totalmente indesejável.

Estava prestes a explorar uma outra vida com Frank. Frank era muito afável, másculo, de coração aberto. Ela ia embora com ele no barco noturno para ser sua esposa e morar com ele em Buenos Aires onde ele tinha uma casa prontinha para ela. Como ela lembrava bem a primeira vez em que o viu; ele estava hospedado numa casa na rua principal onde ela às vezes passava. Parecia que foi poucas semanas atrás. Ele estava parado no portão, boné pontudo empurrado bem para trás e cabelo caído sobre um rosto de bronze. Aí eles foram se conhecendo. Ele a encontrava na frente das Lojas toda tardinha para acompanhá-la até em casa. Ele a levou para ouvir *A Boêmia** e ela se sentiu exultante ali sentada numa parte estranha do teatro com ele. Ele gostava demais de música e cantava um pouquinho. As pessoas sabiam que eles estavam flertando e, quando ele cantava aquela da moça que ama um marujo,** ela sempre se sentia confusa de um jeito gostoso. Ele a chamava de Nanica só de brincadeira. Para começar foi uma coisa empolgante para ela, ter um namorado, e aí começou a gostar dele. Ele tinha histórias de terras distantes. Tinha começado de grumete ganhando uma libra por mês*** num navio da linha Allan que ia para o Canadá. Ele lhe contou os nomes dos navios em que esteve embarcado e os nomes dos vários serviços. Tinha passado pelo estreito de Magalhães e lhe contou histórias dos terríveis patagões. Tinha conseguido se estabelecer em Buenos Aires, ele disse, e estava aqui na terrinha só de passagem. É claro que o pai dela tinha descoberto tudo e proibido que ela tivesse qualquer coisa com ele.

— Eu conheço esses marinheiros — ele disse.

Um dia ele brigou com Frank e depois disso ela teve que encontrar o amado em segredo.

* *The Bohemian Girl*, ópera ligeira (1843) de Michael William Balfe (1808-70).

** "The Lass that Loves a Sailor", canção de Charles Dibdin (1745-1815).

*** Provavelmente com alimentação e pouso incluídos a bordo, não se trata de tão pouco dinheiro.

O poente aprofundava na avenida. O branco de duas cartas no colo dela foi ficando indistinto. Uma era para Harry; a outra para o pai. Ernest era o favorito, mas ela gostava do Harry também. O pai estava ficando velho ultimamente, ela percebia; ia sentir saudade dela. Às vezes ele sabia ser bem simpático. Não muito tempo antes, quando ela passou um dia de cama, ele leu uma história de fantasmas para ela e preparou torradas para ela na lareira. Num outro dia, quando a mãe ainda estava viva, eles todos foram para um piquenique no morro de Howth. Ela lembrava que o pai tinha posto a touca da mãe para fazer as crianças rirem.

A hora estava se aproximando mas ela continuava ali sentada à janela, com a cabeça apoiada na cortina, sentindo o cheiro do cretone empoeirado. Longe lá na avenida podia ouvir um realejo tocando. Ela conhecia a música. Estranho ela vir bem naquela noite para fazer ela lembrar da promessa feita à mãe, a promessa de manter a casa de pé enquanto pudesse. Ela lembrou a última noite da doença da mãe; estava de novo no quarto escuro e abafado do outro lado do corredor e lá fora ouvia uma melancólica música italiana. Tinham mandado o tocador de realejo ir embora e dado para ele seis pence.* Ela lembrou do pai ter entrado firme no quarto da doente dizendo:

— Esses desgraçados desses italianos! até aqui!

Enquanto divagava, a triste visão da vida da mãe tomou posse da própria essência do que ela era — aquela vida de sacrifícios ordinários que se encerrara com a loucura dos últimos dias. Ela tremeu ao ouvir de novo a voz da mãe dizendo com uma insistência tola:

— Derevaun Seraun! Derevaun Seraun!**

* Um ou dois pence seriam o mais normal.

** Quase certamente gaélico engrolado. Já se defendeu que essas palavras significam “O fim do prazer é a dor”, ou ainda “O fim da canção é a loucura total”.

Levantou num súbito impulso de pânico. Fugir! Tinha que fugir! Frank seria o salvador. Ele lhe daria uma vida, quem sabe amor, também. Mas ela queria viver. Por que teria que ser infeliz? Tinha direito de ser feliz. Frank a receberia num abraço, ele a envolveria num abraço. Ele seria a salvação.

Lá estava no meio do povo irrequieto da estação de North Wall. Ele lhe segurava a mão e ela sabia que ele estava falando com ela, dizendo alguma coisa sobre a passagem, repetidamente. A estação estava cheia de soldados com bagagens marrons. Pelas largas portas dos galpões ela pôde entrever o volume negro do barco, aportado junto ao muro do cais, com vigias iluminadas. Ela não respondeu. Sentia o rosto pálido e frio e, do meio de um labirinto de aflição, pedia a Deus que a conduzisse, que lhe mostrasse qual era seu dever. O barco soltou longo assovio pesaroso na neblina. Se ela fosse, amanhã estaria em alto-mar com Frank, indo a vapor para Buenos Aires. A passagem dos dois estava comprada. Será que ela ainda podia desistir depois de tudo que ele tinha feito por ela? A aflição despertou em seu corpo uma náusea, e ela ficava mexendo a boca numa silente oração fervorosa.

Um sino dobrou-lhe no peito. Ela sentiu que ele pegava a sua mão:

— Vem!

Todos os mares do mundo se reviravam em seu peito. Ele a estava arrastando para eles: ele iria afogá-la. Ela agarrou com as duas mãos o corrimão de metal.

— Vem!

Não! Não! Não! Era impossível. As mãos dela se agarravam alucinadas ao ferro. Do meio dos mares ela soltou um grito de angústia!

— Eveline! Evvy!

Ele correu para passar pela barreira e chamou para

ela vir com ele. Gritaram para ele ir de uma vez mas ele ainda a chamava. Ela fixou nele seu rosto alvo, passiva, como um animal desamparado. Os olhos dela não lhe davam nenhum sinal de amor, adeus ou reconhecimento.

Depois da corrida*

Os carros vinham disparados para Dublin, correndo lisos como projéteis pelo sulco da Naas Road. No topo da colina de Inchicore os espectadores estavam agrupados para ver os carros voarem para casa e por esse canal de pobreza e de inação o Continente acelerava sua riqueza e sua indústria. De vez em quando os grupos de espectadores soltavam seus vivas de oprimidos agradecidos. Sua estima, no entanto, era pelos carros azuis — os carros de seus amigos, os franceses.

Os franceses, além de tudo, eram praticamente os vencedores. Sua equipe tinha terminado bem; chegaram em segundo e terceiro e dizia-se que o piloto do carro alemão era belga. Cada carro azul, portanto, recebeu uma dupla rodada de boas-vindas quando assomou no topo do morro e cada grito de boas-vindas foi recebido com sorrisos e acenos de cabeça dos que estavam no carro. Num desses carros de formas elegantes havia um grupo de quatro rapazes cujo ânimo parecia então bem acima do nível do galicismo bem-sucedido: a bem da verdade, esses quatro rapazes estavam quase às gargalhadas. Eles eram Charles Ségouin, o dono do carro; André Rivière, um eletricista canadense de nascimento; um húngaro enorme chamado

* A quarta corrida anual Gordon-Bennet, que ocorreu na Irlanda no dia 2 de julho de 1903.

Villona e um rapaz arrumadinho chamado Doyle. Ségouin estava de bom humor porque tinha inesperadamente recebido algumas encomendas (estava prestes a abrir uma oficina em Paris) e Rivière estava de bom humor porque seria nomeado gerente do estabelecimento; esses dois rapazes (que eram primos) também estavam de bom humor por causa do sucesso dos carros franceses. Villona estava de bom humor porque teve um almoço muito satisfatório; e além disso era um otimista nato. O quarto membro do grupo, no entanto, estava empolgado demais para estar verdadeiramente feliz.

Tinha cerca de vinte e seis anos de idade, com um bigode macio e castanho-claro e olhos cinzentos que pareciam algo inocentes. Seu pai, que tinha começado a vida como nacionalista avançado, vinha mudando de ponto de vista. Ganhou dinheiro como açougueiro em Kingstown e ao abrir filiais em Dublin e nos subúrbios ganhou dinheiro em dobro. Também teve a sorte de conseguir alguns contratos com a polícia e no fim estava rico a ponto de ser mencionado nos jornais de Dublin como um príncipe do comércio. Mandou o filho para a Inglaterra, para ser educado numa grande escola católica, e depois o mandou para a Dublin University* para estudar direito. Jimmy não levava muito a sério os estudos e andou um pouco por maus caminhos. Tinha dinheiro e era popular; e dividia seu tempo curiosamente entre o círculo musical e o automobilístico. Depois foi mandado para um semestre em Cambridge, ver um pouco a vida.** O pai, rezinguento mas disfarçadamente orgulhoso desses excessos, pagou as contas e o trouxe para casa. Foi em Cambridge que ele conheceu Ségouin. Ainda eram pouco mais que co-

* O Trinity College, universidade protestante.

** Não era anormal que os filhos das elites apenas passassem por uma das grandes universidades britânicas, sem planos de se formar.

nhecidos mas Jimmy se divertia muito na companhia de alguém que tinha viajado tanto e que diziam que era dono de alguns dos maiores hotéis da França. Uma pessoa dessas (como concordava seu pai) valia muito a pena, mesmo se não fosse a companhia agradabilíssima que era. Villona também era divertido — um pianista brilhante — mas, infelizmente, muito pobre.

O carro corria alegre com sua carga de hilária juventude. Os dois primos estavam no banco da frente; Jimmy e seu amigo húngaro sentavam atrás. Decididamente Villona estava com um humor excelente; manteve um murmúrio grave e ressonante de melodias que duraram quilômetros. Os franceses soltavam risadas e comentários ligeiros por cima dos ombros e muitas vezes Jimmy teve que se esticar para a frente para pegar a frase breve. Isso não era lá muito agradável para ele, já que tinha quase sempre que chutar qual seria o sentido do que eles disseram e gritar uma resposta adequada na cara de um vento forte. Além disso o murmúrio de Villona seria capaz de deixar qualquer um confuso; o barulho do carro também.

O movimento rápido no espaço gera êxtase; assim como a notoriedade; assim como ter dinheiro. Eram três bons motivos para a empolgação de Jimmy. Tinha sido visto por vários de seus amigos naquele dia na companhia desses europeus. No controle da prova Ségouin o apresentou a um dos competidores franceses e, em resposta a seu confuso murmúrio de saudação, o rosto amorenado do piloto revelou uma linha de dentes brancos reluzentes. Foi agradável depois dessa honra voltar ao mundo profano dos espectadores em meio a cutucões e olhares significativos. Já no que se refere ao dinheiro — ele estava mesmo de posse de uma grande soma. Ségouin talvez não pensasse que se tratava de uma grande soma, mas Jimmy, que apesar de erros temporários no fundo do coração era herdeiro de instintos bem sólidos, sabia muito bem com que dificuldade ela tinha sido amealhada. Essa consciência sempre tinha mantido suas contas dentro dos limites de uma imprudência razoável e, se tinha tanta consciência do trabalho latente no dinheiro quando o que estava em questão era meramente alguma aberração da inteligência superior, tanto mais se mostraria agora, quando estava prestes a apostar a maior parte desse patrimônio! Era algo sério para ele.

É claro que o investimento era bom e Ségouin tinha conseguido passar a impressão de que era por um favor entre amigos que a migalha de dinheiro irlandês seria incluída no capital a ser investido. Jimmy tinha respeito pela sagacidade do pai em questões de negócios e nesse caso seu pai tinha sido o primeiro a sugerir o investimento; havia dinheiro a se ganhar no ramo automobilístico, baldes de dinheiro. Além do mais Ségouin tinha um inequívoco ar de riqueza. Jimmy se pôs a converter em dias trabalhados aquele carro imponente em que estava sentado. Como andava macio. Com que estilo eles passaram em disparada pelas estradinhas do interior! A jornada punha um dedo mágico no verdadeiro pulso da vida e, galante, o maquinário dos nervos humanos se esforçava para responder ao trajeto saltitante do veloz animal azul.

Eles desceram a Dame Street. A rua estava tomada de um trânsito incomum, ressonante com as buzinas dos motoristas e os gongos de motorneiros impacientes. Perto do Banco Ségouin encostou e Jimmy e seu amigo desceram. Um grupinho se formou na calçada para prestar homenagem ao motor que roncava. O grupo ia jantar aquela noite no hotel de Ségouin e, enquanto isso, Jimmy e seu amigo, que ficaria hospedado com ele, iriam para casa se trocar. O carro seguiu lento para a Grafton Street enquanto os dois rapazes abriam caminho entre o grupinho de admiradores. Foram rumo ao norte com uma curiosa sensação de desapontamento com o exercício enquanto a cidade pendurava seus pálidos globos de luz sobre eles na leve neblina de uma noite de verão.

Na casa de Jimmy esse jantar tinha sido declarado ocasião importante. Certo orgulho se misturava à agitação de seus pais, certa ânsia, também, de arriscar tudo pois os nomes de grandes cidades estrangeiras têm pelo menos essa virtude. Jimmy, de resto, ficava bem bonito quando se arrumava e, parado ali no corredor dando uma última equação aos laços da gravata de cerimônia, seu pai pode ter se sentido até comercialmente satisfeito por ter garantido para o filho qualidades que em geral não se compram. Seu pai, portanto, foi anormalmente amigável com Villona e seus modos manifestavam verdadeiro respeito pelas realizações estrangeiras; mas essa sutileza de seu anfitrião provavelmente passou despercebida pelo húngaro, que estava começando a sentir um desejo agudo de jantar.

O jantar estava excelente, maravilhoso. Ségouin, Jimmy decidiu, tinha um gosto dos mais refinados. O grupo aumentou com um rapaz inglês chamado Routh que Jimmy tinha visto com Ségouin em Cambridge. Os rapazes fizeram sua refeição num cômodo confortável iluminado por candeeiros elétricos. Conversaram solto e com poucas reservas. Jimmy, cuja imaginação estava se acendendo, sonhou a animada juventude dos franceses entrelaçada à firme moldura dos modos do inglês. Uma imagem elegante que ele criou, ele pensou, e justa. Admirou a destreza com que o anfitrião dirigia a conversa. Os cinco rapazes tinham gostos variados e estavam com a língua já mais solta. Villona, com imenso respeito, começou a revelar para o inglês algo surpreso as belezas dos madrigais ingleses, lamentando a perda dos instrumentos antigos.* Rivière, de maneira não de todo inocente, se pôs a explicar para Jimmy o triunfo dos mecânicos franceses. A ressonante voz

* Começava a ressurgir um interesse, entre os intelectuais mais informados, pela música renascentista. O próprio Joyce chegou a pensar em encomendar um alaúde e ganhar dinheiro cantando árias de John Dowland.

do húngaro estava prestes a prevalecer, ridicularizando os espúrios alaúdes dos pintores românticos quando Ségouin pastoreou o grupo rumo a questões políticas. Era um terreno fértil para todos. Jimmy, já generosamente alterado, sentiu o ímpeto soterrado do pai ganhar vida dentro de si: ele finalmente conseguiu provocar o entorpecido Routh. O cômodo ficou ainda mais quente e a tarefa de Ségouin se complicava mais a cada momento: havia mesmo o risco de ofensas pessoais. Na primeira oportunidade o atento anfitrião ergueu sua taça para a Humanidade e, quando todos tinham bebido a ela, ele abriu significativamente a janela.

Naquela noite a cidade usava a máscara de uma capital.* Os cinco rapazes passearam pelo Stephen's Green em meio a vaga nuvem de neblina aromática. Conversavam alto, alegres, e suas capas lhes pendiam dos ombros. As pessoas abriam caminho para eles. Na esquina da Grafton Street um gordo baixinho colocava duas senhoras num coche aos cuidados de outro gordo. O coche se afastou e o gordo baixinho percebeu o grupo.

— André.

— É o Farley!

Seguiu-se uma torrente de conversa. Farley era americano. Ninguém sabia bem ao certo de que se falava ali. Villona e Rivière eram os mais ruidosos, mas estavam todos empolgados. Eles subiram num coche, onde se espremeram todos juntos com muito riso. Passaram pela multidão, agora harmonizada em cores fracas, ao som de alegres sinos. Pegaram o trem em Westland Row e em poucos segundos, pelo que pareceu a Jimmy, estavam saindo da estação de Kingstown. O cobrador cumprimentou Jimmy; era um homem de idade:

— Excelente noite, senhor!

Era uma noite serena de verão; o porto se estendia como um espelho enegrecido aos pés deles. Foram na sua

* Nesse momento, a capital de fato da Irlanda era Londres.

direção de braços dados, cantando "Cadet Rousselle"* em coro, batendo o pé no chão a cada:

— *Ho! Ho! Hohé, vraiment!*

Eles entraram num bote na rampa de embarque e seguiram para o iate do americano. Haveria comida, música, cartas. Villona disse com convicção:

— Que coisa mais linda!

Havia um piano de bordo na cabine. Villona tocou uma valsa para Farley e Rivière, Farley fazendo o cavalheiro e Rivière, a dama. Depois uma quadrilha improvisada, com os homens criando figuras originais. Que alegria! Jimmy participou empolgado; isso é que era ver a vida. Então Farley ficou sem fôlego e gritou *Chega!* Um homem trouxe uma ceia leve, e os rapazes se sentaram à mesa por formalidade. Mas beberam: era algo boêmio. Beberam à Irlanda, à Inglaterra, à França, à Hungria, aos Estados Unidos da América. Jimmy fez um discurso, longo, com Villona dizendo *Deveras! Deveras!* a cada vez que havia uma pausa. Houve muitos aplausos quando ele se sentou. Deve ter sido um bom discurso. Farley lhe deu tapinhas nas costas e riu alto. Que camaradas mais alegres! Que boa companhia eles eram!

Cartas! Cartas! Limparam a mesa. Villona voltou silenciosamente ao seu piano e tocou *voluntaries*** para eles. Os outros jogaram uma partida depois da outra, entrando de peito aberto na aventura. Beberam à saúde da Rainha de Copas e da Rainha de Ouros. Jimmy sentia vagamente a falta de uma plateia: a inteligência brilhava nas sentenças. O cacife foi subindo e cédulas começaram a trocar de mãos. Jimmy não sabia exatamente quem estava ganhando mas sabia que estava perdendo. Mas era culpa

* Canção satírica francesa (1792) de Gaspard de Chenu (1717-95). "Vraiment" significa "de fato", "verdadeiramente".

** Peças improvisadas, normalmente tocadas ao órgão, antes e depois do serviço religioso.

dele mesmo pois com frequência confundia as cartas que tinha e os outros homens tinham que calcular para ele o valor de suas promissórias. Eram camaradas bons como o diabo mas ele preferia que parassem: estava ficando tarde. Alguém brindou ao iate *A Bela de Newport* e aí alguém propôs uma última partida séria para encerrar.

O piano tinha parado; Villona devia ter subido ao convés. Foi uma partida terrível. Eles pararam logo antes do fim para beber à sorte. Jimmy entendeu que a partida estava entre Routh e Ségouin. Que empolgação! Jimmy também estava empolgado; ia perder, é claro. Com quanto já tinha se comprometido? Os homens levantaram para jogar os últimos lances, conversando e gesticulando. Routh venceu. A cabine tremia com a festa dos rapazes e as cartas foram empilhadas novamente. Começaram a juntar o que tinham ganhado. Farley e Jimmy eram os que tinham perdido mais.

Ele sabia que ia se arrepender de manhã mas agora estava contente pelos outros, contente pelo negro estupor que encobriria sua insensatez. Apoiou os cotovelos na mesa e descansou a cabeça entre as mãos, contando as pulsações das têmporas. A porta da cabine se abriu e ele viu o húngaro parado num raio de luz cinzenta:

— Nasceu o dia, cavalheiros!

Dois galantes

A tarde morna e cinza de agosto descera sobre a cidade e circulava pelas ruas um brando ar morno, memória do verão. As ruas, de portas abaixadas para o descanso dominical, estavam tomadas por uma multidão de um colorido alegre. Como pérolas iluminadas as lâmpadas brilhavam do cimo de seus altos postes sobre a viva textura abaixo que, mudando incessantemente de forma e de matiz, fazia subir ao ar morno e cinza da tarde um murmúrio incessante e imutável.

Dois rapazes desciam o morro da Rutland Square. Um estava justamente encerrando um longo monólogo. O outro, que caminhava pela beirada da calçada e era às vezes obrigado a pisar na rua, devido à grosseria de seu companheiro, ouvia com uma expressão divertida e atenta. Era atarracado e corado. Um boné de iatista estava empurrado bem para trás na sua cabeça e a narrativa que ouvia fazia constantes ondas de expressão irromperem-lhe pelo rosto vindas dos cantos do nariz e dos olhos e da boca. Pequenos jatos de riso chiado seguiam-se uns aos outros saindo de seu corpo convulso. Seus olhos, cintilantes de astuta satisfação, a toda hora lançavam olhares na direção do rosto do companheiro. Uma ou duas vezes ele reacomodou o leve impermeável que tinha jogado sobre um ombro à moda dos toureiros. Suas calças, seus sapatos brancos de sola de borracha e o impermeável envergado com displicência manifestavam juventude. Mas sua silhueta ficava rotunda na cintura, seu cabelo era ralo e encanecido, e o rosto, quando as ondas de expressão passavam, tinha uma aparência devastada.

Quando estava bem seguro de que a narrativa tinha terminado ele riu sem emitir sons por meio minuto completo. Então disse:

— Ora, ora!... Mas essa é boa!

Sua voz parecia purgada de vigor; e para dar força às palavras ele acrescentou com humor:

— Essa foi boa, foi ótima e, com o perdão da má palavra, *otimíssima*!

Ficou sério e silente depois de dizer isso. Estava com a língua cansada pois tinha passado a tarde toda conversando num pub da Dorset Street. Quase todo mundo achava que Lenehan era um parasita,* mas, apesar dessa reputação, sua sagacidade e sua eloquência sempre evitaram que seus amigos definissem uma linha de conduta contra ele. Tinha um jeito audaz de abordar um grupo deles num bar e se manter bem vivo nas franjas do território até se ver incluído numa rodada. Era um vagabundo por esporte, armado de um vasto estoque de histórias, poeminhas e charadas. Era incapaz de perceber qualquer tipo de falta de cortesia. Ninguém sabia como dava conta da dura tarefa de viver, mas seu nome era vagamente associado a publicações sobre turfe.

— E onde foi que você achou essa, Corley? — ele perguntou.

Corley** passou lépido a língua no lábio superior.

— Uma noite, meu chapa — ele disse —, eu estava andando pela Dame Street e vi uma bela de uma zinha embaixo do relógio da Waterhouse e disse boa-noite, coisa e

* É basicamente assim, também, que ele aparece no *Ulysses*.

** Corley também aparece, em situação bem precária, no final do *Ulysses*.

tal. Aí a gente foi dar uma volta no canal e ela me disse que era empregadinha* numa casa da Baggott Street. Eu passei um braço em volta dela e dei uns apertões naquela noite. Aí no domingo seguinte, meu chapa, a gente marcou de se encontrar. A gente foi até Donnybrook e eu levei a moça pra um campo vazio lá. Ela me disse que tinha saído com um leiteiro... Tudo bem, meu chapa. Cigarrinho toda noite, que ela me trazia, e pagava o bonde de ida e de volta. E uma noite ela me trouxe dois charutões dos bons mesmo — ah, papa fina, coisa e tal, que nem o velho fumava... Eu fiquei com medo, meu chapa, que ela fosse engravidar. Mas ela entende do riscado.

— Vai ver ela acha que você vai casar com ela — disse Lenehan.

— Eu disse pra ela que estava desempregado — disse Corley. — Eu falei que estava na Pim's.** Ela não sabe o meu nome. Eu que não era bobo de dizer pra ela. Mas ela acha que eu sou classudo, coisa e tal.

Lenehan riu de novo, sem som.

— De todas as boas histórias que eu ouvi na vida — ele disse — essa é enfaticamente a mais otimíssima de todas.

O passo de Corley reconheceu o elogio. O balanço de sua corpulência fez o amigo executar uns saltinhos ligeiros da calçada para a rua e daí de volta. Corley era filho de um inspetor de polícia e tinha herdado do pai o porte e o passo. Caminhava com as mãos ao lado do corpo, mantendo uma postura ereta e oscilando a cabeça de um lado para o outro. Sua cabeça era grande, esférica e oleosa; suava fizesse chuva ou fizesse sol; e seu grande chapéu redondo, colocado nela enviesado, parecia um bulbo que

* No original, *slavey*, uma criada de serviços gerais, hierarquicamente abaixo dos criados de uma mansão. O salário dela, neste momento, deveria ser de no máximo sete libras por ano.

** A loja onde trabalha Eveline.

tinha crescido de outro bulbo. Mantinha sempre os olhos fixos à frente como se estivesse numa parada e, quando queria olhar para alguém na rua, era necessário que girasse o corpo da cintura para cima. No momento estava à toa. Sempre que abria uma vaga de emprego um amigo estava pronto para lhe dar a dica. Vivia sendo visto com policiais à paisana, conversando sério.* Conhecia o lado oculto de tudo que acontecia e apreciava dar opiniões definitivas. Falava sem ouvir o que diziam seus companheiros. Sua conversa tratava principalmente dele mesmo: o que tinha dito a tal pessoa e o que tal pessoa tinha lhe dito e o que ele tinha dito para encerrar a questão. Quando relatava esses diálogos ele aspirava a primeira letra do seu sobrenome à maneira florentina.**

Lenehan ofereceu um cigarro ao amigo. No que os dois rapazes avançavam pela multidão Corley ocasionalmente se virava e sorria para uma das moças que passavam mas o olhar de Lenehan estava cravado na grande lua vaga circundada de um halo duplo. Observava sério a passagem da teia cinzenta do crepúsculo por sobre a face dela. Finalmente disse:

— Ora, ora... Diz uma coisa, Corley, acho que você vai dar jeito de fechar tudo direitinho, né?

Corley fechou um olho expressivamente como resposta.

— E ela está disposta? — perguntou Lenehan dubiamente. — Com as mulheres nunca se sabe.

— Ela é tranquila — disse Corley. — Eu sei me virar com ela, meu chapa. Ela está meio vidrada em mim.

— Você é o que eu chamo de um donjuán dos melhores — disse Lenehan. — E do tipo certo de donjuán!

* A implicação é que ele, como Corny Kelleher, no *Ulysses*, trabalha de "informante" para a polícia. Um trabalho malvisto.
** Pronunciando Horley, que soa como Whorely, que parece ligado à palavra "whore", "prostituta".

Uma aura de sarcasmo aliviava o servilismo de sua atitude. Para se salvar ele tinha o costume de deixar sua adulação aberta para ser interpretada como zombaria. Mas Corley não tinha uma mente sutil.

— Não tem nada igual uma empregadinha — ele afirmou. — Vai por mim.

— Vindo de alguém que fez o teste — disse Lenehan.

— Antes eu ia com as meninas, coisa e tal — disse Corley, desabafando —, as meninas da South Circular. Eu levava as meninas passear, meu chapa, de bonde até algum lugar por aí e pagava o bonde ou levava ver uma banda ou uma peça no teatro ou comprava chocolate e docinhos ou alguma coisa assim. Eu gastava um dinheiro decente com elas — acrescentou, num tom convincente, como se soubesse que não estava merecendo crédito.

Mas Lenehan podia muito bem acreditar; ele aquiesceu com seriedade.

— Eu conheço esse joguinho — ele disse — e é de cartas marcadas.

— E me rendeu bulhufas — disse Corley.

— Idem ibidem — disse Lenehan.

— Só com uma delas — disse Corley.

Umedeceu o lábio superior passando a língua por ele. A reminiscência lhe pôs um brilho nos olhos. Também encarou o disco pálido da lua, agora quase velada, e pareceu meditar.

— Ela era... bem decente — ele disse pesaroso.

Ficou em silêncio de novo. Então acrescentou:

— Está na vida agora. Eu vi ela passando pela Earl Street de noite num carro com dois camaradas.

— Acho que isso foi obra tua — disse Lenehan.

— Eu não fui o primeiro — disse Corley filosoficamente.

Dessa vez Lenehan se inclinava a descrer. Sacudiu a cabeça para a frente e para trás e sorriu.

— Você sabe que não me enrola, Corley — ele disse.

— Juro por Deus! — disse Corley. — Pois não foi ela mesma que me disse?

Lenehan fez um gesto trágico.

— Traidorzinho ordinário! — ele disse.

No que passavam pela cerca do Trinity College, Lenehan deu um saltinho para a rua e olhou o relógio lá em cima.

— Passaram vinte — ele disse.*

— Tem tempo — disse Corley. — Ela vai estar lá, certeza. Eu sempre deixo ela esperando um pouquinho.

Lenehan riu em silêncio.

— Crendiospai! Corley, você sabe lidar com essas aí — ele disse.

— Eu conheço os truquezinhos delas — Corley confessou.

— Mas me conta — disse Lenehan de novo —, você tem certeza que consegue fechar tudo direitinho? Você sabe que não é mole. Elas são bem arredias com essas coisas. Hein?... Não é?

Seus olhinhos brilhantes esquadrinharam o rosto do companheiro em busca de confirmação. Corley sacudiu a cabeça para a frente e para trás como quem tenta espantar um inseto insistente, e suas sobrancelhas se uniram.

— Eu me viro — ele disse. — Será que dava pra você deixar isso comigo?

Lenehan não abriu mais a boca. Não queria brincar com a índole do amigo, ser mandado para o inferno e ouvir que seus palpites não eram bem-vindos. Era necessário certo tato. Mas a testa de Corley logo se alisou de novo. Suas ideias corriam em outra direção.

— Ela é uma zinha bem confiável — ele disse, com estima —, é isso que ela é.

* Lenehan não tem relógio. Relógios de pulso eram das primeiras coisas a ser penhoradas. Provavelmente são oito e vinte neste momento, já que em agosto o sol se põe bem tarde em Dublin.

Eles seguiram pela Nassau Street e depois entraram na Kildare Street. Não muito longe da entrada do clube um harpista estava parado na rua,* tocando para um grupinho de ouvintes. Dedilhava as cordas sem prestar muita atenção, dando rápidas espiadas ocasionais no rosto de cada recém-chegado e, de quando em quando, com certo cansaço também, no céu. Sua harpa também, sem prestar muita atenção ao fato de que sua capa lhe tinha caído pelos joelhos, parecia do mesmo modo cansada dos olhos de estranhos** e das mãos de seu mestre. Uma mão tocava nos bordões a melodia de "Silent, O Moyle"*** enquanto a outra disparava no registro agudo depois de cada grupo de notas. As notas da ária pulsavam graves e ressonantes.

Os dois rapazes subiam a rua sem conversar, seguidos pela música lamuriosa. Quando chegaram ao Stephen's Green eles atravessaram a rua. Aqui o barulho dos bondes, as luzes e a multidão os liberaram de seu silêncio.

— Olha ela ali! — disse Corley.

Na esquina da Hume Street uma moça estava parada. Usava roupa azul e um chapéu branco de marinheiro. Estava no meio-fio, balançando uma sombrinha com uma mão. Lenehan se animou.

— Vamos dar uma espiada nela, Corley — ele disse.

Corley olhou de canto para o amigo e um sorriso desagradável lhe surgiu no rosto.

— Você está tentando me passar a perna? — ele perguntou.

— Droga! — disse Lenehan firme — não precisa me apresentar. Eu só quero dar uma olhadinha. Não vou engolir a moça.

* O refinado Kildare Street Club, basicamente inglês e protestante, em contraponto à presença da harpa, tradicional símbolo irlandês.

** Forma comum de se referir aos ingleses naquele momento.

*** "Canção de Fionnuala", de Thomas Moore (1779-1852).

— Ah... uma olhadinha? — disse Corley mais amistoso. — Bom... olha só então. Eu vou ali e fico conversando com ela e você pode passar pela gente.

— Ótimo! — disse Lenehan.

Corley já tinha passado uma perna por cima das correntes quando Lenehan gritou:

— E depois? A gente se encontra onde?

— Dez e meia — respondeu Corley, passando a outra perna.

— Onde?

— Na esquina da Merrion Street. A gente vai estar voltando.

— Resolve tudo de uma vez — disse Lenehan se despedindo.

Corley não respondeu. Atravessou a rua num passo animado, oscilando a cabeça de um lado para outro. Sua corpulência, seu passo tranquilo e o sólido som das botas tinham algo de um conquistador. Ele se aproximou da moça e, sem cumprimentar, começou de cara a conversar com ela. Ela balançava a sombrinha mais rápido e executava meias-voltas nos calcanhares. Uma ou duas vezes quando ele falou bem de perto ela riu e curvou a cabeça.

Lenehan ficou observando os dois por alguns minutos. Então caminhou rápido junto das correntes até uma certa distância e atravessou a rua obliquamente. Quando foi se aproximando da esquina da Hume Street ele achou o ar densamente aromático e seus olhos passaram ágeis em revista a aparência da moça. Estava de roupa domingueira. A saia azul de sarja ficava presa à cintura por um cinto de couro preto. A grande fivela prateada do cinto parecia lhe comprimir o centro do corpo, prendendo como uma presilha o tecido leve da blusinha branca. Estava com um paletozinho preto curto com botões de madrepérola e um boá preto esfiapado. As pontas do colarinho avulso de tule tinham sido cuidadosamente bagunçadas e um grande ramalhete de flores vermelhas estava preso ao busto dela, hastes ao alto. Os olhos de Lenehan perceberam satisfeitos seu corpo baixo, roliço e musculoso. Uma saúde clara e grosseira cintilava em seu rosto, nas bochechas gordas e coradas e nos olhos azuis descarados. Seus traços eram rudes. Tinha narinas largas, uma boca retardatária que restava aberta num sorriso contente e insinuante e dois dentes da frente projetados. Ao passar Lenehan ergueu o boné e, depois de cerca de dez segundos, Corley devolveu um cumprimento para o ar. Fez isso erguendo vagamente a mão e mudando pensativo o ângulo da posição do chapéu.

Lenehan foi até o Shelbourne Hotel onde parou e esperou.* Depois de esperar por um tempo ele viu os dois vindo na sua direção e, quando dobraram à direita, ele os seguiu, com o passo leve de seus sapatos brancos, por um lado da Merrion Square. Enquanto caminhava lento, sincronizando seu ritmo com o deles, via a cabeça de Corley que se virava o tempo todo para o rosto da moça como uma bola enorme que rotaciona num eixo. Manteve o par ao alcance dos olhos até perceber que subiam os degraus do bonde de Donnybrook; então deu as costas e voltou por onde viera.

Agora que estava sozinho seu rosto parecia mais velho. Era como se tivesse sido abandonado pela sua animação e, acompanhando a cerca da Duke's Lawn, deixou que sua mão corresse por ela. A ária que o harpista tocara começou a controlar seus movimentos. Seus pés de passo macio tocavam a melodia enquanto os dedos voavam à toa por toda uma escala de variações ao longo das barras da cerca depois de cada grupo de notas.

Caminhou apático à volta do Stephen's Green e depois descendo a Grafton Street. Apesar de seus olhos percebe-

* Ao todo, Lenehan cobre cerca de oito quilômetros a pé, num grande círculo em sentido anti-horário ao redor do centro de Dublin, em pouco mais de duas horas.

rem vários elementos da multidão que atravessava, eles o faziam melancolicamente. Achava trivial tudo que deveria ser um encanto e não respondeu aos olhares que o convidavam a se arriscar.* Sabia que teria que falar muito, inventar e divertir, e estava com o cérebro e a garganta secos demais para essa tarefa. O problema de como passar as horas até se encontrar de novo com Corley o incomodava um pouco. Não conseguia pensar em outro jeito de matar o tempo além de andar sem parar. Dobrou à esquerda quando chegou à esquina da Rutland Square e se sentiu mais à vontade na silenciosa rua escura, cuja aparência sombria combinava com seu estado de espírito. Parou finalmente diante da vitrine de uma lojinha com cara miserável sobre a qual lia-se a palavra "Refrescos" impressa em letras brancas. No vidro havia duas inscrições flutuantes: "Cerveja de Gengibre" e "Gengibirra". Um corte de presunto estava à mostra num grande prato azul e perto dele numa travessa havia uma fração de um pudim de ameixas muito clarinho. Ele olhou a comida compenetrado por algum tempo e então, depois de lançar olhares apreensivos para um lado e para o outro da rua, entrou rápido na loja.

Estava com fome pois, fora uns biscoitos que tinha pedido a dois garçons de má vontade, não comia desde o café da manhã. Sentou a uma mesa de madeira sem toalha perto de duas trabalhadoras e um operário. Uma mocinha desmazelada o atendeu.

— Quanto custa o prato de ervilha? — ele perguntou.

— Um pêni e meio, senhor — disse a mocinha.

— Me traz um prato de ervilha — ele disse — e uma garrafa de cerveja de gengibre.

Falava rude para desmentir seu ar de distinção pois sua entrada tinha sido seguida por uma pausa na conversa. Estava com o rosto quente. Para parecer natural ele

* Olhares de prostitutas, muito comuns naquele local.

empurrou o boné bem para trás e cravou os cotovelos na mesa. O operário e as duas trabalhadoras o examinaram detalhadamente antes de retomarem a conversa em voz contida. A mocinha lhe trouxe um prato de ervilhas verdes, temperadas com pimenta e vinagre, um garfo e sua cerveja de gengibre. Ele comeu com voracidade e achou a comida tão boa que tentou memorizar o local da lojinha. Quando tinha comido as ervilhas todas ele tomou uns goles da cerveja de gengibre e ficou um tempo ali sentado pensando na aventura de Corley. Na sua imaginação ele contemplava o par de enamorados caminhando por alguma ruela escura; ouvia a voz de Corley em graves galantarias vigorosas e via de novo o sorriso insinuante da boca da moça. Essa visão fez com que sentisse agudamente sua própria pobreza de bolso e de espírito. Estava cansado de ficar de bobeira, de não ter onde cair morto, de planos e de intrigas. Ia fazer trinta e um em novembro. Será que nunca ia conseguir um emprego de verdade? Será que nunca ia ter sua própria casa? Ficou pensando como seria agradável poder sentar ao lado de uma lareira quentinha e na frente de um bom jantar. Tinha andado o bastante pelas ruas com amigos e com mulheres. Sabia o que valiam esses amigos: conhecia as mulheres também. A experiência tinha deixado em seu coração uma amargura contra o mundo. Mas não tinha perdido todas as esperanças. Estava se sentindo melhor depois de comer, menos cansado desta vida, menos derrotado em espírito. Talvez ainda pudesse se ajeitar num cantinho confortável e viver feliz se apenas conseguisse encontrar uma moça simples com uns trocados no bolso.

Pagou dois pence e meio para a mocinha desmazelada e saiu dali para recomeçar sua errância. Entrou na Capel Street e foi caminhando até a Prefeitura. Aí entrou na Dame Street. Na esquina da George's Street ele encontrou dois amigos e parou para conversar com eles. Estava contente de poder descansar dessa caminhada toda.

Seus amigos lhe perguntaram se ele tinha visto Corley e o que havia de novo. Ele respondeu que tinha passado o dia com Corley. Seus amigos falaram muito pouco. Olhavam desligados para certas figuras entre os passantes e às vezes faziam algum comentário crítico. Um disse que tinha visto Mac uma hora antes na Westmoreland Street. Ao ouvir isso Lenehan disse que tinha estado com Mac na noite anterior, no Egan's. O rapaz que tinha visto Mac na Westmoreland Street perguntou se era verdade que o Mac tinha tirado lá uma sorte grande jogando bilhar. Lenehan não sabia: disse que Holohan* tinha pagado bebidas para eles no Egan's.

Ele deixou os amigos às quinze para as dez na George's Street. Dobrou à esquerda nos City Markets e foi para a Grafton Street. A aglomeração de moças e rapazes tinha ficado mais rala e enquanto ele ia subindo a rua ouviu muitos grupos e casais se desejando boa-noite. Foi até o relógio do College of Surgeons:** soavam as dez horas. Saiu em passo rápido pelo lado norte do Green, se apressando com medo de que Corley acabasse voltando mais cedo. Quando chegou à esquina da Merrion Street assumiu sua posição à sombra de um poste e pegou um dos cigarros que tinha reservado e o acendeu. Ficou apoiado no poste e manteve os olhos fixos no lugar de onde esperava ver voltarem Corley e a moça.

Sua mente ficou ativa de novo. Imaginava se Corley tinha conseguido acertar tudo. Imaginava se já tinha pedido a ela ou se deixaria para o fim. Sofreu todas as dores e as ansiedades da situação do amigo além das suas. Mas a lembrança da lenta cabeça rotatória de Corley o acalmou um pouco: tinha certeza de que Corley ia conseguir

* Que vai reaparecer em "Uma mãe", e também no *Ulysses*.

** Órgão que cuidava da qualificação e da conduta dos cirurgiões. O curioso é que o texto omite o "Royal" que precede o nome da instituição e a liga à coroa britânica.

fechar tudo direitinho. Do meio do nada lhe veio a ideia de que talvez Corley tivesse levado a moça para casa por outro caminho para deixá-lo na mão. Seus olhos examinaram a rua: nem sinal deles. E no entanto era certeza que já tinha passado meia hora desde que ele tinha visto o relógio do College of Surgeons. Será que o Corley faria uma coisa dessas? Ele acendeu o cigarro e começou a fumar nervoso. Forçava os olhos cada vez que um bonde parava do outro lado da praça. Eles deviam ter ido para casa por outro caminho. O papel do cigarro rasgou e ele o jogou na rua com um palavrão.

De repente viu os dois vindo na sua direção. Ele deu um pulo de felicidade e, mantendo-se perto do poste, tentou ler o resultado no jeito que eles andavam. Caminhavam rápido, a moça dando velozes passos curtos enquanto Corley se mantinha ao lado dela com sua passada larga. Não parecia que estivessem conversando. Uma sugestão do resultado o feriu como a ponta de um objeto perfurante. Sabia que Corley não ia conseguir; sabia que não adiantava nem tentar.

Eles desceram a Baggot Street e ele os seguiu imediatamente, pegando a outra trilha. Quando pararam ele também parou. Eles conversaram por alguns momentos e então a moça desceu a escada para entrar pela cozinha de uma casa. Corley ficou parado na beira da trilha, a certa distância dos degraus da entrada. Passaram-se alguns minutos. Então a porta da frente se abriu com lentidão e cautela. Uma mulher desceu correndo os degraus da entrada e tossiu. Corley se virou e foi até ela. Seu vulto largo escondeu o dela por alguns segundos e então ela ressurgiu subindo a escada. A porta fechou atrás dela e Corley começou a caminhar veloz na direção do Stephen's Green.

Lenehan foi correndo na mesma direção. Caíam poucas gotas de uma chuva leve. Ele considerou isso um aviso e, dando uma espiada na casa em que a moça tinha entrado para se certificar de que não estava sendo observado, correu ansioso para o outro lado da rua. A aflição e sua corrida apressada o fizeram perder o fôlego. Ele gritou:

— Oi, Corley!

Corley virou a cabeça para ver quem tinha chamado, e aí continuou andando como antes. Lenehan correu atrás dele, ajeitando o impermeável nos ombros só com uma mão.

— Oi, Corley! — ele gritou de novo.

Emparelhou com o amigo e olhou penetrante seu rosto. Não enxergava nada ali.

— E aí? — ele disse. — Deu certo?

Tinham chegado à esquina de Ely Place. Ainda sem responder Corley fez uma guinada à esquerda e subiu a transversal. Seus traços estavam compostos numa expressão de calma severidade. Lenehan acompanhava o ritmo do amigo, respirando com dificuldade. Estava desconcertado e uma nota de ameaça perfurava-lhe a voz.

— Não dá pra contar de uma vez? — ele disse. — Você fez a proposta?

Corley estacou no primeiro poste e ficou olhando severo à frente. Então com um gesto sóbrio ele estendeu uma mão para a luz e, sorrindo, abriu-a devagar diante do olhar do discípulo. Uma moedinha de ouro brilhava ali na palma.*

* A moeda de ouro seria um soberano, que valia uma libra.

A casa de pensão

A sra. Mooney* era filha de um açougueiro. Era uma mulher plenamente capaz de cuidar de seus próprios assuntos: uma mulher determinada. Tinha se casado com o homem de confiança do pai e aberto um açougue perto de Spring Gardens. Mas assim que o sogro morreu o sr. Mooney começou a degringolar. Ele bebia, saqueava o caixa e se afundou em dívidas. Não adiantava fazer ele jurar: ele sempre voltava à mesma uns dias depois. De tanto brigar com a esposa na presença dos clientes e comprar carne ruim ele acabou arruinando o negócio. Uma noite ele atacou a esposa com um cutelo e ela teve que ir dormir na casa de uma vizinha.

Depois disso eles foram viver separados. Ela falou com o padre e conseguiu um desquite com a tutela das crianças. Ela não lhe daria nem dinheiro nem comida nem casa; então ele foi obrigado a se inscrever para ser um dos homens do xerife.** Era um bebum ensebado de cara branca e bigode branco e sobrancelhas brancas que eram um fino risco de lápis sobre os olhos miúdos, com veias rosadas e vermelhidão; e passava o dia todo sentado no escritório do bailio, esperando alguma tarefa. A sra. Mooney, que tinha tirado o que restava do seu dinheiro do ramo dos açou-

* Toda a família Mooney é mencionada no *Ulysses*.

** Funcionários do bailio, que cumpriam pequenas tarefas.

gues e aberto uma pensão na Hardwicke Street, era uma mulher grande e imponente. Sua casa tinha uma população flutuante composta de turistas de Liverpool e da ilha de Man e, ocasionalmente, de *artistes* do teatro de revista. Sua população residente era composta de trabalhadores da cidade. Ela governava a casa com inteligência e com firmeza, sabia a quem conceder crédito, sabia quando ser severa e quando deixar as coisas passarem. Todos os rapazes residentes se referiam a ela como *A Madame*.

Os rapazes da sra. Mooney pagavam quinze xelins por semana por quarto e comida (fora a cerveja ou a stout do jantar). Tinham gostos e ocupações em comum e por esse motivo eram todos muito chegados. Discutiam uns com os outros as chances dos favoritos e dos azarões. Jack Mooney, o filho da Madame, que trabalhava para um representante comercial da Fleet Street, tinha fama de ser figura difícil. Gostava de usar palavrões de soldados: normalmente chegava em casa de madrugada. Quando encontrava os amigos sempre tinha uma boa história para lhes contar e eles sempre podiam apostar que ele teria algum esquema novo — ou seja, um cavalo ou uma *artiste* com boas chances. Também sabia se virar com os punhos e cantava canções cômicas. Nas noites de domingo muitas vezes havia uma reuniãozinha na sala de estar da pensão da sra. Mooney. Os *artistes* do teatro de revista davam o ar da graça; e Sheridan tocava valsas e polcas e improvisava acompanhamentos. Polly* Mooney, a filha da Madame, também costumava cantar. Ela cantava:

> Eu sou uma... moça safada.
> Fingir não cabe:
> Você sabe.

* Polly, ou Molly, é um apelido do nome Mary. Molly Bloom, no *Ulysses*, se chama Marion.

Polly era uma moça magra de dezenove anos; tinha cabelo macio e claro e uma boca pequena e cheia. Seus olhos, que eram cinzentos com certo matiz de verde, tinham o costume de olhar para cima quando ela falava com alguém, o que a fazia parecer uma madoninha perversa. A sra. Mooney primeiro tinha mandado a filha trabalhar como datilógrafa num escritório de venda de milho mas, como um cobrador de impostos de má fama ficava passando dia sim dia não no escritório, pedindo para trocar uma palavrinha com a filha, ela levou a menina de volta para casa e a colocou para cuidar das tarefas domésticas. Como Polly era muito animada a intenção era deixá-la cuidando dos rapazes. Além disso, os rapazes gostam de sentir que há uma moça jovem logo ali. Polly, claro, flertava com os rapazes mas a sra. Mooney, que era uma mulher atilada, sabia que os rapazes só estavam se divertindo ali: nenhum deles tinha intenções sérias. As coisas seguiram assim por muito tempo e a sra. Mooney estava começando a pensar em mandar Polly de volta à datilografia quando percebeu que algo se passava entre Polly e um dos rapazes. Ela ficou observando o parzinho e não abriu a boca.

Polly sabia que estava sendo observada, mas ainda assim o persistente silêncio da mãe não podia deixar de ser compreendido. Não houve cumplicidade aberta entre a mãe e a filha, nenhum acordo explícito, mas, apesar de as pessoas da casa começarem a falar do casinho dos dois, ainda assim a sra. Mooney não interveio. Polly começou a adotar uma atitude um pouco estranha e o rapaz ficou evidentemente perturbado. Por fim, quando julgou que era a hora certa, a sra. Mooney interveio. Ela lidava com problemas morais como um cutelo lida com carne: e nesse caso tinha tomado uma decisão.

Era uma linda manhã de um dos primeiros domingos do verão, prometendo calor, mas com uma brisa fresca no ar. Todas as janelas da casa de pensão estavam abertas e as cortinas de renda se inflavam delicadas para a rua sob os vidros levantados. O campanário da igreja de S. Jorge emitia constantes badaladas e os fiéis, sozinhos ou em grupos, atravessavam o pequeno largo diante da igreja, revelando seu destino não menos por seu porte contido do que pelos pequenos volumes que tinham nas mãos enluvadas. O café da manhã tinha acabado na casa de pensão e a mesa da sala do café estava coberta de pratos em que restavam marcas amarelas de ovos com pedaços de gordura de bacon e de casca de bacon. A sra. Mooney estava sentada na poltrona de vime vendo Mary, a empregada, tirar as coisas do café. Ela fazia Mary juntar as cascas e pedaços soltos de pão para ajudar a fazer o pudim de pão de terça-feira. Quando a mesa já estava limpa e o pão, recolhido, quando açúcar e manteiga já estavam devidamente fechados à chave, ela começou a reconstruir a entrevista que tivera na noite anterior com Polly. As coisas estavam como ela suspeitava: tinha sido franca nas perguntas e Polly tinha sido franca nas respostas. As duas estavam algo constrangidas, claro. Ela tinha ficado constrangida por não querer receber a notícia de maneira displicente demais nem parecer ter sido conivente e Polly tinha ficado constrangida não apenas porque alusões dessa espécie sempre a deixavam constrangida mas também porque não queria que pensassem que em sua sábia inocência ela teria adivinhado a intenção por trás da tolerância da mãe.

A sra. Mooney espiou instintivamente o reloginho dourado sobre a lareira assim que percebeu em meio a seus devaneios que os sinos da igreja de S. Jorge tinham parado de bater. Eram onze horas e dezessete: ela teria muito tempo para resolver a questão com o sr. Doran* e

* O nome significa “estrangeiro” em irlandês. Doran aparece no *Ulysses*, num estado que reflete o que foi sua vida depois dos eventos narrados aqui.

aí pegar a curtinha do meio-dia na Marlborough Street.* Tinha certeza que sairia vencedora. Para começar tinha todo o peso da opinião pública do seu lado: era uma mãe escandalizada. Tinha permitido que ele vivesse sob seu teto, supondo que fosse homem honrado, e ele simplesmente tinha abusado de sua hospitalidade. Ele tinha trinta e quatro ou trinta e cinco anos de idade, de modo que a juventude não serviria de desculpa; nem a ignorância podia ser sua desculpa já que era um homem que já tinha visto alguma coisa do mundo. Ele simplesmente tinha se aproveitado da juventude e da inexperiência de Polly: isso estava claro. A questão era: que reparação ele daria ao que aconteceu?

Alguma reparação há de haver nesses casos. Para o homem fica tudo muito bem: ele pode seguir sua vida como se nada tivesse acontecido, depois de ter tido seu momento de prazer, mas a moça precisa lidar com as consequências. Certas mães por aí ficariam satisfeitas de dar um jeitinho naquilo em troca de algum dinheiro; ela conhecia casos assim. Mas com ela as coisas seriam diferentes. Para ela só haveria uma única reparação para a perda da honra da filha: casamento.

Contou de novo suas cartas antes de mandar Mary subir até o quarto do sr. Doran para dizer que ela queria falar com ele. Tinha certeza que sairia vencedora. Ele era um rapaz sério, não era devasso e boquirroto como os outros. Se tivesse sido o sr. Sheridan ou o sr. Meade ou aquele Garnizé Lyons** a tarefa que lhe caberia seria muito mais difícil. Ela não achava que ele encararia a divulgação

* A missa do meio-dia era a mais curta de todas, com menos de uma hora. A igreja em questão seria a da Conceição, a pró-catedral católica, já que as duas antigas catedrais da cidade eram, e ainda são, ocupadas pelos protestantes.
** Personagem do *Ulysses*, que aqui ainda reaparece em "Dia de hera na sala do comitê".

daquilo tudo. Todos os inquilinos da casa tinham alguma ideia do caso dos dois; alguns inventaram seus detalhes. Além disso, ele estava empregado havia treze anos num grande escritório católico de venda de vinhos e essa divulgação significaria para ele, talvez, a perda da posição. Já se ele concordasse, tudo podia acabar bem. Ela sabia que ele recebia um ordenado decente para começo de conversa e suspeitava que tinha algum guardado também.

Quase onze e meia! Ela levantou e se examinou no espelho do tremó. A expressão decidida do seu grande rosto avermelhado a deixou satisfeita e ela pensou em certas mães que conhecia, que não conseguiam se livrar das filhas.

O sr. Doran estava para lá de ansioso naquela manhã de domingo. Tinha feito duas tentativas de se barbear mas estava com a mão tão trêmula que se viu obrigado a desistir. Uma barba arruivada de três dias lhe toldava o queixo e a cada dois ou três minutos se formava uma névoa em seus óculos que o obrigava a tirá-los e limpá-los com o lenço de bolso. A lembrança de sua confissão da noite anterior era causa de violenta dor para ele; o padre tinha arrancado cada detalhezinho ridículo do caso e no fim tinha aumentado tanto seu pecado que ele ficou quase agradecido por receber uma escapatória para uma reparação. Não havia como voltar atrás. Que opção agora além de casar com ela ou fugir? Ele não podia passar por cima daquilo. O caso certamente viraria assunto e iria chegar aos ouvidos do seu patrão. Dublin é uma cidade pequena: todo mundo sabe da vida de todo mundo. Sentiu o coração saltar quente na garganta quando ouviu em sua imaginação acelerada o velho sr. Leonard chamando com sua voz roufenha: *Mandem o sr. Doran vir aqui, por favor.*

Todos aqueles anos de trabalho indo pelo ralo! Toda aquela aplicação e aquela diligência jogadas fora! Quando jovem ele tinha dado seus pulinhos, claro; tinha se gabado de ser um livre-pensador e tinha negado a existência de Deus diante dos companheiros nos pubs. Mas isso tudo era passado e não existia mais... ou quase. Ele ainda comprava um exemplar do *Reynold's Newspaper** toda semana mas cumpria seus deveres religiosos e em nove décimos do ano levava uma vida normal. Tinha dinheiro suficiente para se acomodar; não era por isso. Mas a família ia olhar de nariz empinado para ela. Para começo de conversa havia aquele pai de má fama e ainda aquilo da pensão da mãe dela estar começando a ganhar uma certa reputação. Ele tinha uma vaga noção de que estava sendo ludibriado. Conseguia imaginar seus amigos falando daquilo tudo e rindo. Ela *era* meio vulgar; às vezes ela dizia *Pra eu vim* e *Pra mim comer*. Mas que importância teria a gramática se ele a amasse de verdade? Não conseguia decidir se gostava dela ou a desprezava pelo que ela fizera. Claro que ele também tinha feito. Seus instintos diziam para ele permanecer livre, para não se casar. Quando você casa, acaba tudo, eles diziam.

Enquanto estava sentado desamparado em mangas de camisa na beira da cama ela bateu de leve na porta e entrou. Contou tudo, que tinha desabafado com a mãe e que a mãe viria conversar com ele hoje de manhã. Ela chorou e o abraçou, dizendo:

— Ah, Bob! Bob! O que é que eu vou fazer? O que é que eu posso fazer?

Ela ia dar cabo da vida, ela disse.

Ele a consolou de maneira débil, dizendo que não chorasse, que tudo ia ficar bem, não tenha medo. Sentia contra a camisa a agitação do peito dela.

Não era de todo culpa dele aquilo ter acontecido. Ele lembrava bem, com a curiosa memória paciente do solitário, as primeiras carícias casuais que seu vestido, seu hálito, seus dedos tinham lhe dado. Aí um dia, noite alta,

* O *Reynold's Weekly Newspaper* era um jornal politicamente radical, publicado aos domingos, em Londres, desde 1850.

enquanto ele tirava a roupa para ir deitar ela bateu à porta, tímida. Queria acender na dele a sua vela, que tinha sido apagada por uma rajada. Era a noite do banho dela. Estava com um penhoar frouxo de flanela, aberto. O peito do pé lhe brilhava na abertura dos chinelos felpudos e o sangue cintilava cálido por trás daquela pele perfumada. De suas mãos e pulsos também no que ela acendia e firmava a vela subia tênue perfume.

Nas noites em que ele chegava bem tarde era ela quem lhe esquentava o jantar. Ele mal via o que estava comendo, sentindo sua presença ali sozinha com ele, à noite, na casa adormecida. E quanta consideração! Se a noite estivesse só um tantinho fria ou úmida ou se ventasse ela já teria certamente deixado um copinho de ponche para ele. Talvez pudessem ser felizes juntos...

Costumavam subir as escadas juntos na ponta dos pés, cada um com uma vela, e no terceiro patamar trocar relutantes palavras de boa-noite. Costumavam se beijar. Ele lembrava bem os olhos dela, o toque da mão e seu próprio delírio...

Mas o delírio passa. Ele ecoava a frase dela, aplicando-a a si próprio: *O que é que eu vou fazer?* Os instintos do solitário o aconselhavam a se conter. Mas o pecado estava lá; até seu senso de honra lhe dizia que era necessária alguma reparação por um pecado como aquele.

Enquanto estava sentado com ela na beira da cama Mary apareceu à porta e disse que a patroa queria falar com ele no salão. Ele levantou para vestir colete e paletó, mais desamparado do que nunca. Depois de vestido foi até ela para consolá-la. Ia dar tudo certo, não tenha medo. Ele a deixou chorando na cama e gemendo baixinho: *Ai, meu Deus!*

Na descida da escada seus óculos ficaram tão embaçados de umidade que ele teve que tirá-los para limpar. Só queria era atravessar voando o telhado e sumir para outro país onde nunca mais ouviria falar desse problema, e mesmo assim uma força o empurrava para o térreo de degrau em degrau. Os rostos implacáveis de seu empregador e da Madame encaravam sua derrota. No último lance de escadas ele passou por Jack Mooney que estava vindo da despensa com duas garrafas de Bass* no colo. Eles se cumprimentaram friamente; e os olhos do enamorado repousaram um ou dois segundos num rosto maciço de buldogue e num par de curtos braços maciços. Quando chegou ao pé da escada ele olhou para cima e viu Jack que o fitava da porta do puxadinho.

Súbito lembrou a noite em que um dos *artistes* do teatro de revista, um londrino baixo e louro, tinha feito uma alusão algo direta a Polly. A reuniãozinha quase acabou por causa da violência de Jack. Todos tentaram acalmá-lo. O *artiste* do teatro de revista, um pouco mais pálido que o normal, continuou sorrindo e dizendo que não quisera ofender: mas Jack ficou gritando para ele que se algum desavisado tentasse dessas coisas com a irmã *dele*, ele ia era enfiar os dentes do camarada garganta abaixo, eles que não duvidassem.

Polly ficou um tempo sentada na beira da cama, chorando. Então enxugou os olhos e foi até o espelho. Molhou a ponta da toalha no jarro d'água e refrescou os olhos com a água fresca. Ela se olhou de perfil e ajeitou um grampo de cabelo logo acima da orelha. Então voltou a se sentar no pé da cama. Ficou muito tempo olhando os travesseiros e essa visão fez despertar nela secretas lembranças agradáveis. Descansou a nuca contra a grade de ferro fresca do pé da cama e se deixou levar pelos pensamentos. Não havia mais nenhuma perturbação visível no seu rosto.

Esperou paciente, quase alegre, sem sustos, lembranças

* Uma cerveja inglesa, escura e forte.

gradualmente dando lugar a esperanças e visões do futuro. Suas esperanças e visões eram tão intricadas que ela não via mais os travesseiros brancos em que estava fixo seu olhar, nem lembrava que estava esperando alguma coisa.

Finalmente ela ouviu a mãe chamar. Levantou de um salto e correu para a escada.

— Polly! Polly!

— O que foi, mamãe?

— Desce, querida. O sr. Doran quer falar com você.

Aí ela lembrou o que estava esperando.

Uma pequena nuvem*

Oito anos antes ele tinha se despedido do amigo no North Wall e desejado que ele fosse com Deus. Gallaher tinha se dado bem.** Dava para ver imediatamente por aquele ar viajado, aquele terno de tweed bem cortado e o sotaque destemido. Poucos sujeitos tinham talentos à altura dos seus e menos sujeitos ainda conseguiam passar imaculados por tanto sucesso. O coração de Gallaher era dos bons e ele tinha merecido vencer. Não era pouca coisa ter um amigo assim.

Os pensamentos de Little Chandler desde a hora do almoço estavam voltados a esse encontro com Gallaher, ao convite de Gallaher e à grande cidade de Londres onde Gallaher vivia. Ele era chamado de "pequeno" Chandler porque, apesar de ser só um pouquinho menor que a estatura mediana, dava a sensação de ser um homem mirrado. Suas mãos eram brancas e miúdas, seu corpo parecia frágil, sua voz era baixa e seus modos, refinados. Cuidava muitíssimo bem do cabelo e do bigode claros e sedosos e usava um perfume discreto no lencinho. As meias-luas de suas unhas eram perfeitas e quando ele sorria você entrevia uma fileira de dentes brancos infantis.

* O título pode fazer referência ao episódio bíblico narrado no Primeiro Livro dos Reis, em que os israelitas passam a adorar Baal e, depois de serem punidos com dois anos de seca, recebem graças a "uma pequena nuvem" o anúncio da volta da chuva.
** É também assim que ele é citado no *Ulysses*.

Sentado à sua mesa nos King's Inns* ele pensava nas mudanças que aqueles oito anos tinham trazido. O amigo que conhecera sob uma aparência pobre e necessitada tinha se tornado figura brilhante da imprensa de Londres. Ele muitas vezes tirou os olhos da cansativa tarefa de escrever para mirar pela janela do escritório. O brilho de um poente de fins de outono cobria os gramados e as trilhas. Espargia uma chuva de generoso pó dourado por sobre as enfermeiras desarrumadas e os velhos decrépitos que cochilavam nos bancos; reluzia em todas as figuras móveis — nas crianças que corriam gritando pelas trilhas de pedrinhas e em todos que atravessavam os jardins. Ele ficava olhando a cena e pensando na vida; e (como sempre acontecia quando pensava na vida) ficou triste. Uma suave melancolia tomou conta dele. Sentia o quanto era inútil lutar contra o destino, sendo este o fardo de sabedoria que os séculos lhe haviam legado.

Lembrou-se dos livros de poesia nas suas prateleiras em casa. Tinham sido comprados nos seus dias de solteiro e em não poucas noites, sentado na salinha da entrada, ele se sentira tentado a tirar um deles dali e ler alguma coisa para a esposa. Mas a timidez sempre o impedira; e assim os livros continuaram nas prateleiras. Às vezes ele repetia versos mentalmente e isso lhe dava consolo.

Quando deu sua hora ele levantou e se despediu da mesa e dos colegas, meticulosamente. Emergiu de sob o arco feudal dos King's Inns, modesta figura correta que era, e caminhou rígido pela Henrietta Street. O crepúsculo dourado minguava e o ar tinha ficado cortante. Uma horda de crianças remelentas povoava a rua. Estavam paradas ou correndo pela rua, ou escalavam os degraus diante das portas escancaradas ou se acomodavam como camundongos nos limiares. Little Chandler não lhes deu atenção. Foi habilmente abrindo caminho entre toda essa vida quase

* Instituição jurídica central da cidade.

animalesca e por debaixo da sombra de lúgubres mansões espectrais em que um dia a velha nobreza de Dublin fez suas festas. Lembrança alguma do passado o tocava, pois sua mente estava plena de um prazer presente.

Nunca tinha ido ao Corless mas sabia quanto valia aquele nome. Sabia que as pessoas iam lá depois do teatro para comer ostras e beber licores; e tinha ouvido dizer que os garçons ali falavam francês e alemão. Caminhando velozmente por ali à noite tinha visto táxis encostando diante da porta e senhoras com roupas ricas, acompanhadas por cavalheiros, desembarcarem e entrarem rapidamente. Elas usavam vestidos ruidosos e muitas echarpes. Tinham o rosto empoado e arrepanhavam os vestidos, quando tocavam o solo, como alarmadas Atalantas. Ele passava sempre sem virar a cabeça para olhar. Era costume seu caminhar velozmente pela cidade mesmo de dia e quando por acaso se via na cidade tarde da noite se apressava, apreensivo e excitado. Às vezes, contudo, flertava com os motivos de seu medo. Escolhia as ruas mais escuras e estreitas e, enquanto caminhava corajosamente, o silêncio que se espalhava em torno de seus passos o perturbava, as errantes figuras silentes o perturbavam; e às vezes um som de suave risada furtiva o fazia tremer como vara verde.

Dobrou à direita na direção da Capel Street. Ignatius Gallaher na imprensa londrina! Quem teria imaginado uma coisa dessas oito anos atrás? Ainda assim, agora que revia o passado, Little Chandler conseguia lembrar vários sinais da futura grandeza de seu amigo. As pessoas diziam que Ignatius Gallaher era doido. Tudo bem que ele andava mesmo com um grupinho de safados naquela época, bebia bem e emprestava dinheiro de quem estivesse por perto. No fim acabou envolvido em alguma história meio mal contada, alguma transação financeira: pelo menos era uma das versões da sua fuga. Mas ninguém negava que ele tinha talento. Houve sempre certa... alguma coisa em Ignatius Gallaher que te impressionava mesmo que você não quisesse reconhecer. Nem quando ele estava na pior e tentando qualquer coisa para conseguir dinheiro ele perdia aquela pose. Little Chandler lembrava (e a lembrança lhe trouxe um leve rubor de orgulho ao rosto) uma das tiradas de Ignatius Gallaher quando estava numa enrascada:

— Tempo, aqui, pessoal — ele dizia despreocupadamente. — Cadê o meu chapéu pensador?*

Isso era a cara de Ignatius Gallaher; e, poxa vida, não tinha como não admirar o sujeito por essas coisas.

Little Chandler apertou o passo. Pela primeira vez na vida ele se sentia superior às pessoas por quem passava. Pela primeira vez na vida sua alma se rebelava contra a deselegância discreta da Capel Street. Não havia dúvida: se você queria dar certo, tinha que ir embora. Não dava para fazer nada em Dublin. Ao atravessar a Grattan Bridge ele olhou para o rio lá embaixo, na direção dos cais, e sentiu pena das pobres casas atrofiadas. Elas lhe pareciam um bando de vagabundos, amontoados todos juntos ao longo das margens do rio, com seus velhos casacos cobertos de pó e de fuligem, atordoados pelo panorama do crepúsculo e esperando que o primeiro friozinho da noite viesse fazê-los se levantar, se sacudir e se despedir. Pensou se não podia escrever um poema para expressar essa ideia. Quem sabe Gallaher pudesse dar um jeito de publicar em algum jornal de Londres para ele. Será que ele conseguia escrever alguma coisa original? Não sabia ao certo qual ideia queria expressar mas a noção de que um momento poético tinha vindo tocá-lo ganhou vida dentro dele como uma esperança infantil. Seguiu adiante com bravura.

Cada passo o deixava mais perto de Londres, mais longe de sua própria e sóbria vida nada artística. Uma luz começou a tremular no horizonte de sua mente. Não estava assim tão velho — trinta e dois. Era possível até dizer que

* Frase de uma personagem do romance *O amigo comum* (1865), de Charles Dickens.

seu temperamento estava justamente no ponto de maturidade. Havia tantos estados de espírito e tantas impressões diferentes que ele gostaria de expressar em versos. Sentia isso tudo dentro de si. Tentou sopesar sua alma para ver se era uma alma de poeta. A melancolia era a nota dominante de seu temperamento, ele achava, mas era uma melancolia temperada por recorrências de fé e resignação e de simples prazeres. Se conseguisse expressar isso tudo num livro de poemas talvez os homens ouvissem. Ele jamais seria popular: isso ele via. Não conseguiria arrastar multidões mas poderia agradar a um pequeno círculo de mentes semelhantes à sua. Os críticos ingleses talvez o reconhecessem como membro da escola céltica por causa do tom melancólico de seus poemas; além disso, incluiria alusões. Começou a inventar frases e expressões das resenhas que seu livro receberia. *O sr. Chandler tem o dom do verso leve e gracioso... Uma tristeza nostálgica dá o tom desses poemas... Aquela nota celta.* Era pena que seu nome não tivesse uma cara mais irlandesa. Talvez fosse melhor inserir o sobrenome da mãe antes do seu: Thomas Malone Chandler, ou melhor ainda: T. Malone Chandler. Ele ia perguntar o que Gallaher achava disso.

Seguiu seus devaneios de forma tão ardorosa que passou da rua e teve que voltar. À medida que se aproximava do Corless sua agitação anterior começou a tomar conta dele e ele se deteve indeciso diante da porta. Finalmente abriu a porta e entrou.

A luz e o barulho do bar o detiveram por alguns momentos à entrada. Olhou em volta, mas sua visão se confundiu com o brilho de tantas taças vermelhas e verdes de vinho. O bar lhe parecia estar cheio de gente e ele sentia que as pessoas o observavam com curiosidade. Lançou rápidos olhares para a direita e para a esquerda (franzindo um pouco o rosto para fazer sua incumbência ali parecer séria), mas quando sua visão ganhou alguma clareza viu que ninguém tinha se virado para olhar para ele: e lá, claro, estava Ignatius Gallaher com as costas apoiadas no balcão e os pés plantados no chão bem afastados.

— Salve, Tommy, meu herói, finalmente! O que é que vai ser? Você bebe o quê? Eu estou tomando uísque: coisa mais fina do que a gente recebe lá na outra ilha. Soda? Água? Nada de mineral? Pra mim também não. Estraga o gosto... Olá, *garçon*, manda duas de uísque de malte aqui pra gente, se não for incômodo... Bom, e como é que você tem passado desde a última vez que eu te vi? Santo Deus, como a gente está ficando velho! Dá pra ver algum sinal de idade em mim — hein, diz? Meio grisalho e meio ralo aqui em cima — ou não?

Ignatius Gallaher tirou o chapéu e exibiu uma cabeçorra de cabelo cortado rente. Seu rosto era pesado, pálido e bem barbeado. Os olhos, que eram azulados, como que de ardósia, amenizavam sua palidez doentia e brilhavam nitidamente sobre a gravata laranja berrante* que usava. No meio desses traços rivais os lábios pareciam muito longos, sem contorno e sem cor. Ele baixou a cabeça e tateou com dois dedos complacentes o cabelo ralo ali no alto. Little Chandler balançou a cabeça, negando. Iganatius Gallaher pôs o chapéu de novo.

— Acaba com o sujeito — ele disse — essa vida de imprensa. Sempre correndo sem parar, procurando notícia e às vezes sem achar; e aí, precisa sempre alguma coisa nova no texto. Danem-se as provas e os impressores, por mim, por uns dias. Eu estou feliz pra dedéu, isso eu posso te dizer, de voltar aqui pra terrinha. Faz um bem danado, um feriadinho. Eu estou me sentindo mil vezes melhor desde que atraquei aqui na nossa querida Dublin imunda**... E você aqui, Tommy. Água? Diga quando.

* Por uma ligação com Guilherme de Orange, rei inglês que sacramentou o domínio da Inglaterra sobre a Irlanda, o laranja era malvisto.

** No original, "Dear dirty Dublin", epíteto criado pela escritora Lady Sydney Morgan (1780-1859).

Little Chandler deixou seu uísque ser muito diluído.

— Você não sabe o que é bom, meu amigo — disse Ignatius Gallaher. — Eu bebo o meu puro.

— Via de regra eu bebo muito pouco — disse Little Chandler modestamente. — Uma dose ou outra quando encontro alguém das antigas: só.

— Ah, mas enfim — disse Ignatius Gallaher, animado —, a nós e aos velhos tempos e aos velhos conhecidos.

Eles bateram os copos e beberam.

— Eu vi um pessoal do nosso grupo hoje — disse Ignatius Gallaher. — O O'Hara parece que está na pior. O que é que ele anda fazendo?

— Nada — disse Little Chandler. — Ele largou mão.

— Mas o Hogan está com um empreguinho bom, não é?

— É; está na Comissão de Terras.*

— Eu encontrei com ele uma noite em Londres e ele parecia bem por cima... Coitado do O'Hara! Bebida, imagino?

— E outras coisas, também — disse Little Chandler curto.

Ignatius Gallaher riu.

— Tommy — ele disse —, estou vendo que você não mudou nadinha. Você é a mesma pessoa séria que ficava me passando sermão no domingo de manhã quando eu estava com a cabeça pesada e sentindo a língua peluda. Você precisa dar umas voltas pelo mundo. Você nunca saiu daqui, nem a passeio?

— Eu estive na ilha de Man — disse Little Chandler.

Ignatius Gallaher riu.

— A ilha de Man! — ele disse. — Vá pra Londres ou Paris: Paris, de preferência. Isso é que ia te fazer bem.

— Você esteve em Paris?

* Órgão que supervisionava a transferência de terras dos lordes para os camponeses, depois de uma série de reformas que aboliram o quase feudalismo que reinou até fins do século XIX.

— E como! Eu dei minhas voltinhas por lá.

— E é lindo mesmo, que nem todo mundo diz? — perguntou Little Chandler.

Ele tomou um golinho da bebida enquanto Ignatius Gallaher virava a sua de uma vez.

— Lindo? — disse Ignatius Gallaher, detendo-se na palavra e no sabor de seu drinque. — Não é tão lindo, sabe. É claro que é lindo... Mas a vida de Paris; aí é que está. Ah, nenhuma cidade tem a alegria, o movimento, a empolgação de Paris...

Little Chandler terminou o uísque e, depois de certa dificuldade, conseguiu chamar a atenção do barman. Pediu outra.

— Eu estive no Moulin Rouge — Ignatius Gallaher continuou quando o barman tinha retirado os copos dos dois — e estive em todos os cafés boêmios. Uma loucura! Não é coisa pra um camarada pio que nem você, Tommy.

Little Chandler não disse nada até o barman voltar com os dois copos: então tocou de leve o copo do amigo e retribuiu o brinde anterior. Estava começando a se sentir algo desapontado. O sotaque e a forma de Gallaher se expressar não lhe agradavam. Havia algo vulgar no seu amigo, que ele não tinha observado antes. Mas talvez fosse apenas o resultado de ele morar em Londres em meio ao burburinho e à competitividade da imprensa. O velho charme pessoal ainda estava ali sob esses novos modos exuberantes. E, afinal de contas, Gallaher tinha vivido, tinha visto o mundo. Little Chandler olhava com inveja para o amigo.

— Tudo em Paris é alegre — disse Ignatius Gallaher. — Eles acreditam em aproveitar a vida — e você não acha que eles têm razão? Se você quer se divertir de verdade, tem que ir a Paris. E, veja bem, eles gostam bastante dos irlandeses por lá. Quando ficaram sabendo que eu vinha da Irlanda só faltou me devorarem, meu amigo.

Little Chandler tomou quatro ou cinco golinhos do seu copo.

— Me diz uma coisa, é verdade que Paris é tão... imoral quanto dizem?

Ignatius Gallaher fez um gesto abrangente com o braço direito.

— Todo lugar é imoral — ele disse. — Claro que tem uns pedaços mais picantes em Paris. Vá ver um dos bailes dos estudantes, por exemplo. Aí é animado, por assim dizer, quando as *cocottes* começam a se soltar. Você sabe o que elas são, imagino...

— Ouvi falar — disse Little Chandler.

Ignatius Gallaher secou seu uísque e sacudiu a cabeça.

— Ah — ele disse — pode dizer o que quiser. Nenhuma mulher está à altura da *parisienne*, no estilo, na disposição.

— Então é mesmo uma cidade imoral — disse Little Chandler, com tímida insistência —, quer dizer, comparada com Londres ou com Dublin?

— Londres! — disse Ignatius Gallaher. — É trocar seis por meia dúzia. Pode perguntar pro Hogan, meu rapaz. Eu mostrei um tantinho de Londres pra ele quando ele passou por lá. Ele ia te abrir os olhos... Olha só, Tommy, não deixa esse uísque esquentar: enxuga aí.

— Não, sério...

— Ah, por favor, mais unzinho não vai te fazer mal. O que é que vai ser? O mesmo de novo, imagino?

— Bom... então tá.

— *François*, mais uma... Você fuma, Tommy?

Ignatius Gallaher puxou de sua cigarreira. Os dois amigos acenderam seus charutos e deram baforadas em silêncio até seus drinques serem servidos.

— Eu vou te dizer o que eu acho — disse Ignatius Gallaher, emergindo depois de algum tempo dentre as nuvens de fumaça onde tinha se refugiado —, é um mundinho bisonho. Por falar em imoralidade! Eu ouvi falar de uns casos — mas o que é que eu estou dizendo? —, eu sei de uns casos: casos de... imoralidade...

Ignatius Gallaher soltou pensativas baforadas de seu charuto e então, no tom calmo de um historiador, passou a esboçar para o amigo algumas imagens da corrupção moral que abundava no exterior. Resumiu as perversões de diversas capitais e parecia inclinado a dar o troféu a Berlim. Algumas coisas não podia garantir (tinha ouvido de seus amigos), mas de outras tinha uma experiência pessoal. Não poupava ricos nem nobres. Revelou muitos dos segredos das casas religiosas do continente e descreveu algumas das práticas que eram tidas por elegantes na alta sociedade e acabou contando, em detalhes, uma história sobre uma duquesa inglesa — uma história que ele sabia que era verdade.* Little Chandler estava atônito.

— Ah, mas enfim — disse Ignatius Gallaher —, cá estamos nós no velho ramerrão de Dublin onde ninguém tem nem ideia dessas coisas.

— Como você deve achar isso aqui chato — disse Little Chandler — depois de todos esses lugares que você já viu!

— Bom — disse Ignatius Gallaher —, é relaxante vir aqui, sabe. E, afinal de contas, é a terrinha, como se diz por aí, não é mesmo? A gente não consegue deixar de gostar um pouco. É a natureza humana... Mas me conte alguma coisa de você. O Hogan me disse que você tinha... provado dos prazeres do êxtase conubial. Faz dois anos, não é?

Little Chandler corou e sorriu.

— É — ele disse. — Eu casei fez um ano agora em maio.

— Tomara que não seja fora de hora demais eu te dar os parabéns — disse Ignatius Gallaher. — Eu não tinha o teu endereço senão tinha te mandado os parabéns na época.

* A ideia de segredos sexuais entre religiosos e nobres era extremamente comum na pornografia barata do período. Leopold Bloom, no *Ulysses*, tem inclusive uma foto erótica de um "padre" e uma "freira".

Ele estendeu a mão, que Little Chandler apertou.

— Bom, Tommy — ele disse —, desejo toda a felicidade deste mundo pra você e pra tua família, meu velho, e baldes de dinheiro, e que você nunca morra se eu não te der um tiro. E esse é o desejo de um amigo sincero, de um velho amigo. Sabia disso?

— Eu sei — disse Little Chandler.

— Rebentos? — disse Ignatius Gallaher.

Little Chandler corou de novo.

— Nós temos um — ele disse.

— Menino ou menina?

— Um menininho.

Ignatius Gallaher deu um sonoro tapa nas costas do amigo.

— Bravo — ele disse —, eu não tinha dúvidas a teu respeito, Tommy.

Little Chandler sorriu, olhou confuso para o copo e mordeu o lábio inferior com três dentes da frente infantilmente brancos.

— Tomara que você possa vir passar uma noitada com a gente — ele disse — antes de voltar. A minha esposa vai ficar muito feliz de te conhecer. A gente pode tocar um pouco de música e...

— Obrigado demais, meu velho — disse Ignatius Gallaher —, que pena que a gente não se viu antes. Mas eu tenho que ir embora amanhã à noite.

— Hoje então, quem sabe...?

— Eu sinto muito mesmo, amigão. É que eu estou aqui com outro sujeito, um camarada muito do esperto, e a gente tinha combinado de ir num carteadinho. Não fosse isso...

— Ah, nesse caso...

— Mas vai saber? — disse Ignatius Gallaher atenciosamente. — Ano que vem eu posso dar um pulinho aqui agora que já quebrei o gelo. Fica só adiado o prazer.

— Muito bem — disse Little Chandler —, na próxima

vez que você vier a gente tem que passar essa noitada juntos. Combinado, então?

— Claro, combinado — disse Ignatius Gallaher. — Ano que vem, se eu vier, *parole d'honneur*.*

— E pra fechar o negócio — disse Little Chandler — a gente vai tomar só mais unzinho agora.

Ignatius Gallaher puxou um grande relógio de ouro e olhou as horas.

— É pra ser o último? — ele disse. — Porque, sabe, eu tenho um rendez-vous.

— Ah, claro, certeza — disse Little Chandler.

— Pois muito bem, então — disse Ignatius Gallaher —, vamos tomar mais um de *deoc an doruis*** — que é um uisquinho aqui na língua nativa, até onde eu saiba.

Little Chandler pediu as bebidas. O rubor que lhe tinha subido ao rosto momentos antes estava se estabelecendo. Qualquer coisinha o fazia corar a qualquer momento: e agora se sentia quente e excitado. Três uísques pequenos tinham lhe subido à cabeça e o charuto forte de Gallaher lhe deixara a mente confusa, pois ele era uma pessoa delicada e abstinente. A aventura de encontrar Gallaher depois de oito anos, de se ver com Gallaher no Corless, cercado por luzes e barulho, de ouvir as histórias de Gallaher e de participar por um breve momento da vida errante e triunfante de Gallaher alterou o equilíbrio de sua natureza sensível. Sentia agudamente o contraste entre sua própria vida e a do amigo, e ele lhe parecia injusto. Gallaher era inferior a ele em nascimento e educação. Tinha certeza de que podia fazer coisa melhor do que seu amigo tinha feito até hoje, ou do que poderia fazer na vida toda, coisa mais elevada que o mero jornalismo de mau gosto, desde que tivesse uma chance. O que estava

* Em francês no original: "palavra de honra".

** Irlandês, literalmente "bebida da porta": ou seja, uma "saideira".

no seu caminho? Aquela timidez desgraçada! Queria se justificar de alguma maneira, afirmar sua virilidade. Viu o que estava por trás da fachada da recusa de Gallaher a seu convite. Aquela simpatia do Gallaher era só condescendência, a visita à Irlanda, a mesma coisa.

O barman trouxe as bebidas dos dois. Little Chandler empurrou um copo na direção do amigo e pegou o outro com firmeza.

— Vá saber? — ele disse, no que eles ergueram os copos. — Quando você vier no ano que vem eu posso ter o prazer de desejar uma vida longa e feliz ao sr. e à sra. Ignatius Gallaher.

Ignatius Gallaher enquanto bebia fechou um olho expressivamente por sobre a borda do copo. Quando terminou de beber ele estalou os lábios decididamente, largou o copo e disse:

— Esse risco eu não corro, rapaz. Eu vou correr saia ainda um pouco e ver a vida e o mundo antes de botar a mão na algema — se é que um dia vou botar.

— Um dia vai — disse Little Chandler calmamente.

Ignatius Gallaher virou a gravata laranja e os olhos azul-ardósia direto para o amigo.

— Você acha mesmo? — ele disse.

— Você vai pôr as mãos na algema — repetiu Little Chandler obstinado — como todo mundo desde que você encontre a moça certa.

Ele tinha dado uma leve ênfase às palavras e estava ciente de ter se traído; mas, apesar de a cor estar mais viva em seu rosto, não fugiu do olhar do amigo. Ignatius Gallaher ficou um momento olhando para ele e então disse:

— Se um dia acontecer, pode apostar o teu último dólar que não vai ser coisa de arrulhos e de engulhos. Eu quero dinheiro. Ou ela tem uma conta bem gorda no banco ou não me serve.

Little Chandler sacudiu a cabeça.

— Ora bolas — disse Ignatius Gallaher, com veemência —, você sabe como isso é? É só eu erguer um dedinho e amanhã eu já estou com a mulher e o dinheiro. Você não está acreditando? Pois eu sei. Tem centenas — mas o que é que eu estou dizendo? —, milhares de alemãs e de judias, podres de ricas, que iam morrer de felicidade... Espera lá, rapazinho. Espera pra ver se eu não puxo o meu ás da manga. Quando eu decido fazer alguma coisa eu vou até o fundo, quer saber? Só espere pra ver.

Ele virou o copo na boca, acabou o drinque e riu alto. Então olhou pensativo diante de si e disse num tom mais calmo:

— Mas eu não tenho a menor pressa. Elas podem esperar. Eu não me vejo preso a uma mulher só, sabe.

Ele imitou com a boca o ato de provar alguma coisa e fez cara de quem não gostou.

— Deve ficar meio rançoso, eu acho — ele disse.

Little Chandler estava sentado na sala da entrada, com uma criança no colo. Para poupar dinheiro eles não tinham empregados, só a irmã mais nova da Annie, Monica, ajudava por coisa de uma hora de manhã e uma hora de tarde. Mas Monica já tinha ido para casa fazia tempo. Eram quinze para as nove. Little Chandler tinha chegado tarde para o chá e, além de tudo, tinha esquecido de trazer para a Annie o pacote de café lá da Bewley's. Claro que ela estava de mau humor e lhe deu respostas secas. Ela disse que podia passar sem chá mas quando foi se aproximando a hora em que a lojinha da esquina fechava decidiu ir ela mesma comprar um quarto de libra de chá e duas libras de açúcar. Pôs habilmente a criança adormecida no colo dele e disse:

— Toma. Não deixa ele acordar.

Um abajurzinho com uma cúpula de porcelana branca ficava em cima da mesa e sua luz caía sobre uma fotografia que estava numa moldura de chifre trabalhado. Era a fotografia de Annie. Little Chandler olhou para ela, detendo--se nos lábios finos e apertados. Ela estava com a blusinha azul-clara de verão que ele tinha trazido de presente para ela num sábado. Ela lhe custara dez e onze pence;* mas que nervosismo lhe custara! Como tinha sofrido aquele dia, esperando na porta até a loja esvaziar, parando diante do balcão e tentando parecer à vontade enquanto a moça empilhava blusas femininas diante dele, pagando no caixa e esquecendo de pegar o pêni que lhe sobrava de troco, sendo chamado de volta pelo caixa e, finalmente, lutando para esconder o rubor enquanto saía da loja examinando o pacote para ver se estava bem amarradinho.** Quando chegou com a blusa em casa Annie lhe deu um beijo e disse que era bonita e elegante; mas quando soube do preço ela jogou a blusa na mesa e disse que era uma roubalheira cobrarem dez e onze pence por aquilo ali. De início ela quis ir devolver mas quando provou ficou encantada com a blusa, especialmente com o corte das mangas, e lhe deu um beijo e disse que foi muita bondade ter pensado nela.

Hm!...

Ele olhou friamente para os olhos da fotografia e eles responderam friamente. É bem verdade que eles eram bonitos e que o rosto em si era bonito. Mas ele via algo maldoso ali. Por que o rosto era tão inconsciente e senhoril? A compostura daqueles olhos o irritava. Eles o repeliam e o desafiavam: não havia paixão ali, não havia êxtase. Ele pensou no que Gallaher tinha dito sobre as judias ricas. Aqueles olhos escuros orientais, ele pensou, como eram cheios de paixão, de desejo voluptuoso!... Por que ele tinha casado com os olhos da fotografia?

Ele se surpreendeu com essa pergunta e olhou nervoso em volta da sala. Achou algo de maldoso na mobília

* Dez xelins e onze, um presente bastante caro.

** Não era exatamente normal para um homem entrar numa loja de roupas femininas.

bonita que tinha comprado para sua casa a prestação. A própria Annie tinha escolhido os móveis e eles o faziam lembrar dela. Também eram certinhos e bonitos. Um ressentimento discreto contra sua vida despertou dentro dele. Será que não podia escapar de sua casinha? Seria tarde demais para tentar viver corajosamente como Gallaher? Será que podia ir para Londres? A mobília ainda não estava paga. Se pelo menos pudesse escrever um livro e ser publicado, podia ser um começo.

Um volume dos poemas de Byron estava diante dele na mesa. Abriu o livro com cuidado com a mão esquerda para não acordar a criança e começou a ler o primeiro poema:

Sem voz os ventos, muda a tarde triste,
No bosque nem um Zéfiro mais erra,
No que retorno à cova onde ela existe,
*E espalho flores nesta amada terra.**

Ele se deteve. Sentia o ritmo dos versos à sua volta, pela sala. Como era melancólico! Será que ele também conseguia escrever daquele jeito? Expressar em versos a melancolia de sua alma? Eram tantas as coisas que queria descrever: sua sensação poucas horas antes na Grattan Bridge, por exemplo. Se conseguisse voltar àquele estado de espírito...

A criança acordou e começou a chorar. Ele desviou os olhos da página e tentou acalmá-la: mas ela não se acalmava. Começou a balançá-la de um lado para outro no colo mas seu choro uivado foi ficando mais estridente. Ele a ninava mais rápido enquanto seus olhos começavam a ler a segunda estrofe:

* Primeira estrofe do poema “Sobre a morte de uma jovem senhora, prima do autor e muito querida por ele” (1802), de Byron (1788-1824).

E nesta cela estreita pousa o barro,
O barro em que...

Era inútil. Não conseguia ler. Não conseguia fazer nada. Os uivos da criança lhe perfuravam o tímpano. Era inútil, inútil! Ele era prisioneiro perpétuo. Seus braços tremiam de raiva e subitamente, abaixando-se até o rosto da criança, ele gritou:

— Pare!

A criança parou um instante, teve um espasmo de medo e começou a berrar. Ele saltou da cadeira e caminhou apressado de um lado para outro da sala com a criança no colo. Ela começou a soluçar terrivelmente, perdendo o fôlego a cada quatro ou cinco segundos, e aí irrompendo de novo. As finas paredes da sala ecoavam o som. Ele tentou acalmá-la mas ela soluçou mais convulsivamente. Olhou para o rosto contraído e trêmulo da criança e começou a ficar com medo. Contou sete soluços sem pausa entre si e apertou a criança contra o peito apavorado. Se morresse!...

A porta abriu de supetão e uma moça entrou correndo, arquejante.

— O que foi? O que foi? — ela gritava.

A criança, ouvindo a voz da mãe, foi ao paroxismo do choro.

— Não foi nada, Annie... não foi nada... ele começou a chorar...

Ela jogou os pacotes no chão e arrancou a criança dele.

— O que foi que você fez com ele? — ela gritou, fuzilando-o com os olhos.

Little Chandler aguentou por um momento aquele olhar e seu coração se fechou quando encontrou o ódio que havia nele. Começou a gaguejar.

— Não foi nada... Ele... ele começou a chorar... Eu não consegui... Eu não fiz nada... O quê?

Sem prestar atenção nele ela começou a andar daqui para lá pela sala, com a criança bem apertada no colo e murmurando:

— Meu homenzinho! Meu homenzinho pequeninho! Assustou, neném?... Pronto, pronto, meu amor! Pronto agora! Lambabaun!* Cordeirinho do mundo da mamãe!... Pronto agora!

Little Chandler sentia o rosto tomado de vergonha e se afastou da luz do abajur. Ficou ouvindo enquanto o paroxismo dos soluços da criança foi ficando cada vez menor; e lágrimas de remorso lhe vieram aos olhos.

* Irlandês corrompido: "cordeirinho", "criancinha". Há contudo quem veja a possibilidade de ler "nuvenzinha" por trás dessa grafia.

Duplicatas

A campainha soou furiosamente e, quando a srta. Parker foi até o tubo,* uma voz furiosa gritou num cortante sotaque do norte da Irlanda:

— Mande o Farrington aqui!

A srta. Parker voltou à sua máquina, dizendo a um homem que trabalhava numa mesa:

— O sr. Alleyne** quer você lá em cima.

O homem resmungou *Ele que se exploda!* baixinho e empurrou a cadeira para trás para ficar de pé. De pé ele era alto e corpulento. Tinha um rosto flácido, cor de vinho amorenado, com sobrancelhas e bigode claros: seus olhos eram algo projetados, com a parte branca encardida. Ele ergueu a aba do balcão e, passando pelos clientes, saiu do escritório com passo pesado.

Subiu pesado a escada até chegar ao segundo piso, onde uma porta ostentava uma placa de bronze com a inscrição "Sr. Alleyne". Aqui ele se deteve, bufando de esforço e de enfado, e bateu. A voz estrídula gritou:

— Entre!

O homem entrou na sala do sr. Alleyne. Simultaneamente o sr. Alleyne, um homenzinho com óculos de aro

* Meio de comunicação entre andares diferentes de um prédio comercial.

** Ele e seu sócio são mencionados no *Ulysses*.

de ouro num rosto bem barbeado, ergueu a cabeça de trás de uma pilha de documentos. A cabeça propriamente dita era tão rosada e calva que parecia um grande ovo depositado sobre os papéis. O sr. Alleyne não perdeu um só momento:

— Farrington? O que quer dizer isto aqui? Por que eu vivo tendo que reclamar de você? Posso te perguntar por que você não fez uma cópia do contrato entre Bodley e Kirwan? Eu te disse que tinha que estar pronta às quatro.

— Mas o sr. Shelley disse, senhor...

— *O sr. Shelley disse, senhor...* Faça-me o favor de ouvir o que eu digo e não o que *o sr. Shelley diz, senhor*. Você sempre me arranja alguma desculpa pra não dar conta do recado. Pois fique sabendo que se esse contrato não estiver copiado ainda esta tarde eu vou expor a situação toda ao sr. Crosbie... Você está me ouvindo agora?

— Sim, senhor.

— Você está me ouvindo agora?... Ah é, e outra coisinha! Dá na mesma falar com você ou com a parede. Entenda de uma vez por todas que você tem meia hora de almoço e não uma hora e meia. Quantos pratos você pede, isso é que eu queria saber... Você está prestando atenção, agora?

— Sim, senhor.

O sr. Alleyne curvou de novo a cabeça sobre sua pilha de papéis. O homem encarou fixamente o crânio lustroso que cuidava dos negócios da Crosbie & Alleyne, avaliando sua fragilidade. Um espasmo de fúria lhe agarrou a garganta por alguns momentos e então passou, deixando atrás de si uma violenta sensação de sede. O homem reconheceu a sensação e sentiu que precisava de uma boa noitada bebendo. A metade do mês já tinha passado e, se ele conseguisse terminar a tempo a cópia, podia ser que o sr. Alleyne lhe desse um adiantamento. Ele ficou de pé, imóvel, fitando fixamente a cabeça sobre a pilha de papéis. Súbito o sr. Alleyne começou a revirar os papéis todos, procurando alguma coisa. Então, como se só naquele momento tivesse se dado conta da presença do homem, ergueu de novo a cabeça, dizendo:

— Hein? Você vai ficar aí parado o dia todo? Santa paciência, Farrington, você não é de suar a camisa!

— Eu estava esperando para ver...

— Muito bem, não precisa esperar para ver. Desça e cuide do seu trabalho.

Com passo pesado o homem foi até a porta e, saindo dali, ouviu o sr. Alleyne gritar para ele que se o contrato não estivesse copiado até o fim do expediente o sr. Crosbie seria devidamente informado.

Ele voltou à sua mesa no escritório do térreo e contou as folhas que ainda precisava copiar. Pegou a pena e mergulhou na tinta mas continuou encarando de maneira estúpida as últimas palavras que tinha escrito: *De modo algum deverá o supracitado Bernard Bodley se ver já...* A tarde estava caindo e em poucos minutos iam ligar o gás: aí ele poderia escrever. Sentiu que tinha que matar a sede que lhe incomodava a garganta. Levantou da mesa e, erguendo a aba do balcão como antes, saiu do escritório. Enquanto estava saindo o funcionário-chefe olhou para ele inquisitivamente.

— Está tudo certo, sr. Shelley — disse o homem, apontando com o dedo para indicar o objetivo de sua jornada.

O funcionário-chefe espiou o cabide de chapéus mas, vendo a fileira completa, preferiu não comentar.* Assim que estava na escada o homem tirou um boné xadrez de pastor do bolso, colocou na cabeça e desceu rápido os degraus vacilantes. Saindo à rua ele caminhou furtivamente pelo lado interno da calçada na direção da esquina e mergulhou abrupto por uma porta. Agora estava a salvo no reservado escuro do O'Neill's e, tomando toda a jane-

* Farrington insinua que vai ao banheiro, pois nenhum homem de respeito iria à rua sem chapéu.

linha que dava para o bar com seu rosto inflamado, cor de vinho escuro ou carne escura, ele pediu:

— Opa, Pat, chama lá o Seu Veja, por favor.

O garçom lhe trouxe um copo de pórter comum. O homem bebeu de um gole e pediu uma semente de cominho.* Pôs uma moeda de um pence no balcão e, deixando o garçom tateando o balcão no escuro, retirou-se do reservado furtivo como tinha entrado.

A escuridão, acompanhada de uma densa neblina, estava vencendo o crepúsculo de fevereiro e os postes da Eustace Street tinham sido iluminados. O homem foi subindo junto às casas até chegar à porta do escritório, imaginando se conseguiria terminar a cópia a tempo. Na escada um úmido aroma pungente de perfumes veio cumprimentar seu nariz: evidentemente a srta. Delacour tinha entrado enquanto ele estava no O'Neill's. Ele meteu o boné no bolso e entrou novamente no escritório, adotando uma expressão ausente.

— O sr. Alleyne estava atrás de você — disse o funcionário-chefe com severidade. — Onde é que você estava?

O homem espiou os dois clientes que estavam de pé diante do balcão como quem quer dizer que a presença deles o impedia de responder. Como os dois clientes eram homens o funcionário-chefe se permitiu uma risada.

— Essa eu conheço — ele disse. — Cinco vezes num dia só é meio... Bom, melhor você ficar esperto e pegar uma cópia da nossa correspondência referente ao caso Delacour para o sr. Alleyne.

Essa advertência na presença de estranhos, sua corrida escada acima e a cerveja que tinha entornado tão apressadamente confundiram o homem e, quando sentou à sua mesa para pegar o que lhe pediam, ele percebeu o quanto era vã a esperança de terminar a cópia do contrato antes de cinco e meia. Estava chegando a noite escura e úmida,

* Para disfarçar o hálito.

que ele queria passar nos bares, bebendo com os amigos entre brilhos de focos e brindes de copos. Ele reuniu a correspondência do caso Delacour e saiu do escritório. Torcia para que o sr. Alleyne não descobrisse que as duas últimas cartas não estavam ali.

O perfume úmido cobria todo o caminho que levava à sala do sr. Alleyne. A srta. Delacour era uma mulher de meia-idade e aparência judia. Diziam que o sr. Alleyne tinha uma quedinha por ela ou pelo seu dinheiro. Ela vinha bastante ao escritório e ficava muito tempo quando vinha. Estava sentada agora junto à mesa dele em meio a um aroma de perfumes, alisando o cabo da sombrinha e fazendo oscilar uma grande pluma negra que tinha no chapéu. O sr. Alleyne tinha girado a cadeira para ficar de frente para ela e passado relaxadamente o pé direito para cima do joelho esquerdo. O homem pôs a correspondência na mesa e fez uma reverência respeitosa mas o sr. Alleyne e a srta. Delacour sequer a perceberam. O sr. Alleyne bateu com um dedo na correspondência e então fez um gesto com aquele dedo na direção dele como quem quer dizer: *Tudo bem: pode ir.*

O homem voltou ao escritório do térreo e sentou de novo à mesa. Encarou concentrado a frase incompleta: *De modo algum deverá o supracitado Bernard Bodley se ver já...* e pensou que eram esquisitas aquelas palavras curtinhas no final. O funcionário-chefe começou a apressar a srta. Parker, dizendo que ela nunca ia terminar de datilografar as cartas antes de o correio fechar. O homem ficou ouvindo os cliques da máquina por uns minutos e então foi terminar sua cópia. Mas não estava com a cabeça clara e sua mente fugia para o brilho e o estrépito do pub. Era uma noite para tomar ponche quente. Ele lutava com a cópia, mas quando o relógio deu as cinco ainda tinha catorze páginas para escrever. Que se exploda! Não tinha como ele terminar aquilo a tempo. Queria blasfemar em voz alta, descer o punho em alguma coisa com violência. Estava tão enfurecido que escreveu *Bernard Bernard* em vez de *Bernard Bodley* e teve que começar de novo numa folha em branco.

Sentia que teria forças para acabar com o escritório todo sozinho. Seu corpo queimava de vontade de fazer alguma coisa, de sair correndo e se refestelar na violência. Todas as indignidades de sua vida o enfureciam... Será que podia pedir um adiantamento direto ao caixa? Não, o caixa não adiantava, não servia para nada: ele não ia dar o adiantamento... Ele sabia onde ia encontrar os rapazes: Leonard e O'Halloran e o Cheirão Flynn.* O barômetro de sua natureza emocional estava regulado para uma noite de fúria.

Sua imaginação o tinha levado tão longe que seu nome foi chamado duas vezes antes de ele responder. O sr. Alleyne e a srta. Delacour estavam de pé diante do balcão e todos os funcionários tinham se virado na expectativa de alguma coisa. O homem levantou de sua mesa. O sr. Alleyne começou uma tirada ofensiva, dizendo que faltavam duas cartas. O homem respondeu que não sabia nada disso, que tinha feito uma cópia fiel. A tirada continuou: foi tão amarga e tão violenta que o homem mal conseguia impedir o punho de cair sobre a cabeça daquele homúnculo à sua frente.

— Eu não sei nada dessas outras duas cartas — ele disse estupidamente.

— *Você — não sabe — nada.* Claro que não sabe — disse o sr. Alleyne. — Me diga uma coisa — ele acrescentou, não sem antes dar uma olhadinha para a dama ao seu lado, em busca de apoio —, você acha que eu sou idiota? Você acha que eu sou um rematado idiota?

O homem correu os olhos do rosto da dama para a cabecinha ovoide e de novo para ela; e, quase antes de ele

* O primeiro e o terceiro deles aparecem no *Ulysses*. Flynn tem inclusive uma longa conversa com Leopold Bloom.

mesmo ter consciência do fato, sua língua já tinha encontrado uma saída feliz:

— Eu não acho, senhor — ele disse —, que seja justo me perguntar uma coisa dessas.

Houve uma pausa até na respiração dos funcionários. Estavam todos pasmados (o autor do dito tanto quanto seus vizinhos) e a srta. Delacour, que era uma pessoa das mais simpáticas, abriu um sorriso largo. O sr. Alleyne corou até ficar da cor de uma rosa do campo e sua boca se contorceu com a fúria de um anão. Ele sacudiu o punho na cara do homem até que ele pareceu vibrar como o comando de alguma máquina elétrica:

— Rufiãozinho impertinente! Rufiãozinho impertinente! Eu vou acabar com você! Só espere pra ver! Você vai me pedir desculpas por essa impertinência ou vai se mandar deste escritório já-já! Ou vai embora, escute o que eu estou te dizendo, ou me pede desculpas!

Ele estava parado no umbral de uma porta do outro lado da rua esperando para ver se o caixa ia sair sozinho. Todos os funcionários passaram e finalmente o caixa saiu com o funcionário-chefe. Não adiantava tentar uma palavrinha com ele quando estava com o funcionário-chefe. O homem sentiu que estava em maus lençóis. Ele tinha sido obrigado a se desculpar de maneira abjeta com o sr. Alleyne por aquela impertinência mas sabia o ninho de vespas que o escritório seria para ele. Lembrava como o sr. Alleyne tinha perseguido o baixinho do Peake* até expulsá-lo do escritório para abrir caminho para o seu próprio sobrinho. Estava se sentindo bárbaro e sedento e vingativo, irritado consigo e com todo mundo. O sr. Alleyne nunca ia lhe dar um minuto de sossego; sua vida seria um inferno. Ele tinha feito papel de palhaço des-

* Mencionado no *Ulysses*.

sa vez. Será que não conseguia segurar a própria língua? Mas eles nunca se acertaram, desde o começo, ele e o sr. Alleyne, desde o dia em que o sr. Alleyne ouviu a imitação que ele fazia do seu sotaque do norte da Irlanda para divertir o Higgins e a srta. Parker: foi ali que começou. Ele podia ter tentado pedir algum para o Higgins, mas claro que o Higgins nunca tinha nem para ele mesmo. Um homem com duas casas para manter, claro que ele não tinha como...

Sentia seu corpo volumoso louco pelo conforto do pub. A neblina tinha começado a lhe dar frio e ele pensava se podia pedir ao Pat do O'Neill's. Não tinha como lhe pedir mais de um xelim — e um xelim não dava para nada. Mas tinha que conseguir dinheiro de um jeito ou de outro: tinha gastado o seu último pence com a cerveja e logo estaria tarde demais para conseguir dinheiro em qualquer lugar. De repente, enquanto passava os dedos pela corrente do relógio, pensou na loja de penhores de Terry Kelly na Fleet Street. Estava ali o esquema! Como é que ele não tinha pensado nisso antes?

Atravessou rápido a ruela estreita do Temple Bar, resmungando sozinho que fossem todos para o inferno porque ele ia ter uma bela de uma noitada. O balconista do Terry Kelly disse *Uma coroa!** mas o consignador insistiu em seis xelins; e no fim seis xelins ele ganhou, literalmente.** Ele saiu alegre da loja de penhor, fazendo um pequeno cilindro com as moedas entre o polegar e os outros dedos. Na Westmoreland Street as calçadas estavam cheias de rapazes e moças que saíam do trabalho e moleques esfarrapados corriam de um lado para outro gritando os nomes das edições vespertinas. O homem passou pela multidão, olhando de maneira ausente para aquele

* Cinco xelins.

** Gifford calcula que esses seis xelins poderiam equivaler a um quarto do salário semanal de Farrington.

espetáculo, com uma satisfação orgulhosa, e encarando dominante as secretariazinhas. Tinha a cabeça cheia dos ruídos de gongos de bondes e dos troles que passavam zunindo e seu nariz já farejava a fumaça que subia do ponche. Enquanto caminhava ele antevia os termos em que narraria o incidente aos rapazes:

— Aí eu simplesmente olhei pra ele — tranquilíssimo, sabe como, e olhei pra ela. Aí olhei de novo pra ele — sem a menor pressa, sabe como. *Eu não acho que seja justo me perguntar uma coisa dessas*, foi o que eu falei.

O Cheirão Flynn estava sentado no seu cantinho de sempre no Davy Byrne's* e, quando ouviu a história, pagou meia caneca a Farrington, dizendo que era uma das coisas mais inteligentes que já tinha ouvido. Farrington também bancou uma rodada. Depois de um tempo O'Halloran e Paddy Leonard chegaram e a história foi repetida para eles. O'Halloran pagou doses de uísque, quentes, para todos e contou a história da resposta que tinha dado ao funcionário-chefe quando estava na Callan's da Fownes's Street;** mas, como a resposta era à maneira dos pastores generosos das églogas, ele teve que admitir que não era tão inteligente quanto a de Farrington. Ao ouvir isso Farrington mandou os rapazes entornarem aquela e pedirem mais uma.

Bem quando eles estavam escolhendo seus bebes quem é que me aparece senão o Higgins! Claro que ele tinha que se juntar aos outros. Os homens pediram para ele lhes dar a sua versão da situação, e ele fez isso com grande vivacidade pois a visão de cinco doses pequenas de uísque quente era bem empolgante. Todo mundo rolou de rir

* E é bem aqui que o encontraremos no *Ulysses*.

** Ficcional, mas o nome Callan é lido em voz alta por Bloom quando ele finge que está respondendo a um anúncio de emprego no *Ulysses*, curiosamente, num episódio em que o garçom também se chama Pat, como aqui.

quando ele mostrou como o sr. Alleyne tinha sacudido o punho na cara de Farrington. Aí ele imitou Farrington, dizendo, *E o meu chapa ali, mais calmo que não sei o quê*, enquanto Farrington olhava para o grupo com seus olhos sujos e pesados, sorrindo e de vez em quando sugando gotas soltas de bebida que lhe ficaram pelo bigode, com a ajuda do lábio inferior.

Quando aquela rodada acabou veio uma pausa. O'Halloran tinha dinheiro mas nenhum dos outros dois parecia ter mais; então o grupo todo saiu dali algo lamentosamente. Na esquina da Duke Street, Higgins e o Cheirão Flynn derivaram à esquerda enquanto os outros três voltaram na direção da cidade. Chuva pingava fina nas ruas frias e, quando chegaram ao Ballast Office, Farrington sugeriu a Scotch House.* O bar estava cheio de homens e ruidoso, tomado pelo barulho de línguas e copos. Os três homens abriram caminho entre os vendedores de fósforos que choramingavam à porta e formaram um grupinho no canto do balcão. Começaram a trocar histórias. Leonard os apresentou a um rapaz chamado Weathers que era acrobata e *artiste* de pastelão no Tivoli. Farrington pagou uma bebida para todos. Weathers disse que tomava uma dosezinha de uísque irlandês com água Apollinaris. Farrington, que tinha noções bem claras das coisas, perguntou se os rapazes também iam querer uma Apollinaris; mas os rapazes disseram para o Tim mandar o deles quente. Começaram a falar de teatro. O'Halloran pagou uma rodada e aí Farrington pagou outra, com o Weathers reclamando que a hospitalidade era irlandesa demais para ele. Ele lhes prometeu um passe para os bastidores e disse que ia lhes apresentar umas moças bonitas. O'Halloran disse que ele e Leonard iriam mas que Farrington não iria porque era um homem casado; e os olhos

* Pub real, que tinha uma licença que o obrigava a fechar mais cedo.

sujos e pesados de Farrington miraram meio de lado os amigos para mostrar que ele sabia que estavam pegando no seu pé. Weathers fez todos tomarem mais uminha por sua conta e prometeu se encontrar com eles mais tarde no Mulligan's da Poolbeg Street.

Quando a Scotch House fechou eles foram para o Mulligan's. Entraram no salão dos fundos e O'Halloran pediu um especial, quente, para todos.* Estavam todos começando a se sentir moles. Bem quando Farrington estava bancando outra rodada Weathers voltou. Para grande alívio de Farrington ele tomou um copo de cerveja dessa vez. Os fundos estavam acabando mas eles ainda tinham o bastante para continuar. Logo duas moças com grandes chapéus e um rapaz de terno xadrez entraram e sentaram numa mesa próxima. Weathers cumprimentou os três e disse ao grupo que eles eram lá do Tivoli. Os olhos de Farrington corriam a toda hora para uma das moças. Havia algo chamativo na aparência dela. Uma imensa echarpe de musselina azul-pavão estava enrolada em volta do chapéu dela e amarrada com um grande laço sob o queixo; e ela trajava luvas amarelas berrantes, que lhe iam até os cotovelos. Farrington encarava admirado o braço roliço que ela mexia muito e com bastante delicadeza; e quando, depois de um tempo, ela devolveu seu olhar ele admirou ainda mais seus grandes olhos castanhos. A expressão oblíqua daquele olhar o fascinava. Ela olhou de relance duas ou três vezes para ele e, quando o grupo estava saindo do salão, ela roçou na cadeira dele e disse *Ah, perdão!* com um sotaque londrino. Ficou vendo ela sair dali com a esperança de que olhasse para trás, mas sofreu uma desilusão. Amaldiçoou sua falta de dinheiro e amaldiçoou todas as rodadas que tinha bancado, especialmente todos os uísques com Apollinaris que tinha

* No original, *hot toddies*, mistura aquecida de água, uísque e açúcar.

pagado para Weathers. Se tinha uma coisa que ele odiava era um parasita. Estava com tanta raiva que perdeu o rumo da conversa dos amigos.

Quando Paddy Leonard chamou ele descobriu que estavam falando de proezas físicas. Weathers estava mostrando o bíceps ao grupo e se gabando tanto que os outros dois convocaram Farrington para defender a honra pátria. Farrington obedientemente ergueu a manga e mostrou o bíceps ao grupo. Os dois braços foram examinados e comparados e finalmente concordou-se com uma prova de força. Limparam a mesa e os dois homens apoiaram nela o cotovelo, de mãos dadas. Quando Paddy Leonard dissesse *Já!* cada um deveria tentar encostar a mão do outro na mesa. Farrington parecia muito sério e determinado.

A prova começou. Depois de cerca de trinta segundos Weathers levou a mão do oponente lentamente até a mesa. O rosto cor de vinho escuro de Farrington corou ainda mais de raiva e de humilhação por ter sido derrotado por um rapazote daqueles.

— Não pode usar o peso do corpo. Jogue limpo — ele disse.

— Quem é que não está jogando limpo? — disse o outro.

— Vamos de novo. Melhor de três.

A prova começou de novo. As veias saltaram na testa de Farrington, e a palidez da tez de Weathers fez-se peônia. As mãos e os braços dos dois tremiam com o esforço. Depois de longa luta Weathers de novo levou lentamente à mesa a mão do oponente. Veio um murmúrio de aplausos dos espectadores. O garçom, que estava parado ao lado da mesa, apontou a cabeça vermelha na direção do vencedor e disse com uma familiaridade grosseira:

— Ah, mas é assim que se faz!

— E que merda você sabe disso? — disse Farrington furioso, virando-se contra o homem. — O que é que você tem que meter o bedelho aqui?

— Sh, sh! — disse O'Halloran, observando a expressão violenta no rosto de Farrington. — Calma lá, pessoal. A gente vai dar só mais um golinho e se mandar.

Um homem de cara muito amarrada estava parado na esquina da ponte O'Connel esperando que o bondezinho de Sandymount* viesse levá-lo para casa. Estava cheio de uma raiva ardente e de desejos de vingança. Sentia-se humilhado e descontente; não se sentia nem bêbado; e tinha apenas dois pence no bolso. Amaldiçoava tudo. Tinha se encrencado no escritório, penhorado o relógio, gastado todo o dinheiro; e não tinha nem ficado bêbado. Começou a sentir sede de novo e queria estar de novo no pub quente e fedorento. Tinha perdido sua reputação de homem forte, depois de ter sido derrotado duas vezes por um mero garotinho. Seu coração se inchava de fúria e, quando pensou na mulher do chapelão que tinha roçado nele e dito *Perdão!*, sua fúria quase o estrangulou.

Seu bonde o deixou na Shelbourne Road e ele conduziu seu corpanzil pela sombra do muro do quartel. Odiava voltar para casa. Quando entrou pela porta lateral encontrou a cozinha vazia e o fogo quase morto na cozinha. Urrou escada acima:

— Ada! Ada!

Sua esposa era uma mulherzinha de rosto fino que torturava o marido quando ele estava sóbrio e era torturada por ele quando ele estava bêbado. Tinham cinco filhos. Um menininho desceu correndo a escada.

— Quem é? — disse o homem, espreitando no escuro.

— Eu, pai.

— Você, quem? Charlie?

— Não, pai. Tom.

* Subúrbio ao sul de Dublin, onde se passa parte do começo do *Ulysses*.

— Cadê a tua mãe?

— Ela foi na capela.*

— Está certo... Por acaso ela pensou em deixar uma janta pra mim?

— Deixou sim, pai. Eu...

— Acende a lamparina. Que ideia é essa de deixar tudo escuro? Os outros guris estão dormindo?

O homem sentou pesadamente numa das cadeiras enquanto o menininho acendia a lamparina. Ele começou a imitar o sotaque fanhoso do filho, dizendo meio para si próprio: *Na capela. Na capela, ora essa!* Quando a lamparina estava já acesa ele bateu com o punho na mesa e gritou:

— O que é que tem pra minha janta?

— Eu vou... eu vou fazer, pai — disse o menininho.

O homem se pôs de pé furioso e apontou para o fogo.

— Ali! Você deixou o fogo apagar! Jesus amado, eu já vou te ensinar a não fazer isso de novo!

Ele deu um passo na direção da porta e agarrou a bengala que estava encostada atrás dela.

— Eu já te ensino a não deixar o fogo apagar! — ele disse, arregaçando a manga para deixar o braço desimpedido.

O menininho gritou *Ah, pai!* e saiu correndo e gemendo em volta da mesa, mas o homem foi atrás dele e o agarrou pelo casaco. O menininho olhava em volta desesperado mas, sem ver possibilidade de escapar, caiu de joelhos.

— Agora quero ver se da próxima vez você deixa o fogo apagar! — disse o homem batendo forte nele com a bengala. — Toma isso, cachorro!

O menino soltou um gritinho de dor quando a bengala lhe fez um vergão na coxa. Ele ergueu as mãos postas e sua voz tremia de medo.

* Uma capela, na Irlanda, é qualquer igreja católica.

— Ah, pai! — ele gritava. — Não me bata, pai! Que eu... eu rezo uma *Ave-Maria* pelo senhor... Eu rezo uma *Ave-Maria* pelo senhor, pai, se o senhor não me bater... Eu rezo uma *Ave-Maria*...

Barro

A governanta tinha lhe dado autorização para sair assim que acabasse o chá das mulheres e Maria só pensava naquela noite livre.* A cozinha estava um brinco: a cozinheira disse que dava pra você se enxergar nas caldeiras grandonas de cobre. O fogo estava firme e forte e em cima de uma das mesinhas laterais havia quatro *barmbracks*** bem grandes. Esses *barmbracks* pareciam inteiros; mas se você chegasse mais perto dava para ver que tinham sido cortados em fatias grossas, compridas e iguaizinhas e estavam prontos para ser servidos no chá. Foi a própria Maria quem fatiou.

Maria era uma pessoa muito, mas muito pequena mesmo, só que tinha um nariz bem comprido e um queixo bem comprido. Ela falava um pouco pelo nariz, sempre tranquilizadora: *Claro, minha querida*; e *Não, minha querida*. Sempre iam atrás dela quando as mulheres bri-

* A véspera do dia de Todos os Santos (All-Hallows Eve, a origem do Halloween) coincide com uma festa celta pagã. Nela havia o costume de se realizarem brincadeiras como o jogo dos pires, em que uma pessoa vendada tem que escolher entre um pires com um anel (que prenuncia casamento), um missal (convento), água (vida), barro (morte)...

** Pães doces em que se escondia um anel, novamente pressagiando o casamento de quem o encontrasse.

gavam por causa das tinas e ela sempre conseguia fazer as pazes. Um dia a governanta lhe disse:

— Maria, você é uma verdadeira pacificadora!

E a subgovernanta e duas das administradoras ouviram aquele elogio. E a Ginger* Mooney vivia dizendo o que ela ia fazer com aquela criadinha que cuidava dos ferros de passar** se não fosse a Maria. Todo mundo gostava tanto da Maria.

As mulheres iam tomar o chá às seis e ela ia poder sair antes das sete. De Ballsbridge até a Coluna, vinte minutos; da Coluna até Drumcondra, vinte minutos; e vinte minutos para comprar as coisas. Chegaria lá antes das oito. Pegou a bolsinha que tinha fecho de prata e leu de novo as palavras "Um presente de Belfast". Gostava muito daquela bolsinha porque o Joe é que tinha comprado para ela cinco anos antes quando ele e o Alphy foram para Belfast numa viagem na segunda-feira de Pentecostes.*** Na bolsinha havia duas meias-coroas**** e umas moedinhas miúdas. Como ia ser gostosa aquela noite, com a criançada toda cantando! Só que ela torcia para o Joe não aparecer bêbado. Ele era tão diferente quando bebia qualquer coisinha.

Várias vezes ele quis que ela fosse morar com eles; mas ela sempre sentiu que ia atrapalhar (se bem que a mulher do Joe era tão boazinha com ela) e foi se acostumando com a vida na lavanderia. Joe era um bom sujeito. Ela tinha sido babá dele e do Alphy também; e o Joe vivia dizendo:

— A mamãe é a mamãe mas a Maria é a minha mãe de verdade.

Depois que a família se desfez os meninos arranjaram para ela aquele emprego na lavanderia *Dublin by Lamp-*

* Apelido comum para as ruivas.

** Que precisavam ser constantemente aquecidos.

*** Feriado nacional.

**** Cinco xelins. Bastante dinheiro para Maria.

light,* e ela gostou. Antes tinha uma opinião tão ruim dos protestantes mas agora achava que eles eram gente muito simpática, meio quietos e sérios, mas ainda assim muito simpáticos de se ter por perto. E também ela tinha lá as suas plantas na estufa e gostava de cuidar delas. Tinha umas samambaias e umas flores-de-cera lindas e, toda vez que alguém vinha lhe fazer uma visita, ela sempre dava uma ou duas mudinhas da estufa. Havia uma coisa de que ela não gostava, e eram os panfletos pregados nas paredes;** mas a matrona era uma pessoa tão simpática pra gente conviver, tão elegante.

Quando a cozinheira lhe disse que estava tudo pronto ela foi para o quarto das mulheres e começou a puxar a corda do sino grande. Em poucos minutos as mulheres começaram a chegar em pares e em trios, esfregando as mãos fumegantes nas anáguas e baixando as mangas das blusas sobre os braços vermelhos fumegantes. Elas se acomodaram diante de suas imensas canecas que a cozinheira e a criadinha encheram de chá quente, já misturado com leite e açúcar numas latas enormes. Maria supervisionou a distribuição do *barmbrack* e garantiu que cada mulher ficasse com suas quatro fatias. Houve muita risada e muita brincadeira durante a refeição. Lizzie Fleming disse que era certeza que a Maria ia pegar o anel e, apesar de Fleming ter dito isso em tantas vésperas de Todos os Santos, Maria teve que rir e dizer que não queria saber de anel nem de homens; e quando riu seus olhos verde-cinza brilharam com uma timidez desiludida e a ponta de seu

* Lavanderia que funcionava como abrigo de recuperação para prostitutas e até como regime penitenciário alternativo para mulheres condenadas. Essas "Magdalene Institutions" continuaram como uma mácula na sociedade irlandesa por muitas décadas, como se viu, por exemplo, no filme *Em nome de Deus*. Maria é apenas empregada ali.

** Quadros com lemas protestantes.

nariz quase tocou a ponta do queixo. Então Ginger Mooney ergueu sua caneca de chá e brindou à saúde de Maria enquanto as outras mulheres faziam um estardalhaço com as canecas na mesa, e disse que lamentava não ter um golinho de pórter para beber com o brinde. E Maria riu de novo até a ponta de seu nariz quase tocar a ponta do queixo e até seu corpo mirradinho quase rasgar em dois porque ela sabia que a Mooney tinha as melhores intenções apesar, é claro, de pensar como uma qualquer.

Mas como a Maria ficou feliz quando as mulheres acabaram o chá e a cozinheira e a criadinha começaram a tirar a mesa! Ela foi para o seu quartinho e, lembrando que a manhã seguinte era de missa, mudou o ponteiro do despertador de sete para seis. Então tirou a saia de trabalhar e as botas que usava dentro de casa e estendeu a melhor saia na cama e pôs as botinhas minúsculas de passear ao pé da cama. Trocou de blusa também e, ali parada diante do espelho, pensou em como se vestia para ir à missa nas manhãs de domingo quando era menina; e olhou com um estranho afeto para o corpo diminuto que tantas vezes tinha enfeitado. Apesar de seus anos, achou que era um corpo bom e limpinho.

Quando saiu as ruas brilhavam de chuva e ela ficou feliz por estar com seu velho impermeável marrom. O bonde estava cheio e ela teve que sentar no banquinho lá do fundo, de frente para todo mundo, com os pés mal tocando o chão. Reviu mentalmente tudo que ia fazer e pensou como era melhor ser independente e ter o seu próprio dinheirinho no bolso. Esperava que fossem todos ter uma noite agradável. Tinha certeza que teriam mas não conseguia deixar de pensar como era triste que o Alphy e o Joe não estivessem se falando. Eles viviam de mal mas quando eram pequenos eram muito amigos: mas a vida era assim.

Ela desceu do bonde na Coluna* e foi se metendo ve-

* A Coluna de Nelson, monumento em homenagem ao Almi-

loz por entre a multidão. Entrou na confeitaria Downes mas a loja estava tão cheia de gente que levou um tempão para ela ser atendida. Comprou uma dúzia de bolinhos, e finalmente saiu da loja carregando uma sacola enorme. Aí pensou o que mais podia comprar: queria comprar alguma coisa bem bonita mesmo. As maçãs e as nozes estavam garantidas. Era difícil saber o que comprar e ela só conseguia pensar em bolo. Decidiu comprar um pedaço de bolo de ameixa mas o bolo de ameixa da Downes não tinha bastante cobertura de amêndoas então ela foi até uma loja na Henry Street. Aqui ela levou um tempão até se decidir e a mocinha bem vestida atrás do balcão, que estava nitidamente meio irritada com ela, perguntou se era bolo de noiva que ela queria comprar. Isso fez Maria corar e sorrir para a mocinha; mas a mocinha levou tudo muito a sério e finalmente cortou uma fatia grossa de bolo de ameixa, embrulhou e disse:

— Dois e quatro, por favor.*

Ela achou que ia ter que ficar de pé no bonde Drumcondra porque nenhum dos rapazes mais jovens pareceu se dar conta de que ela estava ali, mas um cavalheiro mais velho cedeu o lugar para ela. Era um cavalheiro gordinho que usava um chapéu marrom firme; tinha um rosto vermelho e quadrado e um bigode grisalho. Maria achou que era um cavalheiro com jeito de coronel e refletiu sobre o quanto ele era mais educado que os rapazes que simplesmente ficaram olhando direto para a frente. O cavalheiro começou a puxar conversa com ela sobre a véspera de Todos os Santos e o tempo chuvoso. Ele imaginava que a sacola estivesse cheia de coisas gostosas para os pequeninos e disse que estava mais do que certo que a meninada se

---

rante Nelson, destruído em 1966 em protestos contra o domínio inglês.

* Dois xelins e quatro pence. Uma soma considerável, já que Maria provavelmente recebia praticamente uma "mesada".

divertisse enquanto era jovem. Maria concordou com ele e o agraciou com sóbrios gestos da cabeça e pigarros. Ele foi muito simpático com ela, e quando estava descendo na Canal Bridge ela lhe agradeceu e fez uma reverência, e ele fez uma para ela e ergueu o chapéu e sorriu alegre; e enquanto subia a rua de casas geminadas, abaixando a cabecinha minúscula sob a chuva, ela pensava como era fácil reconhecer um cavalheiro mesmo quando ele tinha tomado umas e outras.

Todo mundo disse: *Nossa, a Maria chegou!* quando ela entrou na casa do Joe. Joe estava ali, tendo voltado para casa do trabalho, e todas as crianças estavam com suas roupas de domingo. Havia duas meninas grandinhas da casa vizinha e todos brincavam juntos. Maria deu a sacola de bolos para o menino mais velho, Alphy, dividir e a sra. Donnelly disse que era bondade dela trazer uma sacola tão grande de bolos e fez as crianças dizerem:

— Obrigado, Maria.

Mas Maria disse que tinha trazido uma coisa especial para o papai e a mamãe, uma coisa que ela apostava que eles iam achar boa, e começou a procurar seu bolo de ameixa. Tentou na sacola da Downes e aí nos bolsos do impermeável e aí no cabide da entrada mas nada, em lugar nenhum. Aí ela perguntou a todas as crianças se alguém tinha comido — sem querer, claro — mas as crianças todas disseram que não e fizeram cara de quem nem queria comer bolo se era para serem acusadas de roubo. Todo mundo tinha sua solução para o mistério e a sra. Donnelly disse que estava na cara que Maria tinha deixado o bolo no bonde. Maria, lembrando como o cavalheiro do bigode grisalho tinha deixado ela confusa, corou de vergonha e contrariedade e desilusão. Só de pensar no fracasso da sua surpresinha e nos dois e quatro que tinha jogado fora a troco de nada ela quase chorou de verdade.

Mas Joe disse que não fazia mal e fez ela sentar ao lado da lareira. Ele foi muito simpático com ela. Contou-

-lhe tudo que estava acontecendo no escritório, repetindo para ela uma respostinha inteligente que tinha dado ao gerente. Maria não entendeu por que Joe riu tanto da resposta que tinha dado mas disse que o gerente devia ser uma pessoa muito da arrogante. Joe disse que ele não era tão mau se você soubesse lidar com ele, que era um sujeitinho decente desde que você não lhe desse nos nervos. A sra. Donnelly tocou piano para as crianças e elas dançaram e cantaram. Aí as duas meninas dos vizinhos foram passando as nozes. Ninguém conseguia encontrar o quebra-nozes e Joe já ia ficando bravo com aquilo e perguntou como eles esperavam que a Maria quebrasse as nozes sem um quebra-nozes. Mas Maria disse que não gostava de nozes e que não era para eles se preocuparem com ela. Aí Joe perguntou se ela aceitava uma garrafa de stout e a sra. Donnelly disse que tinha vinho do Porto também em casa se ela preferisse. Maria disse que achava melhor eles nem fazerem ela tomar alguma coisa: mas Joe insistiu.

Então Maria deixou ele fazer como queria e eles ficaram sentados junto da lareira falando dos velhos tempos e Maria achou que bem podia dar uma palavrinha em favor do Alphy. Mas Joe gritou que nem mortinho e enterrado ele ia falar de novo com o irmão e Maria disse que sentia muito ter mencionado o assunto. A sra. Donnelly disse ao marido que era uma grande vergonha ele falar assim de alguém que era sangue do seu sangue mas Joe disse que Alphy não era mais irmão dele e a coisa ficou a ponto de estourar uma briga. Mas Joe disse que não ia perder a cabeça numa noite como aquela e pediu para a esposa abrir mais stout. As duas meninas dos vizinhos tinham começado com umas brincadeiras de véspera de Todos os Santos e logo tudo estava feliz de novo. Maria estava encantada de ver as crianças tão felizes e Joe e a esposa tão animados. As meninas dos vizinhos colocaram uns pires na mesa e aí levaram as crianças até a mesa, vendadas. Uma pegou o missal e as outras três pegaram a água; e quando uma das meninas vizinhas pegou o anel a sra. Donnelly sacudiu o dedinho para a menina corada como quem diz: *Ah, entendi direitinho essa aí!* Elas insistiram então em vendar a Maria e levá-la até a mesa para ver o que ela ia pegar; e, enquanto elas colocavam a bandagem, Maria ria sem parar até a ponta de seu nariz quase tocar a ponta do queixo.

Elas a levaram até a mesa rindo e brincando com ela, que estendeu a mão no ar como lhe disseram para fazer. Ela mexeu a mão daqui para lá no ar e pousou num dos pires. Sentiu uma substância macia e úmida com os dedos e ficou surpresa porque ninguém abriu a boca nem lhe tirou a bandagem. Houve uma pausa de alguns segundos; e aí tumultos e cochichos que não acabavam mais. Alguém disse alguma coisa sobre o jardim, e por fim a sra. Donnelly disse alguma coisa muito irritada para uma das meninas vizinhas e mandou ela jogar aquilo fora imediatamente: que brincadeira sem graça. Maria entendeu que tinha dado errado e que então ela tinha que fazer de novo: e dessa vez ela pegou o missal.

Depois disso a sra. Donnelly tocou "Miss McCloud's Reel"* para as crianças e Joe fez Maria tomar um copo de vinho. Logo estavam todos felizes de novo e a sra. Donnelly disse que a Maria ia entrar para um convento antes do fim do ano porque tinha pegado o missal. Maria nunca tinha visto Joe tão simpático com ela como naquela noite, tão cheio de conversas agradáveis e lembranças. Disse que eles todos eram bons demais com ela.

Por fim as crianças cansaram e ficaram com sono e Joe perguntou se Maria não podia cantar uma musiquinha antes de ir embora, uma das antigas. A sra. Donnelly disse *Ah, por favor, Maria!* então Maria teve que levantar e ficar de pé ao lado do piano. A sra. Donnelly pediu para as crianças ficarem quietinhas para ouvir a canção

* Canção irlandesa tradicional e animada.

de Maria. Aí ela tocou o prelúdio e disse *Agora, Maria!* e Maria, corando muito, muito mesmo, começou a cantar com uma vozinha minúscula e trêmula. Ela cantou "Sonhei que morava",* e quando chegou à segunda estrofe ela cantou de novo:

Eu sonhei que morava em marmóreos salões
Com vassalos e servos ao lado;
Que de todos que vinham a tais reuniões
Era eu o orgulho elevado.
Tinha ouro, riquezas, e até me gabava
De uma bela linhagem sem fim;
Mas também eu sonhei, e isso mais me agradava,
Que você me adorou mesmo assim.

Mas ninguém tentou mostrar seu erro;** e quando ela acabou de cantar Joe ficou muito comovido. Ele disse que os tempos antigos é que eram bons e que nenhuma música era melhor que a do velho Balfe, digam os outros o que disserem; e os olhos dele se encheram de tantas lágrimas que ele não conseguiu encontrar o que estava procurando e acabou tendo que pedir que a esposa lhe dissesse onde estava o saca-rolhas.

* "I Dreamt that I Dwelt", maior sucesso da ópera *A Boêmia*, de Balfe.
** A estrofe que a solteirona Maria salta é justamente aquela em que a heroína é cobiçada por vários pretendentes...

Um caso doloroso

O sr. James Duffy* morava em Chapelizod** porque queria morar o mais longe possível da cidade de que era cidadão e porque achava todos os outros subúrbios de Dublin hostis, modernos e pretensiosos. Morava numa casa velha e escura e de suas janelas podia enxergar a destilaria abandonada*** ou estender o olhar pelo rio raso**** sobre o qual se ergue Dublin. As paredes imponentes de seu quarto sem tapete eram desprovidas de quadros. Tinha comprado ele mesmo cada peça da mobília do quarto: uma cama de ferro preto, um lavatório de ferro, quadro cadeiras de vime, um armário de roupas, uma calha de carvão, um resguardo e os atiçadores de lareira e uma mesa qua-

* A palavra irlandesa que dá origem ao sobrenome sugere escuridão, um tema recorrente no conto todo. Claro, vale notar que Joyce usa aqui seu próprio nome, James.

** Subúrbio a oeste de Dublin, centro da ação do *Finnegans Wake*. O nome do local vem de uma corruptela de "capela de Isolda", pois dizia-se que fora ali que Tristão e Isolda consumaram seu amor impossível.

*** Reativada em 1900. Os eventos narrados no conto, sabemos por referência cruzada com o *Ulysses*, vão se estender do final do século XIX até 1903.

**** Que antes de chegar ao estuário na baía de Dublin se transforma no lago Liffey.

drada sobre a qual havia uma escrivaninha dupla.* Uma estante de livros tinha sido criada num nicho com prateleiras de madeira branca. A cama tinha lençóis brancos e uma manta preta e escarlate cobria seu pé. Um espelhinho de mão ficava pendurado acima do lavatório e durante o dia uma luminária de cúpula branca era o único ornato do console da lareira. Os livros das prateleiras de madeira branca ficavam arrumados de baixo para cima de acordo com o tamanho. Um Wordsworth completo ficava numa ponta da prateleira mais baixa e um exemplar do *Catequismo de Maynooth*,** costurado nas capas de tecido de um caderno, ficava em uma ponta da prateleira de cima. Havia sempre material de escrita na escrivaninha. Na escrivaninha estava o manuscrito de uma tradução do *Michael Kramer* de Hauptmann,*** com as rubricas escritas com tinta roxa, e uma pilhazinha de papéis presos por um pino de latão. Nessas folhas vez por outra era inscrita uma sentença e, num momento irônico, o título de um anúncio de laxante tinha sido colado na primeira folha. Quando se erguia a tampa da escrivaninha escapava uma fragrância vaga — a fragrância de lápis novos de cedro ou de um frasco de cola ou de uma maçã meio podre que podia ter sido deixada ali e esquecida.

O sr. Duffy tinha horror de qualquer coisa que sugerisse desordem física ou mental. Um médico medieval teria dito que ele era saturnino. Seu rosto, que estampava toda a história de seus anos vividos, era do matiz marrom das ruas de Dublin. Em sua cabeça comprida e algo exagera-

* Espécie de caixa com tampo inclinado que armazenava material de escritório e servia de superfície para a escrita.

** Um poeta considerado "comportado" e uma obra de doutrina católica.

*** Peça de Gerhart Hauptmann (1862-1946), cujo cenário lembra bastante o quarto aqui descrito. Joyce traduziu outra peça do autor, "Antes do nascer do Sol".

da cresciam cabelos pretos e um bigode fulvo não chegava a cobrir inteira uma boca desagradável. Seus zigomas também lhe davam ao rosto um caráter ríspido; mas não havia rispidez nos olhos que, olhando para o mundo de sob suas sobrancelhas fulvas, davam a impressão de um homem permanentemente alerta para reconhecer um instinto redentor nos outros mas normalmente desiludido. Vivia a certa distância de seu corpo, examinando seus próprios atos com desconfiadas espiadelas de esguelha. Ele tinha um estranho costume autobiográfico que o levava a compor mentalmente de vez em quando uma curta sentença a respeito de si próprio que continha um sujeito na terceira pessoa e um predicado no passado. Jamais dava esmolas a mendigos e caminhava firme, tendo à mão rija bengala de aveleira.*

Há muitos anos era caixa de um banco privado na Baggot Street. Todo dia cedo ele chegava de bonde de Chapelizod. Ao meio-dia ia para o Dan Burke's e almoçava — uma garrafa de cerveja lager e um pratinho pequeno de biscoitos de polvilho. Às quatro da tarde era liberado. Jantava num restaurante na George's Street onde se sentia a salvo da companhia da juventude dourada de Dublin e onde havia certa honestidade direta na conta. Suas noites se passavam ou diante do piano da senhoria ou andando à toa pelos confins da cidade. Sua estima pela música de Mozart às vezes o levava a uma ópera ou um concerto: eram as únicas extravagâncias de sua vida.

Não tinha companheiros nem amigos, nem igreja nem credo. Vivia sua vida espiritual sem qualquer comunhão com os outros, visitando seus parentes no Natal e acompanhando-os até o cemitério quando morriam. Cumpria essas duas obrigações sociais em nome de uma dignidade antiga mas não cedia nem mais um milímetro às convenções que regulam a vida cívica. Permitia-se pensar que em de-

* Na mitologia céltica, a árvore dos poetas.

terminadas circunstâncias seria capaz de roubar seu banco mas, como essas circunstâncias jamais surgiam, sua vida prosseguia tranquila — narrativa desprovida de aventuras.

Certa noite se viu sentado entre duas senhoras na Rotunda.* A casa, pouco ocupada e calada, era uma incômoda profecia de fracasso. A senhora sentada ao lado dele percorreu com os olhos a casa deserta uma ou duas vezes e então disse:

— Que pena uma plateia tão pequena hoje! É tão difícil pra eles ter que cantar pra uma casa vazia.

Ele considerou o comentário como um convite a uma conversa. Ficou surpreso por ela parecer tão pouco embaraçada. Enquanto conversavam tentou fixá-la permanentemente na memória. Quando ficou sabendo que a moça ao lado dela era sua filha julgou que ela seria um ou dois anos mais nova que ele. O rosto dela, que devia ter tido seus encantos, continuava inteligente. Era um rosto oval com traços bem marcados. Os olhos eram de um azul muito escuro e firmes. Fixaram-no com o que a princípio foi uma nota de desafio, logo confundida pelo que parecia ser um deliberado desmaio da pupila rumo à íris, revelando por um momento um temperamento de grande sensibilidade. A pupila logo se recompôs, essa natureza quase posta a nu se resguardou de novo sob o manto da prudência, e seu casaquinho de astracã, que moldava um busto de certo volume, fez soar mais definitiva a nota de desafio.

Ele a encontrou novamente semanas depois num concerto em Earlsfort Terrace e aproveitou os momentos em que a filha estava distraída para ganhar intimidade. Ela aludiu uma ou duas vezes ao marido, mas não num tom que transformasse a alusão em aviso. Seu nome era sra. Sinico.** O trisavô de seu marido viera de Livorno. Seu

* Grupo de salas de espetáculos em Dublin.

** Mencionada como conhecida de Bloom no *Ulysses*. Os irlandeses pronunciam *Sáinico*.

marido era capitão de um navio mercante que fazia a rota entre Dublin e a Holanda; e eles tinham somente uma filha.

Ao encontrá-la pela terceira vez por acidente ele reuniu coragem para marcar um encontro. Ela aceitou. Foi o primeiro de muitos encontros; eles sempre se viam à noite e escolhiam os quarteirões mais afastados para suas caminhadas. O sr. Duffy, no entanto, não gostava de ardis e ao ver que se viam obrigados a se encontrar em segredo ele a forçou a convidá-lo à sua casa. O capitão Sinico encorajava suas visitas, pensando que se tratava da mão da filha. Tinha eliminado a esposa tão sinceramente de sua galeria de prazeres que não suspeitava que qualquer outra pessoa fosse se interessar por ela. Como o marido passava muito tempo ausente e a filha saía para dar aulas de música o sr. Duffy tinha muitas oportunidades de gozar da companhia da senhora em questão. Nem ele nem ela tiveram uma aventura como essa antes e nenhum deles percebia qualquer inconveniência. Pouco a pouco ele entrelaçou suas ideias às dela. Ele lhe emprestava livros, fornecia opiniões, dividia com ela sua vida intelectual. Ela ouvia tudo.

Às vezes como paga pelas suas teorias ela entregava algum fato de sua vida. Com uma solicitude quase materna ela o incitava a deixar sua natureza se abrir plenamente; tornou-se sua confessora. Ele lhe disse que por um tempo frequentara as reuniões de um Partido Socialista Irlandês onde tinha se sentido figura singular em meio a um magote de operários sóbrios num sótão iluminado por uma lamparina a óleo nada eficiente. Quando o partido se dividiu em três seções, cada uma com seu líder e em seu próprio sótão, ele deixou de comparecer. As discussões dos operários, ele disse, eram acanhadas demais; o interesse que tinham pela questão salarial era desmedido. Sentia que eles eram realistas endurecidos e que se ressentiam de uma precisão que era produto de um ócio que não estava a seu alcance. Revolução social alguma, ele lhe disse, tinha grandes chances de acometer Dublin pelos próximos séculos.

Ela lhe perguntou por que ele não escrevia suas ideias. Para quê, ele lhe perguntou, com cauteloso desdém. Para competir com uns frasistas incapazes de pensar consecutivamente por sessenta segundos? Para se submeter às críticas de uma classe média obtusa que confiava sua moral à polícia e suas belas-artes aos empresários do entretenimento?

Ele foi várias vezes ao pequeno chalé que ela tinha perto de Dublin; muitas vezes eles ficavam à noite sozinhos. Pouco a pouco, na medida em que se entrelaçavam suas ideias, passaram a falar de temas menos distantes. A companhia dela era como um solo cálido em torno de uma planta exótica. Muitas vezes ela deixou que a noite caísse sobre os dois, se abstendo de acender a luminária. A escura salinha discreta, o isolamento dos dois, a música que ainda vibrava em seus ouvidos os unia. Essa união o empolgou, foi aparando as arestas de sua personalidade, emocionalizando sua vida mental. Às vezes ele se apanhava ouvindo o som da própria voz. Pensava que aos olhos dela ascenderia a uma estatura angelical; e, na medida em que prendia cada vez mais a si a natureza férvida de sua companheira, ouvia a estranha voz impessoal que reconhecia como sua, insistindo na incurável solidão de toda alma. Nós não temos como nos entregar, ela dizia: somos problema nosso. O fim desses discursos foi que uma noite em que já tinha dado todos os sinais de estar incomumente excitada, a sra. Sinico agarrou passionalmente sua mão e a pressionou contra o rosto.

O sr. Duffy ficou muito surpreso. A interpretação que ela dera a suas palavras o desiludiu. Não foi visitá-la por uma semana; depois escreveu pedindo que ela fosse vê-lo. Como não queria que o último encontro dos dois fosse perturbado pela influência daquele confessionário estilhaçado eles marcaram numa pequena confeitaria perto de Parkgate. Era um dia frio de outono mas apesar do frio eles ficaram andando pelas vielas do parque por quase três horas. Concordaram em cortar relações: todo laço, ele dizia, é um laço com a dor. Quando saíram do parque eles caminharam em silêncio até o bonde; mas aqui ela começou a tremer tão violentamente que, temendo outro colapso da parte dela, ele se despediu rápido e a deixou. Dias depois recebeu um pacote com seus livros e partituras.

Quatro anos se passaram. O sr. Duffy voltou à sua vidinha regular. Seu quarto ainda testemunhava a ordem de sua mente. Algumas peças novas sobrecarregavam a estante de partituras no térreo e em suas estantes havia dois volumes de Nietzsche: *Assim falava Zaratustra* e *A gaia ciência*.* Escrevia pouco na pilha de papéis que ficava sobre a escrivaninha. Uma de suas sentenças, escrita dois meses depois de seu último encontro com a sra. Sinico, dizia: O amor entre homem e homem é impossível porque não deve haver relação sexual e a amizade entre homem e mulher é impossível porque deve haver relação sexual. Evitava os concertos para não correr o risco de vê-la. Seu pai morreu; o sócio minoritário do banco se aposentou. E contudo todo dia ele ia de bonde para a cidade e toda noite voltava a pé da cidade depois de ter jantado frugalmente na George's Street e lido o jornal vespertino como sobremesa.

Certa noite quando estava prestes a pôr na boca um pedaço de carne com repolho sua mão se deteve. Seus olhos se fixaram numa notícia do jornal vespertino que tinha apoiado na garrafa d'água. Repôs o pedaço de carne no prato e leu a notícia com atenção. Então bebeu um copo d'água, empurrou o prato para um lado, dobrou o jornal à sua frente entre os cotovelos e leu a notícia várias vezes. O repolho começou a depositar uma fria gordura branca no

* Textos bem menos "comportados" que o Wordsworth...

prato. A moça veio perguntar se havia algo errado com a comida. Ele disse que estava tudo muito bom e comeu uns bocados com dificuldade. Então pagou a conta e saiu.

Caminhou com velocidade pelo crepúsculo de novembro, sua firme bengala de aveleira percutindo regularmente o chão, a borda da edição escura do *Mail** sobressaindo de um bolso lateral do casaco curto. Na viela solitária que leva de Parkgate a Chapelizod ele diminuiu o passo. Sua bengala batia a calçada com menos ênfase e sua respiração, que saía irregularmente, quase com o som de um suspiro, se condensava no ar de inverno. Quando chegou em casa ele subiu de imediato para o quarto e, tirando o jornal do bolso, leu a notícia uma vez mais à luz que sumia na janela. Leu não em voz alta, mas mexendo os lábios como faz um sacerdote quando lê as orações *Secreto*.** A notícia era esta:

> MORTE DE UMA SENHORA EM SIDNEY PARADE
> Um caso doloroso
>
> Hoje no City of Dublin Hospital o legista substituto (na ausência do sr. Leverett) examinou o cadáver da sra. Emily Sinico, quarenta e três anos de idade, que faleceu na Sidney Parade Station ontem à noite. As provas demonstraram que a falecida, ao tentar atravessar o trilho, foi atingida pela locomotiva do trem lento das dez horas, de Kingstown,*** sofrendo no ato ferimentos na cabeça e no flanco direito, que levaram à sua morte.
>
> James Lennon, maquinista do trem, declarou

* O *Dublin Evening Mail*, jornal vespertino impresso em papel marrom.

** Latim: de maneira isolada, separado dos outros. É esta a rubrica para a oração que o sacerdote enuncia em voz baixa.

*** Depois da independência, Dún Laoghaire.

que trabalhava para a companhia férrea havia quinze anos. Ao ouvir o apito do condutor ele pôs o trem em movimento e um ou dois segundos depois parou a locomotiva em reação a gritos altos. O trem estava andando devagar.

P. Dunne, carregador de bagagem, declarou que quando o trem estava prestes a sair ele observou uma mulher tentando atravessar o trilho. Ele correu até ela e gritou mas, antes de conseguir alcançá-la, ela foi atingida pelo para-choque da locomotiva e caiu ao chão.

Jurado — O senhor viu a senhora cair?

Testemunha — Sim.

O sargento de polícia Croly declarou que ao chegar encontrou a falecida estendida na plataforma aparentemente morta. Ele fez que levassem o corpo para a sala de espera enquanto a ambulância não vinha.

O policial 57E corroborou.

O dr. Halpin, cirurgião-assistente do City of Dublin Hospital, declarou que a falecida teve fraturas em duas costelas e sofreu contusões importantes no ombro direito. O lado direito da cabeça tinha sido ferido na queda. Os ferimentos não eram suficientes para causar a morte de uma pessoa normal. A morte, em sua opinião, foi provavelmente devida ao choque e à falência súbita da ação do coração.

O sr. H. B. Patterson Finlay, em nome da companhia férrea, manifestou sua profunda lástima pelo acidente. A empresa sempre tomou todos os cuidados para evitar que as pessoas atravessassem os trilhos a não ser nas pontes, tanto através da instalação de cartazes em todas as estações quanto através do uso de cancelas de mola nos cruzamentos de nível. A falecida tinha o costume de atravessar os trilhos tarde da noite de uma plataforma a outra e, em vista de certas outras circunstâncias do caso, ele não achava que houvesse culpa por parte dos empregados da empresa.

O capitão Sinico, de Leoville, Sydney Parade, marido da falecida, também testemunhou. Ele declarou que a falecida era sua esposa. Ele não estava em Dublin no momento do acidente e tinha chegado de Roterdã naquela mesma manhã. Estavam casados havia vinte e dois anos e viveram felizes até cerca de dois anos atrás, quando sua esposa começou a adotar costumes algo destemperados.

A srta. Mary Sinico disse que em tempos recentes sua mãe tinha o costume de sair à noite para adquirir bebidas. Ela, testemunha, muitas vezes tentou argumentar com a mãe e persuadi-la a participar de uma liga.* Ela só chegou em casa uma hora depois do acidente.

O júri deu um veredito de acordo com as provas médicas e isentou Lennon de qualquer culpa.

O legista substituto disse que se tratava de um caso muito doloroso, e manifestou grande pesar pela dor do capitão Sinico e de sua filha. Pediu que a companhia férrea tomasse medidas enérgicas para prevenir acidentes semelhantes no futuro. Ninguém foi culpado.

O sr. Duffy ergueu os olhos do papel e olhou pela janela para a exânime paisagem do fim de tarde. O rio jazia quieto além da destilaria vazia e de tempos em tempos surgia uma luz em alguma casa da Lucan Road. Que fim! Toda a narrativa da morte dela o revoltava e o revoltava pensar que tinha um dia falado com ela das coisas que julgava sagradas. As frases batidas, as inanes manifestações de pêsames, as cautelosas palavras de um repórter convencido a ocultar os detalhes de uma morte ordinária e vulgar lhe

* As *temperance leagues* eram grupos que propunham a temperança, ou seja, a abstinência do álcool.

atacaram o estômago. Não apenas ela havia se degradado; havia degradado a ele. Viu a sórdida trajetória de seu vício, miserável e malcheirosa. A companheira da sua alma! Pensou nas pobres coitadas claudicantes que tinha visto carregando latas e garrafas para o barman encher. Santo Deus, que fim! Evidentemente ela não servia para esta vida, desprovida de força de vontade, presa fácil dos maus hábitos, uma das desgraçadas sobre as quais a civilização se ergueu.* Mas ter descido a esse nível! Seria possível ele ter se enganado tão completamente a respeito dela? Lembrou do rompante dela naquela noite e o interpretou de maneira mais severa do que nunca. Ele agora não tinha dificuldade em aprovar a decisão que tinha tomado.

Enquanto a luz esmorecia e sua memória começava a vagar ele pensou que a mão dela tocou a sua. O choque que de início atacara o estômago agora lhe atacava os nervos. Pôs rápido chapéu e sobretudo e saiu. O ar frio veio ao seu encontro no umbral; infiltrou-se pelas mangas do casaco. Quando chegou ao pub da Chapelizod Bridge ele entrou e pediu um ponche quente.

O proprietário o serviu cortesmente mas não se arriscou a falar. Havia cinco ou seis trabalhadores ali que discutiam o valor das propriedades de um cavalheiro em County Kildare. Eles bebiam ocasionalmente de suas imensas canecas e fumavam, cuspindo sem parar no chão e às vezes arrastando a serragem por cima do cuspe com as botas pesadas. O sr. Duffy ficou no seu banquinho olhando para eles, sem enxergar ou ouvir. Depois de um tempo eles saíram e ele pediu outro ponche. Ficou muito tempo ali com ele. O bar estava muito tranquilo. O proprietário se espalhava no balcão lendo o *Herald*** e bocejando. Vez por outra ouvia-se um bonde que zunia na viela solitária lá fora.

* Ele parece ter realmente lido seu Nietzsche.

** *The Evening Herald*, outro jornal vespertino.

Ali sentado, ruminando sua vida com ela e evocando alternadamente as duas imagens em que agora a concebia, percebeu que ela estava morta, que tinha deixado de existir, que tinha se tornado lembrança. Começou a se sentir incomodado. Perguntou-se o que mais poderia ter feito. Não tinha como ter dado continuidade àquela comédia de enganos com ela; não tinha como viver abertamente com ela. Tinha feito o que lhe parecera melhor. Que culpa teria? Agora que ela não estava mais ali ele compreendia o quanto sua vida devia ter sido solitária, sentada toda noite ali naquela salinha. A vida dele também seria solitária até que ele, também, morresse, deixasse de existir e se tornasse lembrança — isso se alguém se lembrasse dele.

Passava das nove quando ele saiu do bar. A noite estava fria e melancólica. Ele entrou no parque pelo primeiro portão e caminhou sob as árvores lúgubres. Caminhou pelas ermas aleias onde tinham andado anos antes. Ela parecia estar perto dele ali no escuro. Em dados momentos pensou sentir que a voz dela lhe tocava o ouvido, que sua mão tocava a dele. Ficou imóvel para ouvir. Por que tinha lhe recusado vida? Por que a condenara à morte? Sentia sua natureza moral se despedaçar.

Quando chegou ao topo de Magazine Hill ele se deteve e deixou os olhos seguirem o rio que leva a Dublin, cujas luzes ardiam rubras e hospitaleiras na noite fria. Olhou para o pé da colina e, lá embaixo, à sombra do muro do parque, viu figuras humanas deitadas. Aqueles amores venais e furtivos o encheram de desespero. Roía a retidão de sua vida; sentia que tinha sido banido do festim da vida. Um único ser humano parecera amá-lo e ele lhe negara vida e felicidade: ele a condenara à ignomínia, a uma morte por vergonha. Sabia que as figuras prostradas junto ao muro o observavam e desejavam que ele fosse embora. Ninguém o queria; estava banido do festim da vida. Virou os olhos para o rio cinzento e brilhante, que se contorcia rumo a Dublin. Mais para lá do rio ele viu um trem de carga que se contorcia ao sair da Kingsbridge Station,* como um verme de cabeça em chamas que se contorcesse nas trevas, obstinada e laboriosamente. Ele foi sumindo lento; mas ainda ouvia o zumbido laborioso da locomotiva que reiterava as sílabas do nome dela.

Voltou pelo caminho por que viera, com o ritmo da locomotiva latejando nos ouvidos. Começou a duvidar da realidade do que a lembrança lhe dizia. Deteve-se sob uma árvore e deixou que o ritmo morresse. Não conseguia senti-la perto de si no escuro, nem sua voz lhe tocando o ouvido. Esperou alguns minutos, atento. Não ouvia nada: a noite estava perfeitamente silenciosa. Ouviu de novo: perfeitamente silenciosa. Sentiu que estava só.

* Depois da independência, Séan Heuston Station.

Dia de hera na sala do comitê*

O velho Jack catou as cinzas com um pedaço de papelão e as espalhou cuidadosamente sobre a abóbada de brasas que embranqueciam. Quando a abóbada estava coberta de uma camada fina seu rosto caiu na escuridão mas, enquanto ele se punha a abanar de novo o fogo, sua sombra agachada escalava a parede oposta e seu rosto lentamente reemergia para a luz. Era o rosto de um velho, muito ossudo e peludo. Os olhos azuis e úmidos piscavam para o fogo e a boca úmida por vezes ficava aberta, mascando uma ou duas vezes mecanicamente quando se fechava. Quando as cinzas pegaram fogo ele largou o pedaço de papelão encostado na parede, suspirou e disse:

— Agora está melhor, sr. O'Connor.

O sr. O'Connor, um homem grisalho cujo rosto era desfigurado por diversas manchas e espinhas, acabava de formar com o tabaco de cigarro um cilindro bem-feitinho, mas quando lhe dirigiram a palavra ele desfez medi-

* O dia 6 de outubro marca o aniversário da morte do líder político Charles Stewart Parnell (1846-91), ocorrida logo depois de ele cair em desgraça quando se revelou que tinha um caso com uma mulher casada. Nesse dia, seus correligionários usavam uma folha de hera para marcar sua posição nacionalista. Como se sabe que a história se passa entre a morte da rainha Vitória e a visita de Eduardo VII à Irlanda, só podemos estar em 1902.

tativamente o trabalho. Então começou a enrolar o tabaco de novo meditativamente e depois de pensar por um momento decidiu lamber o papel.

— O sr. Tierney disse quando ia voltar? — ele perguntou num falsete enrouquecido.

— Ele não disse.

O sr. O'Connor pôs o cigarro na boca e começou a revirar os bolsos. Tirou um maço de finos pedaços de cartolina.

— Eu te arranjo um fósforo — disse o velho.

— Nem se preocupe, eu me viro com isto aqui — disse o sr. O'Connor.

Selecionou um dos cartões e leu o que estava impresso ali:

> ELEIÇÕES MUNICIPAIS
> Royal Exchange Ward*
>
> O sr. Richard J. Tierney, P.L.G.,** vem respeitosamente solicitar a bondade de seu voto e de sua influência nas eleições vindouras na Royal Exchange Ward.

O sr. O'Connor tinha sido contratado pelo agente do sr. Tierney para fazer campanha numa região da Ward mas, como o tempo estava inclemente e suas botas deixavam entrar a umidade, ele passava grande parte do dia sentado perto do fogo na Sala do Comitê na Wicklow Street com Jack, o velho zelador. Estavam sentados daquele jeito desde que o curto dia ficara escuro.*** Era 6 de outubro, funesto e frio lá fora.

* Região Centro-Sul de Dublin, que incluía o Dublin Castle e o City Hall, centros políticos do poder anglo-irlandês.

** *Poor Law Guardian*, ou seja "Guardião da Lei dos Pobres", espécie de capataz que cuidava de garantir que os homens sem recursos fossem em busca de emprego.

*** O poente foi às 17h25.

O sr. O'Connor arrancou uma tira do cartão e, com ela acesa, acendeu seu cigarro. Quando fez isso a chama iluminou uma folha brilhante de hera escura na lapela do seu casaco. O velho observou atento e então, pegando de novo o pedaço de papelão, começou a abanar o fogo lentamente enquanto seu companheiro fumava.

— Ah, é — ele disse, continuando —, é difícil saber como criar os filhos. Mas quem é que podia imaginar que ele ia dar nisso! Eu mandei o menino pros Irmãos Cristãos* e fiz o que pude por ele, e lá me vai ele virar pau-d'água. Eu tentei fazer ele ser mais decente.

Largou de novo o papelão, cansado.

— É só que agora eu sou um velho senão eu dava já um jeito nele. Sentava a bengala no lombo dele e batia até nele caído — como eu fiz mesmo várias vezes. A mãe, sabe, ela fica dando corda pra ele assim e assado...

— É isso que estraga as crianças — disse o sr. O'Connor.

— Pode apostar que é mesmo — disse o velho. — E nem um muito obrigado aqui, só atrevimento. Ele se acha por cima toda vez que vê que eu tomei uns grogues. Onde é que vai dar o mundo com os filhos falando desse jeito com o pai?

— Ele está com que idade? — disse o sr. O'Connor.

— Dezenove — disse o velho.

— Por que é que você não põe ele pra trabalhar em algum lugar?

— Mas claro, até parece que eu larguei mão de chiar com o bebum desde que ele saiu da escola! *Eu não vou te sustentar*, eu digo. *Você precisa arranjar um emprego.* Mas claro que só piora quando ele arranja emprego; ele bebe tudo.

O sr. O'Connor sacudiu a cabeça compungido, e o ve-

* Escola religiosa, um furo abaixo do Belvedere, desprezada por Simon Dedalus em *Um retrato do artista quando jovem*.

lho ficou quieto, olhando o fogo. Alguém abriu a porta da sala e gritou:

— Oi! É reunião de maçons aqui?

— Quem que é? — disse o velho.

— O que é que vocês estão fazendo no escuro? — perguntou uma voz.

— É você, Hynes?* — perguntou o sr. O'Connor.

— Isso. O que é que vocês estão fazendo no escuro? — disse o sr. Hynes, adentrando a luz do fogo.

Era um rapaz alto e longilíneo com um bigode castanho-claro. Iminentes gotinhas de chuva lhe pendiam da aba do chapéu e ele estava com o colarinho do casaco erguido.

— Então, Mat — ele disse ao sr. O'Connor —, tudo em ordem?

O sr. O'Connor sacudiu a cabeça. O velho saiu de perto da lareira e depois de tropeçar pela sala voltou com duas velas que enfiou uma de cada vez na lareira e levou para a mesa. Uma sala despojada se tornou visível e o fogo perdeu toda a intensidade da sua cor. As paredes da sala estavam vazias a não ser pela cópia de um discurso eleitoral. No meio da sala havia uma mesinha com um amontoado de papéis.

O sr. Hynes se apoiou no console da lareira e perguntou:

— Ele já te pagou?

— Ainda não — disse o sr. O'Connor. — Queira Deus que ele não me deixe na mão hoje.

O sr. Hynes riu.

— Ah, mas ele vai te pagar. Pode contar — ele disse.

— Tomara que ele ande de uma vez então — disse o sr. O'Connor.

— E você acha o quê, Jack? — disse o sr. Hynes satiricamente para o velho.

O velho voltou a seu assento junto do fogo, dizendo:

* Personagem do *Ulysses*.

— Nem é que ele não tenha, também. Contrário do outro camaradinha.

— Que outro camaradinha? — disse o sr. Hynes.

— O Colgan — disse o velho com desprezo.

— Porque o Colgan é trabalhador, que você diz uma coisa dessas? Que diferença tem entre um pedreiro honesto e um comerciante — hein? O trabalhador não tem o mesmíssimo direito de estar na Corporação* que nem todo mundo — é, e até mais direito que aqueles *shoneens*** que já ficam de chapéu na mão quando topam com qualquer um que tenha um doutor na frente do nome? Não é isso, Mat? — disse o sr. Hynes, se dirigindo ao sr. O'Connor.

— Acho que você tem razão — disse o sr. O'Connor.

— Um é um sujeitinho simples e honesto sem firulas. Ele vai lá representar a classe trabalhadora. Esse sujeito que está empregando vocês só quer uma boquinha.

— Mas claro que a classe trabalhadora tem que estar representada — disse o velho.

— O trabalhador — disse o sr. Hynes — paga a conta e não escolhe a sobremesa. Mas é ele que produz tudo. O trabalhador não está procurando uma mamata pros filhos e pros sobrinhos e pros primos. O trabalhador é que não vai jogar a honra de Dublin na lama pra agradar um monarca alemão.***

— Como é que é? — disse o velho.

— Vocês não sabiam que eles querem fazer um discurso de boas-vindas pro velho Eduardo Rex se ele aparecer aqui ano que vem? Pra que é que a gente tem que ficar de beija-mãos com um rei estrangeiro?

— O nosso camarada não vai votar por esse discurso — disse o sr. O'Connor. — Ele é da chapa nacionalista.

* A estrutura administrativa municipal.

** Irlandês: homem que se dá ares de grande cavalheiro.

*** Eduardo VII tinha ascendência alemã.

— Ah, não vai? — disse o sr. Hynes. — Espere só pra ver se ele vota ou não vota. Eu conheço o sujeito. Não é o Dicky Trambique? O Tierney?

— Jesus Amado! Vai ver você tem razão, Joe — disse o sr. O'Connor. — Enfim, tomara que ele apareça com a pecúnia.

Os três ficaram em silêncio. O velho começou a catar mais cinzas. O sr. Hynes tirou o chapéu, sacudiu e aí baixou o colarinho do casaco, mostrando, então, uma folha de hera na lapela.

— Se esse aqui estivesse vivo — ele disse, apontando para a folha — ninguém ia estar falando de discurso de boas-vindas.

— Isso é verdade — disse o sr. O'Connor.

— *Musha*,* que Deus abençoe aquele pessoal! — disse o velho. — Naquela época a coisa era mais viva.

A sala ficou de novo em silêncio. Então um homenzinho espalhafatoso de nariz escorrendo e orelhas geladas abriu a porta. Ele foi rápido para o fogo, esfregando as mãos como se quisesse tirar faísca.

— Nada de dinheiro, rapazes — ele disse.

— Senta aqui, sr. Henchy — disse o velho, oferecendo a sua cadeira.

— Ah, nem me saia daí, Jack, nem saia — disse o sr. Henchy.

Ele cumprimentou seco com a cabeça o sr. Hynes e sentou na cadeira que o velho tinha liberado.

— Você cuidou da Aungier Street? — ele perguntou ao sr. O'Connor.

— Cuidei — disse o sr. O'Connor, começando a revirar os bolsos em busca de lembretes.

— Você passou no Grimes?

— Passei.

* Interjeição irlandesa, algo equivalente a "nossa!" em português.

— E daí? O que ele disse?

— Ele não promete nada. Ele disse: *Eu é que não vou contar pra ninguém em quem eu vou votar.* Mas acho que ele vai ficar firme.

— E por quê?

— Ele me perguntou quem estava indicando; e eu contei. Eu mencionei o nome do padre Burke. Acho que ele vai ficar firme.

O sr. Henchy começou a fungar e esfregar as mãos em cima do fogo numa velocidade atordoante. Então ele disse:

— Pelo amor de Deus, Jack, vai buscar mais carvão. Há de ter sobrado um pouquinho.

O velho saiu da sala.

— O poço está seco — disse o sr. Henchy, sacudindo a cabeça. — Eu perguntei pro capachinho, mas ele disse: *Ah, mas veja bem, sr. Henchy, quando eu vir o trabalho andando direitinho eu não vou esquecer o senhor, pode apostar.* Fuleirinho desgraçado! *'Usha,** o que é que a gente podia esperar?

— O que foi que eu te disse, Mat? — disse o sr. Hynes. — Dicky Trambique.

— Ah, trambiqueiro como poucos — disse o sr. Henchy. — Ele não tem aqueles olhinhos de porco à toa. Morra seco! Será que não dava pra pagar que nem homem em vez de ficar de: *Ah, mas veja bem, sr. Henchy, eu preciso conversar com o sr. Fanning...*** *Eu gastei bastante dinheiro.* Capachinho desgraçado dos infernos! Acho que ele não lembra de quando o paizinho dele tinha aquela loja de roupa usada na Mary's Lane.

— Mas e é verdade, isso? — perguntou o sr. O'Connor.

— E como! — disse o sr. Henchy. — Você nunca ouviu

* Contração de *musha*.

** Aparece no conto "Graça" e é mencionado várias vezes no *Ulysses*.

essa? E os homens passavam lá domingo de manhã antes dos bares abrirem pra comprar um colete ou uma calça — *moya*!* Mas o paizinho do Trambique sempre tinha um frasco preto num cantinho.** Deu pra manjar? E é isso. Foi aí que ele veio ao mundo.

O velho voltou com algumas pedras de carvão que colocou aqui e ali na lareira.

— Isso que é cartão de visita — disse o sr. O'Connor. — Como é que ele quer que a gente trabalhe pra ele se ele não banca o jogo?

— Eu não tenho saída — disse o sr. Henchy. — Acho que vou encontrar os cobradores na sala de casa.

O sr. Hynes riu e, afastando-se do console com um empurrão dos ombros, se preparou para sair.

— Vai ficar tudo certinho quando o rei Dudu chegar — ele disse. — Bom, crianças, por enquanto me vou. Té mais. Tchau.

Ele saiu da sala lentamente. Nem o sr. Henchy nem o velho abriram a boca mas, bem quando a porta estava fechando, o sr. O'Connor, que olhava pensativo o fogo, gritou de repente:

— Tchau, Joe.

O sr. Henchy esperou uns momentos e aí apontou com a cabeça na direção da porta.

— Me diga aqui — ele disse por sobre o fogo —, o que é que o nosso amigo veio fazer aqui? Ele quer o quê?

— *'Usha*, coitadinho do Joe! — disse o sr. O'Connor, jogando o resto do cigarro no fogo. — Ele é durango que nem a gente.

O sr. Henchy fungou com vigor e cuspiu tão copiosamente que quase apagou o fogo, que soltou um chiado de protesto.

* Irlandês: "Veja só", "Acredite se quiser".

** A insinuação é que ele vendia uísque sem ter licença, ou antes do horário permitido.

— Na minha modestíssima e honesta opinião — ele disse — acho que ele é do outro lado. Pra mim ele é espião do Colgan. *Só dê uma passada lá e tente descobrir como é que eles estão levando. Eles não vão suspeitar de você.* Sabe como é?

— Ah, o coitado do Joe é boa-praça — disse o sr. O'Connor.

— O pai dele era um sujeito decente e de respeito — o sr. Henchy admitiu. — Coitadinho do Larry Hynes! Quebrou muitos galhos na época dele! Mas eu receio muitíssimo que o nosso amigo não seja dezenove quilates. Cacete, eu consigo entender que o camarada esteja durango mas o que eu não consigo entender é o cara virar parasita. Será que não dava pra ele ser um tiquinho mais homem?

— Ele não tem grandes acolhidas minhas quando aparece — disse o velho. — Ele que fique trabalhando pro lado dele mesmo e não me venha espionar aqui.

— Não sei — disse o sr. O'Connor hesitante, enquanto pegava o papel de cigarros e o tabaco. — Eu acho que o Joe Hynes é um tipo reto. E é inteligente, também, com a pena na mão. Vocês lembram aquele negócio que ele escreveu...?

— Pra mim esses rebeldes e esses fenianos* às vezes são é inteligentes demais — disse o sr. Henchy. — Sabe qual que é a minha modestíssima e honesta opinião sobre alguns desses patifes? Eu acho que metade recebe grana do Castelo.**

— Não tem como saber — disse o velho.

— Ah, mas eu posso te garantir — disse o sr. Henchy. — É gente do Castelo... não digo o Hynes... Não, cacete, eu acho que ele está um furinho acima de uma coisa des-

* Membros da Irmandade Republicana Irlandesa e, por extensão, ativistas pró-independência.

** O Dublin Castle era a sede da administração inglesa da cidade de Dublin.

sas... mas tem um certo nobre de olho vesguinho — vocês sabem o patriota em questão?

O sr. O'Connor fez que sim.

— Está aí um descendente direto do Major Sirr,* isso eu garanto! Ah, o sangue do coração de um patriota! É um sujeito que vendia o país por quatro pence — é — e caía de joelhos para agradecer a Cristo Todo-Poderoso por ter um país pra vender.

Veio uma batida na porta.

— Entra! — disse o sr. Henchy.

Uma pessoa que parecia um padre pobre ou um ator pobre surgiu no limiar. Sua roupa preta estava bem apertadinha em volta do corpo curto e era impossível dizer se ele usava um colarinho de clérigo ou de laico porque a gola de sua casaca esfarrapada, cujos botões descobertos refletiam a luz das velas, estava erguida em volta do pescoço. Estava com um chapéu redondo de feltro preto duro. Seu rosto, brilhando de gotas de chuva, tinha aparência de queijo amarelo úmido a não ser onde dois pontos rosados indicavam os zigomas. Ele abriu a boca muito larga de repente para manifestar decepção e ao mesmo tempo abriu bem os olhos azuis muito claros para manifestar prazer e surpresa.

— Ah, padre Keon — disse o sr. Henchy, levantando de um salto da cadeira. — É o senhor? Vai entrando!

— Ah, não, não, não! — disse o padre Keon ligeiro, fazendo biquinho como se estivesse se dirigindo a uma criança.

— O senhor não quer entrar e sentar?

— Não, não, não! — disse o padre Keon, falando com uma discreta voz aveludada e indulgente. — Eu não quero incomodar! Eu só estou procurando o sr. Fanning...

— Ele está lá no *Black Eagle* — disse o sr. Henchy. — Mas o senhor não quer entrar e sentar um minutinho?

* Henry Charles Sirr (1764-1841), irlandês que serviu à repressão da rebelião de 1798.

— Não, não, obrigado. Era só uma coisinha de negócios — disse o padre Keon. — Muito obrigado mesmo.

Ele recuou da soleira e o sr. Henchy, pegando um dos candelabros, foi até a porta para iluminar a descida da escada para ele.

— Ah, mas não se incomode, por favor!

— Não, mas a escada é tão escura.

— Não, não, eu estou enxergando... Muito obrigado mesmo.

— Tudo certo então?

— Tudo certo, obrigado... Obrigado.

O sr. Henchy voltou com o candelabro, que largou na mesa. Sentou de novo junto do fogo. Houve alguns momentos de silêncio.

— Me diga uma coisa, John — disse o sr. O'Connor, acendendo o cigarro com outro pedaço de cartolina.

— Hm?

— Ele é o quê, exatamente?

— Manda uma pergunta mais fácil — disse o sr. Henchy.

— Parece que ele e o Fanning são bem grudados. Eles vivem juntos lá no Kavanagh.* Ele é padre mesmo?

— 'Mmmé... acho que é... acho que ele é o que eles chamam de ovelha negra.** A gente não tem muitos desses, graças a Deus! Mas tem alguns... Ele é um sujeito infeliz desses aí...

— E como é que ele ganha o de cada dia? — perguntou o sr. O'Connor.

— Está aí outro mistério.

— Ele está em alguma capela ou igreja ou instituição ou...

* Pub que era um ponto de encontro do mundo político.

** Mais um padre que, nas palavras de Gifford, não teria agido nem de maneira tão escandalosa que justificasse uma excomunhão nem de maneira tão corajosa que gerasse sua entrada voluntária na vida laica, e que estava "silenciado" pela Igreja.

— Não — disse o sr. Henchy. — Acho que ele viaja por conta mesmo... Deus que me perdoe — ele acrescentou —, eu achei que ele era a dúzia de stouts.

— E tem alguma chance de uma bebida aqui? — perguntou o sr. O'Connor.

— Eu também estou na seca — disse o velho.

— Eu perguntei três vezes praquele capachinho — disse o sr. Henchy — se ele ia mandar uma dúzia de stouts. Eu perguntei de novo mas ele estava apoiado no balcão ali em mangas de camisa no maior conversê com o vereador Cowley.*

— Por que é que você não fez ele lembrar? — disse o sr. O'Connor.

— Bom, eu não podia ir ali enquanto ele conversava com o vereador. Eu só fiquei esperando até ele me ver, e disse: *Sobre aquele probleminha de que eu estava falando... Está tudo certo, sr. H.*, ele disse. *Yerra*,** claro que o tampinha esqueceu completamente.

— Tem alguma coisa por ali — disse o sr. O'Connor pensativo. — Eu vi os três todos compenetrados ontem na esquina da Suffolk Street.

— Acho que eu sei o que eles estão armando — disse o sr. Henchy. — Hoje em dia se quiser ser prefeito você tem que ficar devendo dinheiro pros Patriarcas da Cidade. Aí eles te fazem virar prefeito. Jesus amado! Eu ando pensando seriamente em virar Patriarca da Cidade. O que é que vocês acham? Será que eu dava pra esse emprego?

O sr. O'Connor riu.

— Se for só questão de ficar devendo dinheiro...

— Saindo de carro lá da Mansion House — disse o sr.

* Também citado no *Ulysses*. Gifford registra não ter encontrado um vereador com esse nome. Mas o curioso é que no *Ulysses* há também um Cowley, chamado o tempo todo de padre Cowley, apesar de não ser padre.

** Interjeição com base no irlandês *aire*: cuidado, atenção!

Henchy — todo vestido de arminho, com o Jack ali de pé atrás de mim de peruca empoada, hein?

— E me dê um cargo de secretário pessoal, John.

— Isso. E eu vou colocar o padre Keon de capelão particular. A gente vai montar um grupinho só nosso.

— Olha, sr. Henchy — disse o velho —, aposto que o senhor ia manter mais elegância que certos outros indivíduos lá. Dia desses eu estava conversando com o velho Keegan, que é carregador. *E o que é que você está achando do chefe novo, Pat?* Eu disse pra ele. *Agora vocês não recebem muita gente*, eu disse. *Receber!*, ele disse. *Ele podia viver só do cheirinho de um trapo de óleo.* E sabe mais o que ele me disse? Ora, eu juro por Deus que eu nem acreditei.

— O quê? — disseram o sr. Henchy e o sr. O'Connor.

— Ele me disse: *O que é que você acha de um prefeito de Dublin mandar buscar meio quilo de costeleta pro jantar? Isso é viver à larga?*, diz ele. *Wisha!*,* *wisha,* eu disse. *Meio quilo de costeleta,* ele disse, *entrando na Mansion House. Wisha!*, eu disse, *que tipinho de gente que anda passando hoje em dia!*

Nesse momento veio uma batida à porta, e um menino colocou a cabeça para dentro.

— O que foi? — disse o velho.

— É do *Black Eagle* — disse o menino, entrando de lado e largando um cesto no chão com o ruído das garrafas que se entrechocavam.

O velho ajudou o menino a passar as garrafas do cesto para a mesa e contou o lote todo. Terminada a operação o menino pôs o cesto no braço e perguntou:

— Alguma garrafa?

— Como assim, garrafa? — disse o velho.

— Será que dá pra gente beber antes? — disse o sr. Henchy.

* Interjeição irlandesa originada numa invocação à Virgem Maria.

— Me mandaram pedir as garrafas.

— Volte amanhã — disse o velho.

— Aqui, menino! — disse o sr. Henchy — será que dava pra você dar uma corridinha ali no O'Farrel e pedir um saca-rolhas emprestado — pro sr. Henchy, pode dizer. Diz que a gente vai precisar só um minutinho. Deixe o cesto aqui.

O menino saiu e o sr. Henchy começou a esfregar as mãos animado, dizendo:

— Ai, ai, então ele não é de todo mau. A palavra dele tem valor, pelo menos.

— Não tem copo — disse o velho.

— Ah, não se incomode com isso, Jack — disse o sr. Henchy. — Muita gente boa por aí já bebeu direto do gargalo.

— Enfim, melhor que nada — disse o sr. O'Connor.

— Ele não é dos piores — disse o sr. Henchy —, só que o Fanning faz ele meio de pau-mandado. Mas ele tem boas intenções, sabe, lá do jeitinho fuleiro dele.

O menino voltou com o saca-rolhas. O velho abriu três garrafas e estava devolvendo o saca-rolhas quando o sr. Henchy disse para o menino:

— Quer beber, menino?

— Se não for incômodo, senhor — disse o menino.

O velho abriu outra garrafa de má vontade e passou para o menino.

— Que idade você tem? — ele perguntou.

— Dezessete — disse o menino.

Como o velho não disse mais nada o menino pegou a garrafa, disse: *Eu fico muito agradecido, senhor* para o sr. Henchy, bebeu tudo, pôs a garrafa de volta na mesa e limpou a boca na manga. Então pegou o saca-rolhas e saiu de ladinho pela porta, resmungando algum cumprimento.

— É assim que começa — disse o velho.

— O fio da navalha — disse o sr. Henchy.

O velho distribuiu as três garrafas que tinha aberto e os homens beberam simultaneamente. Depois de terem bebido cada um colocou sua garrafa no console da lareira onde pudesse alcançar e puxou um longo alento satisfeito.

— Bom, eu tive um dia bem puxado hoje — disse o sr. Henchy, depois de uma pausa.

— É mesmo, John?

— É. Consegui uma ou duas coisinhas seguras pra ele na Dawson Street, eu e o Crofton.* Cá entre nós, sabe, o Crofton (sujeitinho decente, tudo bem), mas não vale nada numa campanha. Não tem lábia nem pra vender água no deserto. Ele fica ali parado olhando as pessoas enquanto eu falo.

Nisso dois homens entraram na sala. Um era um homem muito gordo, cuja roupa de sarja azul parecia ameaçar cair de sua figura corcovada. Tinha um rosto grande que lembrava, pela expressão, o rosto de um vitelo novo, olhos azuis fixos e um bigode grisalho. O outro homem, que era bem mais novo e mais frágil, tinha um rosto fino e bem barbeado. Tinha uma gola dupla bem alta e um chapéu-coco de abas largas.

— Oi, Crofton! — disse o sr. Henchy para o gordo. — Foi falar no diabo...

— De onde foi que veio o goró? — perguntou o mais jovem. — A vaca deu leite?

— Ah, mas é claro, o Lyons** chega e já cresce o olho para a bebida! — disse o sr. O'Connor, rindo.

— É assim que vocês fazem campanha — disse o sr. Lyons — e eu e o Crofton lá no frio e na chuva tentando conseguir uns votinhos?

— Ora, morra seco — disse o sr. Henchy —, eu conseguia mais votos em cinco minutos que vocês dois em uma semana.

* Vai reaparecer em "Graça" e no *Ulysses*.

** Hóspede de "A casa de pensão" e personagem do *Ulysses*.

— Abra duas garrafas de cerveja, Jack — disse o sr. O'Connor.

— E como é que eu vou abrir — disse o velho — se não tem saca-rolhas?

— Espera lá, espera lá! — disse o sr. Henchy, levantando ligeiro. — Vocês já viram este truque?

Ele pegou duas garrafas da mesa e, levando as duas até o fogo, colocou na prateleira. Então sentou perto do fogo e tomou outro gole da sua garrafa. O sr. Lyons sentou na beira da mesa, empurrou o chapéu até a nuca e começou a balançar as pernas.

— Qual que é a minha garrafa? — ele perguntou.

— Esta mocinha aqui — disse o sr. Henchy.

O sr. Crofton sentou numa caixa e ficou olhando fixamente para a outra garrafa na prateleira. Estava em silêncio por duas razões. A primeira, por si só já suficiente, era que não tinha nada a dizer; a segunda era que considerava seus companheiros abaixo de si. Tinha feito campanha para Wilkins, dos conservadores, mas quando os conservadores retiraram sua candidatura e, escolhendo o menor de dois males, deram apoio ao candidato nacionalista, ele foi contratado para trabalhar pelo sr. Tierney.

Em poucos minutos um *Poc!* constrangido se fez ouvir quando a rolha voou da garrafa do sr. Lyons. O sr. Lyons saltou da mesa, foi até a lareira, pegou sua garrafa e a levou de volta para a mesa.

— Eu estava justamente contando pra eles, Crofton — disse o sr. Henchy —, que a gente conseguiu uns belos de uns votos hoje.

— Quem que vocês conseguiram? — perguntou o sr. Lyons.

— Bom, pra começo de conversa eu consegui o Parkes, depois teve o Atkinson, e eu consegui o Ward* da Dawson Street. Figurinha ótima, aquele ali — janotinha das

* Todos sobrenomes ingleses.

antigas, conservador desde sempre! *Mas o seu candidato não é nacionalista?*, disse ele. *Ele é um homem de respeito*, eu disse. *Ele é a favor de tudo que seja em benefício deste país. É um bom pagador de impostos*, eu disse. *Ele tem grandes propriedades imobiliárias na cidade e três pontos comerciais e não será do interesse próprio dele diminuir os impostos? Ele é um cidadão de destaque e de respeito*, eu disse, *e um Guardião da Lei dos Pobres, e ele não é de partido nenhum, bom, mau ou indiferente*. É assim que você fala com esses tipos.

— E a coisa do discurso pro rei? — disse o sr. Lyons, depois de beber e estalar os lábios.

— Vocês me escutem aqui — disse o sr. Henchy. — O que a gente tem que ter aqui neste país, que nem eu disse pro velho Ward, é capital. Isso de o rei vir aqui vai significar um influxo de dinheiro pro país. Os cidadãos de Dublin vão se beneficiar. Olhem as fábricas todas ali junto do cais, à toa! Olhem o dinheiro todo que tem na indústria se pelo menos a gente fizesse funcionar a velha indústria, os moinhos, os estaleiros e as fábricas. É capital que a gente precisa ter.

— Mas olha só, John — disse o sr. O'Connor. — Por que é que a gente devia dar boas-vindas ao rei da Inglaterra? Não foi o próprio Parnell que...*

— Parnell — disse o sr. Henchy — está morto. Agora, é assim que eu vejo isso tudo. Tem lá esse sujeitinho que assumiu o trono depois da mãe velhusca deixar ele de canto até o homem estar grisalho. Ele é um homem do mundo, e tem boas intenções com a gente. É um camaradinha muito do decente, na minha opinião, e sem meias palavras. Ele simplesmente se diz: *A velha nunca foi ver esses bárbaros*

* Quando Eduardo, então príncipe de Gales, visitou a Irlanda em 1885, Parnell orientou os patriotas a não reconhecer sua presença.

irlandeses. Jesus, eu vou lá ver que cara eles têm.* E aí a gente vai ofender o sujeito quando ele vem fazer uma visita cordial? Hein? Não é isso mesmo, Crofton?

O sr. Crofton concordou com a cabeça.

— Mas afinal — disse o sr. Lyons racionalmente — a vida do rei Eduardo, sabe, não é a própria...**

— Não vamos chorar o leite derramado — disse o sr. Henchy. — Eu admiro o sujeito, pessoalmente. Ele é só unzinho qualquer, que nem a gente. Ele gosta do groguezinho dele e é meio calhorda, até, e tem espírito esportivo. Cacete, será que a gente não pode jogar limpo aqui na Irlanda?

— Isso é tudo muito lindo — disse o sr. Lyons. — Mas vamos pensar no caso de Parnell agora.

— Pelo amor de Deus — disse o sr. Henchy —, o que é que tem de comum entre os dois casos?

— O que eu quero dizer — disse o sr. Lyons — é que nós temos os nossos ideais. E aí por que a gente ia dar as boas-vindas a um sujeito desses? Vocês acham que depois do que ele fez Parnell era um homem que podia ser o nosso líder? E por que, então, a gente ia fazer isso pelo Eduardo VI?

— Hoje é o aniversário da morte de Parnell — disse o sr. O'Connor — e vamos tentar não azedar tudo aqui. Todo mundo respeita ele agora que ele morreu — até os conservadores — ele acrescentou, virando para o sr. Crofton.

Poc! a rolha atrasada saltou da garrafa do sr. Crofton. O sr. Crofton levantou da sua caixa e foi para junto do fogo. Ao voltar com sua presa ele disse com uma voz grave:

* Na verdade a rainha Vitória esteve quatro vezes na Irlanda, sendo a última delas uma pequena temporada de um mês, em abril de 1900, pouco mais de dois anos antes da ação do conto.
** Eduardo era famoso por suas aventuras com mulheres casadas enquanto foi príncipe de Gales.

— O nosso lado da casa tem respeito por ele porque era um cavalheiro.

— E era mesmo, Crofton! — disse o sr. Henchy enfaticamente. — Ele era o único homem que podia manter aquele balaio de gatos em ordem. *No chão, cachorrada! Fiquem no chão, seus cães!* Era o jeito dele lidar com eles. Entra, Joe! Entra! — ele gritou, ao ver o sr. Hynes à porta.

O sr. Hynes entrou devagar.

— Abra outra garrafa de stout, Jack — disse o sr. Henchy. — Ah, esqueci que não tem saca-rolhas! Aqui, me dá uma aqui que eu ponho no fogo.

O velho lhe passou outra garrafa e ele a colocou na prateleira da lareira.

— Senta, Joe — disse o sr. O'Connor —, a gente estava justamente falando do Chefe.

— Isso, isso! — disse o sr. Henchy.

O sr. Hynes sentou na beira da mesa perto do sr. Lyons mas não abriu a boca.

— Está aí um, pelo menos — disse o sr. Henchy — que não renegou Parnell. Jesus Amado, isso eu reconheço em você, Joe! Não, santo Deus, você ficou com ele como um homem de verdade!

— Ah, Joe — disse o sr. Connor de repente. — Manda lá aquele negócio que você escreveu — você sabe de cor? Você tem uma cópia?

— Ah, isso! — disse o sr. Henchy. — Manda lá. Você já ouviu essa, Crofton? Escuta só: um negócio esplêndido.

— Anda — disse o sr. O'Connor. — Manda ver, Joe.

Parecia que o sr. Hynes não lembrava assim de cara o texto a que eles estavam fazendo referência mas, depois de refletir um pouco, ele disse:

— Ah, aquela coisa então... Claro que ficou velha agora.

— Cospe de uma vez, amigo! — disse o sr. O'Connor.

— 'Sh, 'sh — disse o sr. Henchy. — Vai, Joe!

O sr. Hynes hesitou um pouquinho ainda. Então em meio ao silêncio ele tirou o chapéu, largou na mesa e se pôs de pé. Parecia estar ensaiando mentalmente. Depois de uma longa pausa ele anunciou:

A MORTE DE PARNELL
6 de outubro de 1891

Pigarreou uma ou duas vezes e aí começou a recitar:

Morreu. O rei sem trono foi-se.
Ó Erin, chora o que levaram,
Pois está morto o homem que
Hipócritas mais que humilharam.

Jaz chacinado pelos cães
Que ergueu do charco até a glória;
E os sonhos e esperanças nossas
Fenecem com sua memória.

O coração de toda a Irlanda,
De nobre, de pobre ou menino,
Chora de dor — pois faleceu
Quem teceria seu destino.

Teria feito a sua fama,
*Exposto seu verde estandarte,**
Louvado bardos, reis, guerreiros,
Em todo canto, em toda parte.

Sonhou (que pena, foi só sonho!)
A liberdade: mas lutava
E se esforçava e a traição
Privou-o daquilo que amava.

* O verde é a cor nacional da Irlanda, mas Parnell, extremamente supersticioso, tinha uma tremenda aversão à cor.

Vergonha aos vis acovardados
Que matam seu Senhor: um beijo
Mostrando quem seria à malta
Dos sacerdotes malfazejos.

Que uma vergonha eterna cubra
A memória de quem tentou
Manchar o nome decantado
De quem altivo o recusou.

Caiu como cai quem lidera,
Até o fim inalterado;
E a morte agora veio uni-lo
Aos ídolos do bom passado.

Que durma sem ouvir a luta!
Repousa calmo: a dor do homem
E sedes de chegar à glória
Agora já não o consomem.

Conseguiram: foi humilhado.
Mas ouve, Erin, sua alma
Poderá ressurgir das cinzas,
Em uma bela aurora calma,

Nascer da nossa liberdade!
E então possamos ver no céu
Brindando à nossa alegria
Uma só dor — seu rei: Parnell.

O sr. Hynes sentou de novo na mesa. Quando tinha terminado de recitar houve um silêncio e então uma salva de palmas: até o sr. Lyons aplaudiu. O aplauso se prolongou um pouco. Quando parou todos os espectadores beberam de suas garrafas em silêncio.

Poc! A rolha pulou da garrafa do sr. Hynes, mas o sr.

Hynes continuou sentado, corado e de cabeça descoberta ali na mesa. Não parecia ter ouvido o convite.

— Muito bem, Joe! — disse o sr. O'Connor, pegando seu papel de cigarro e o saquinho de fumo para esconder melhor a emoção.

— O que você achou dessa, Crofton? — exclamou o sr. Henchy. — Não é bonito? Hein?

O sr. Crofton disse que era um texto muito bonito.

Uma mãe

O sr. Holohan,* segundo secretário da sociedade *Eire Abu*,** tinha andado de um lado para outro de Dublin por quase um mês, com as mãos e os bolsos cheios de pedaços sujos de papel, cuidando da série de concertos. Tinha uma perna manca e por conta disso seus amigos o chamavam de Deixa-Que-Eu-Chuto. Andou de um lado para outro sem parar, ficou horas parado em esquinas defendendo a ideia e tomou notas; mas no fim foi a sra. Kearney que arrumou tudo.

A srta. Devlin tinha se tornado sra. Kearney por despeito. Tinha sido educada num convento de alto nível onde aprendera francês e música. Como era por natureza pálida e de modos inflexíveis fez poucas amigas na escola. Quando chegou à idade de casar foi enviada a várias casas onde seu piano e seus modos ebúrneos foram muito admirados. Ficava sentada no centro do gélido círculo de seus talentos, esperando que algum pretendente tomasse coragem e lhe oferecesse uma vida luminosa. Mas os rapazes que encontrava eram comuns e ela não os encorajava, tentando consolar seus desejos românticos comendo não pouco manjar turco às escondidas. No entanto,

* Mencionado em "Dois galantes"; personagem do *Ulysses*.

** Irlandês: Irlanda Madura; só o fato de ter um nome gaélico já localiza a sociedade como parte do "Renascimento Irlandês".

quando foi chegando ao limite e suas amigas começaram a soltar a língua a respeito dela, ela as calou se casando com o sr. Kearney, que fabricava botas no Ormond Quay.

Era muito mais velho que ela. Sua conversa, que era séria, surgia esporadicamente de sua grande barba castanha. Depois do primeiro ano de casada a sra. Kearney percebeu que um homem desse tipo ia envelhecer melhor que uma pessoa romântica mas ela nunca deixou de lado suas ideias românticas. Ele era sóbrio, econômico e devoto; ia até o altar toda primeira sexta-feira do mês,* às vezes com ela, mais normalmente sozinho. Mas ela nunca descuidou da religiosidade e era uma boa esposa para ele. Em alguma festa numa casa desconhecida quando ela erguia a sobrancelha só um tiquinho ele levantava para se despedir e, quando a tosse dele incomodava, ela colocava um acolchoado sobre seus pés e lhe fazia um ponche de rum bem forte. De sua parte ele era um pai modelo. Pagando uma pequena soma semanalmente para uma sociedade ele garantiu para as duas filhas um dote de cem libras cada quando chegassem à idade de vinte e quatro anos. Mandou a filha mais velha, Kathleen, para um bom convento, onde ela aprendeu francês e música, e depois pagou a mensalidade dela na Academia.** Todo ano no mês de julho a sra. Kearney encontrava ocasião de dizer a alguma amiga:

— O meu bom homem vai levar a família toda para as Skerries por umas semanas.

Se não eram as Skerries era Howth ou Greystones.

Quando o Renascimento Irlandês*** começou a ganhar força a sra. Kearney decidiu tirar proveito do nome da

* Como bom devoto de Margarida Maria Alacoque, já mencionada em "Eveline".

** A Royal Academy of Music.

*** Movimento que a partir do fim do século XIX buscava revalorizar a cultura, as tradições e especialmente a língua irlandesa.

filha* e procurou um professor particular de irlandês. Kathleen e a irmã mandavam cartões-postais em irlandês para as amigas e essas amigas respondiam com outros cartões-postais em irlandês. Em domingos especiais, quando o sr. Kearney ia com a família à pró-catedral um grupinho se reunia depois da missa na esquina da Cathedral Street. Eram todos amigos dos Kearney — amigos ligados à música, ou nacionalistas; e, quando já tinham passado por todo ramo de fofocas, eles todos se despediam com um aperto de todas as mãos, rindo do entrecruzamento de tantas mãos, e diziam adeus em irlandês. Logo o nome da srta. Kathleen Kearney começou a se fazer ouvir na boca das pessoas. As pessoas diziam que ela era muito inteligente para a música e uma moça muito simpática e, além disso, que tinha fé no movimento da língua irlandesa. A sra. Kearney ficava bem contente com isso. Portanto não ficou surpresa quando um dia o sr. Holohan veio lhe propor que sua filha fosse a acompanhante de uma série de quatro concertos de gala que a Sociedade dele ia montar no Antient Concert Rooms. Ela o levou para a sala de estar, fez ele sentar e trouxe o decantador e o pote de prata dos biscoitos. Entrou de corpo e alma nos detalhes do empreendimento, aconselhou e dissuadiu; e finalmente foi assinado um contrato pelo qual Kathleen receberia oito guinéus** por seus serviços como acompanhante nos quatro concertos de gala.

Como o sr. Holohan era novato em questões delicadas como o texto dos cartazes e a disposição das atrações de um programa a sra. Kearney ajudou. Tinha tato. Sabia

* Não apenas um nome nitidamente irlandês, mas também o de um símbolo nacional, a heroína Kathleen ni Houlihan.

** Soma exorbitante. A pretensão da "empresária" ainda fica manifesta no fato de marcar a soma em guinéus, e não em libras. Um guinéu valia uma libra e um xelim, e era a moeda "elegante" da sociedade.

quais *artistes* tinham que ficar em maiúsculas e quais *artistes* tinham que ficar em letras menores. Sabia que o primeiro tenor não ia gostar de entrar em cena depois do número cômico do sr. Meade. Para manter a plateia ininterruptamente entretida ela foi inserindo as atrações mais dúbias entre as velhas favoritas. O sr. Holohan vinha vê-la todo dia para pedir conselhos sobre uma coisa e outra. Ela era invariavelmente amistosa e generosa com os conselhos — receptiva, na verdade. Empurrava o decantador para ele, dizendo:

— Mas pode se servir, sr. Holohan!

E enquanto ele se servia ela dizia:

— Não tenha medo! Não precisa ter medo!

Tudo correu muito bem. A sra. Kearney comprou um pedaço lindinho de um tecido rosa-escuro na Brown Thoms para colocar no peito do vestido de Kathleen. Não foi barato; mas há ocasiões em que uma pequena despesa se justifica. Ela ficou com uma dúzia de ingressos de dois xelins* para o último concerto e os enviou aos amigos que não podia confiar que viessem sem isso. Não esqueceu coisa alguma e, graças a ela, tudo que tinha que ser feito foi feito.

Os concertos seriam quarta, quinta, sexta e sábado. Quando a sra. Kearney chegou com a filha no Antient Concert Rooms na quarta à noite ela não gostou da cara daquilo tudo. Uns poucos rapazes, com distintivos bem azuis nos paletós, estavam parados à toa no átrio; nenhum deles usava roupa de gala. Ela passou com a filha e uma rápida espiada pela porta aberta do salão lhe mostrou o motivo da ociosidade dos valetes. De início ela pensou que podia ter errado a hora. Não, eram vinte para as oito.

No camarim atrás do palco foi apresentada ao secretário da Sociedade, o sr. Fitzpatrick. Ela sorriu e lhe apertou a mão. Era um homenzinho com um rosto branco e

* Bons lugares, mas não os melhores.

desligado. Ela percebeu que ele usava seu chapéu marrom mole descuidadamente de lado na cabeça e que seu sotaque era ordinário. Tinha um programa nas mãos e, enquanto falava com ela, foi mastigando uma pontinha do papel até formar uma papa úmida. Ele aparentemente lidava bem com as decepções. O sr. Holohan entrava no camarim de poucos em poucos minutos com notícias da bilheteria. Os *artistes* conversavam nervosos uns com os outros, davam ocasionais espiadas no espelho e enrolavam e desenrolavam as folhas de partitura.* Quando eram quase oito e meia as poucas pessoas no salão começaram a manifestar seu desejo de diversão. O sr. Fitzpatrick entrou, sorriu desligado para todos e disse:

— Pois bem, senhoras e senhores, acho que a gente bem podia começar a festança.

A sra. Kearney recompensou sua fanhosíssima palavra final com um rápido olhar de desprezo e então disse encorajadora à filha:

— Você está pronta, querida?

Quando teve uma oportunidade ela chamou o sr. Holohan de lado e pediu que ele lhe dissesse o que aquilo significava. O sr. Holohan não sabia o que aquilo significava. Ele disse que o Comitê tinha cometido um erro ao marcar quatro concertos: quatro era demais.

— E os *artistes*! — disse a sra. Kearney. — Claro que eles estão fazendo o melhor que podem, mas para ser sincera eles não prestam.

O sr. Holohan admitiu que os *artistes* não prestavam mas o Comitê, ele disse, tinha decidido largar mão dos três primeiros concertos e reservar todo o talento para a noite de sábado. A sra. Kearney ficou calada, mas, à medida que as atrações medíocres iam se sucedendo no palco e as raras pessoas no salão iam ficando cada vez

* Tanto por nervosismo quanto para garantir que as folhas não escorregassem da estante quando estivessem cantando.

mais raras, começou a lamentar ter feito qualquer despesa para um concerto como aquele. Havia algo de que ela não gostava na cara daquilo tudo e o sorriso desligado do sr. Fitzpatrick a deixava muito irritada. Mesmo assim ela ficou calada e esperou para ver como aquilo acabaria. O concerto expirou logo antes das dez e foram todos rapidinho para casa.

O concerto da noite de quinta-feira teve um público melhor mas a sra. Kearney logo viu que a casa estava cheia só por causa dos ingressos grátis. A plateia se comportava de maneira indecorosa como se o concerto fosse um ensaio aberto informal. O sr. Fitzpatrick parecia se divertir; ele nem imaginava que a sra. Kearney estava tomando nota da sua conduta, enfurecida. Ele ficava nas coxias, de tempos em tempos dando uma olhada para a plateia e trocando risadas com dois amigos que estavam no canto do primeiro balcão. Durante a noite a sra. Kearney ficou sabendo que o concerto de sexta seria cancelado e que o Comitê ia mover céus e terras para garantir uma casa cheia na noite de sábado. Quando ouviu isso ela foi atrás do sr. Holohan. Ela o acuou quando ele saía manquejando rapidamente com um copo de limonada para uma moça e lhe perguntou se era verdade. Sim, era verdade.

— Mas claro que isso não altera o contrato — ela disse. — O contrato era para quatro concertos.

O sr. Holohan parecia estar com pressa; disse que ela devia conversar com o sr. Fitzpatrick. A sra. Kearney agora estava começando a ficar preocupada. Pediu para o sr. Fitzpatrick sair da coxia e lhe disse que sua filha tinha se comprometido com quatro concertos e que era claro que, segundo os termos do contrato, ela deveria receber a soma originalmente estipulada quer a sociedade desse os quatro concertos quer não. O sr. Fitzpatrick, que não entendeu muito rápido qual era a questão, parecia incapaz de resolver a dificuldade e disse que apresentaria o assunto ao Comitê. A raiva da sra. Kearney começou a lhe estremecer as bochechas e ela usou todas as suas forças para não fazer a pergunta:

— E quem seria esse *Cometê*, posso saber?

Mas sabia que uma dama não diria isso: então calou.

Menininhos foram soltos pelas principais ruas de Dublin sexta-feira logo cedo com montes de folhetos. Notas especiais foram publicadas nos jornais vespertinos lembrando aos melômanos a maravilha que os aguardava na noite seguinte. A sra. Kearney ficou algo tranquilizada mas achou por bem comunicar parte de suas suspeitas ao marido. Ele ouviu com cuidado e disse que talvez fosse melhor ir com ela no sábado à noite. Ela concordou. Respeitava o marido da mesma maneira como respeitava o General Post Office,* como algo grande, estável e seguro; e apesar de saber que eram escassos os talentos dele ela apreciava seu valor abstrato como representante do gênero masculino. Ficou contente por ele ter sugerido ir com ela. Repassou seus planos.

Chegou a noite do concerto de gala. A sra. Kearney, com marido e filha, chegou ao Antient Concert Rooms três quartos de hora antes do momento em que o concerto deveria começar. Por azar era uma noite de chuva. A sra. Kearney deixou as roupas e as partituras da filha aos cuidados do marido e andou pelo prédio todo à procura do sr. Holohan ou do sr. Fitzpatrick. Não encontrou nenhum deles. Perguntou aos valetes se algum membro do Comitê estava na sala e, depois de muita confusão, um valete trouxe uma mulherzinha chamada srta. Beirne a quem a sra. Kearney explicou que queria ver um dos secretários. A srta. Beirne achava que eles iam chegar a qualquer minuto e perguntou se podia fazer alguma coisa. A sra. Kearney olhou intrigada para o rosto algo envelhecido que estava contorcido numa expressão de confiança e entusiasmo e respondeu:

— Não, obrigada!

* Sede dos correios, grande construção no centro de Dublin, tradicionalmente usada como marco zero da cidade.

A mulherzinha acreditava que viria bastante gente. Olhou para a chuva até que a melancolia da rua molhada apagasse toda a confiança e o entusiasmo de seus traços torcidos. Então soltou um leve suspiro e disse:

— Enfim! Nós fizemos o que deu para fazer, Ele lá em cima bem sabe.

A sra. Kearney tinha que voltar ao camarim.

Os *artistes* estavam chegando. O baixo e o segundo tenor já estavam lá. O baixo, o sr. Duggan, era um rapaz esbelto com um bigode preto e ralo. Era filho do porteiro de um escritório da cidade e, menino, já cantava longas notas graves no átrio ressonante daquele prédio. Dessa situação humilde ele se ergueu até se tornar um *artiste* do mais alto nível. Tinha cantado ópera de verdade. Certa noite, quando um *artiste* operático caíra adoentado, ele assumira o papel do rei na ópera *Maritana** no Queen's Theatre. Cantou a música com muito sentimento e projeção e foi recebido calorosamente pela galeria; mas, infelizmente, estragou a boa impressão limpando o nariz na luva uma ou duas vezes, por descuido. Era modesto e falava pouco. Dizia *yous*** tão baixinho que passava despercebido e nunca bebia coisa mais forte que leite por causa da voz. O sr. Bell, o segundo tenor, era um homenzinho louro que competia todo ano pelos prêmios do *Feis Ceoil*.*** Na quarta tentativa tinha recebido uma medalha de bronze. Era extremamente nervoso e extremamente invejoso de outros tenores e encobria sua inveja nervosa

* Ópera escrita em 1845 por William Vincent Wallace (1812--65).

** Ou seja, em vez de usar o mesmo pronome "you" para a segunda pessoa singular e plural, como no inglês padrão, ele usa a forma plural, ainda comum na Irlanda rural.

*** Irlandês: Festival de Música. Competição anual. Em 1904, Joyce ficou em terceiro lugar na categoria "tenores". A pronúncia é "féch keolh".

com uma atitude fervilhante e amistosa. Ele se divertia dizendo aos outros o suplício que era um concerto. Portanto, quando viu o sr. Duggan foi até ele e perguntou:

— Você também está nessa?

— Estou — disse o sr. Duggan.

O sr. Bell riu de seu companheiro de sofrimento, estendeu a mão e disse:

— Aperta aqui!

A sra. Kearney passou por esses dois rapazes e foi até a beira do palco para ver a sala. As cadeiras estavam sendo rapidamente ocupadas e um ruído agradável circulava pelo auditório. Ela voltou e falou em particular com o marido. A conversa dos dois era evidentemente a respeito de Kathleen pois ambos vez e outra lançavam olhares para ela ali parada conversando com uma de suas amigas nacionalistas, a srta. Healy, uma contralto. Uma desconhecida solitária com um rosto pálido caminhava pelo camarim. As mulheres seguiam com olhos atentos o vestido azul desbotado esticado sobre um corpo parco. Alguém disse que era Madame Glynn, a soprano.

— Onde será que foram catar essa aí — disse Kathleen à srta. Healy. — Eu é que nunca ouvi falar dela.

A srta. Healy teve que sorrir. O sr. Holohan entrou mancando no camarim bem neste momento e as duas moças lhe perguntaram quem era a desconhecida. O sr. Holohan disse que era a Madame Glynn, de Londres. A Madame Glynn ficou de pé num canto do camarim, segurando um rolo de partituras rigidamente à sua frente e de vez em quando mudando a direção de seu olhar espantado. A sombra concedia abrigo ao vestido desbotado mas caía vingativa no pequeno cavo atrás de sua clavícula. O ruído da sala foi ficando mais audível. O primeiro tenor e o barítono chegaram juntos. Eram ambos bem-vestidos, roliços e complacentes e trouxeram um ar de opulência para o grupo.

A sra. Kearney levou a filha a eles, e conversou amigavelmente com os dois. Queria ficar em bons termos com os dois mas, enquanto se esforçava para ser educada, seus olhos seguiam o sr. Holohan que claudicava em seus trajetos tortuosos. Assim que conseguiu ela pediu licença e foi atrás dele.

— Sr. Holohan, eu queria falar um minutinho com o senhor — ela disse.

Foram para uma parte discreta do corredor. A sra. Kearney lhe perguntou quando sua filha seria paga. O sr. Holohan disse que o sr. Fitzpatrick estava cuidando disso. A sra. Kearney disse que não tinha nada a ver com o sr. Fitzpatrick. Sua filha tinha assinado um contrato de oito guinéus e tinha que ser paga. O sr. Holohan disse que não era de sua alçada.

— Por que não é da sua alçada? — perguntou a sra. Kearney. — Pois não foi o senhor mesmo quem levou o contrato para ela? Enfim, se não é da sua alçada é da minha e eu vou resolver essa questão.

— Melhor a senhora conversar com o sr. Fitzpatrick — disse o sr. Holohan, distante.

— Eu não tenho nada a ver com o sr. Fitzpatrick — repetiu a sra. Kearney. — Eu tenho o meu contrato, e pretendo fazer ele ser cumprido.

Quando voltou ao camarim ela estava com as bochechas levemente enrubescidas. O cômodo estava animado. Dois homens com roupas de rua tinham tomado posse da lareira e conversavam familiarmente com a srta. Healy e o barítono. Eram o homem do *Freeman* e o sr. O'Madden Burke.* O homem do *Freeman* viera dizer que não tinha tempo de esperar o concerto já que tinha que cobrir a palestra que um padre americano daria na Mansion House. Falou que eles iam ter que deixar o relato para ele no escritório do *Freeman* e ele ia garantir que aparecesse no jornal. Era um homem grisalho, com uma voz insinuante e modos cautelosos. Segurava um charuto apagado e o aroma da

* Personagem do *Ulysses*.

fumaça de charuto flutuava à sua volta. Não viera com a intenção de ficar nem mesmo um momento porque concertos e *artistes* o entediavam consideravelmente mas foi ficando, apoiado ao console da lareira. A srta. Healy estava de pé à sua frente, conversando e rindo. Ele era velho o suficiente para suspeitar de um motivo para aquela gentileza mas jovem o suficiente em espírito para aproveitar o momento. O calor, a fragrância e a cor do corpo dela tocavam seus sentidos. Estava agradavelmente consciente de que o busto que via subir e descer devagar logo ao lado naquele momento subia e descia por ele, que o riso e a fragrância e os olhares propositais eram um tributo a ele. Quando não pôde mais ficar despediu-se dela pesarosamente.

— O'Madden Burke vai escrever a nota — ele explicou ao sr. Holohan — e eu ponho no jornal.

— Muito obrigado, sr. Hendrick* — disse o sr. Holohan. — O senhor põe no jornal, eu sei. Mas o senhor não quer tomar uma coisinha antes de ir?

— Eu não me oponho — disse o sr. Hendrick.

Os dois percorreram passagens sinuosas e subiram uma escadaria escura e chegaram a um cômodo isolado onde um dos valetes abria garrafas para alguns cavalheiros. Um desses cavalheiros era o sr. O'Madden Burke, que tinha encontrado o cômodo por instinto. Era um homem polido e mais velho que equilibrava seu corpo imponente, quando em repouso, sobre um grande guarda-chuva de seda. Seu pomposo nome do oeste da Irlanda era o guarda-chuva moral sobre o qual equilibrava o delicado problema de suas finanças. Era respeitado por todos.

Enquanto o sr. Holohan entretinha o homem do *Freeman* a sra. Kearney conversava tão animadamente com o marido que ele teve que pedir para ela baixar a voz. A conversa dos outros no camarim tinha ficado tensa. O sr. Bell, a primeira atração, estava a postos com suas parti-

* Que vai reaparecer em "Graça".

turas mas a acompanhante não deu sinal. Evidentemente havia algo errado. O sr. Kearney olhava fixo à frente, cofiando a barba, enquanto a sra. Kearney falava no ouvido de Kathleen com ênfase contida. Do salão vieram sons de encorajamento, palmas e pés que batiam no chão. O primeiro tenor e o barítono e a srta. Healy estavam juntos, esperando tranquilamente, mas os nervos do sr. Bell estavam bastante agitados porque ele temia que a plateia pensasse que ele tinha se atrasado.

O sr. Holohan e o sr. O'Madden Burke entraram no camarim. Em um segundo o sr. Holohan percebeu que todos se calaram. Ele foi até a sra. Kearney e falou com ela cautelosamente. Enquanto eles conversavam o ruído no salão ficou maior. O sr. Holohan ficou muito vermelho e excitado. Ele falava loquazmente, mas a sra. Kearney dizia de tempos em tempos, ríspida:

— Ela não vai entrar. Ela tem que receber os oito guinéus dela.

O sr. Holohan apontou desesperado para o salão onde a plateia batia palmas e pés. Apelou para o sr. Kearney e para Kathleen. Mas o sr. Kearney continuou cofiando a barba e Kathleen olhava para baixo mexendo a ponta do sapato novo: não era culpa dela. A sra. Kearney repetiu:

— Ela não entra sem o dinheiro.

Depois de breve batalha de línguas o sr. Holohan saiu manquejando apressado. O camarim estava em silêncio. Quando a tensão do silêncio tornou-se algo dolorosa a srta. Healy disse ao barítono:

— Você viu a srta. Pat Campbell essa semana?

O barítono não tinha visto mas tinha ouvido dizer que ela ia muito bem. A conversa não engrenou. O primeiro tenor baixou a cabeça e começou a contar os elos da corrente de ouro que lhe atravessava a cintura, sorrindo e murmurando notas quaisquer para observar seu efeito nos seios frontais. De tempos em tempos todos davam uma olhada na sra. Kearney.

O ruído no auditório tinha se transformado num clamor quando o sr. Fitzpatrick entrou no camarim, seguido pelo sr. Holohan, sem fôlego. As palmas e os pés que batiam no salão eram pontuados por assovios. O sr. Fitzpatrick tinha algumas cédulas na mão. Contou quatro na mão da sra. Kearney e disse que conseguiria o resto para o intervalo. A sra. Kearney disse:

— Faltam quatro xelins.

Mas Kathleen arrepanhou a saia e disse: *Muito bem, sr. Bell*, para a primeira atração, que tremia como gelatina. O cantor e a acompanhante entraram juntos. O ruído no salão morreu. Houve uma pausa de alguns segundos: e então o piano se fez ouvir.

A primeira parte do concerto foi muito bem-sucedida a não ser pelo número da Madame Glynn. A coitadinha cantou *Killarney** com uma voz arfante e sem corpo, com todos os maneirismos antiquados de entonação e pronúncia que acreditava tornarem elegante seu canto. Parecia ter sido ressuscitada de um antigo guarda-roupa cênico e as partes mais baratas da plateia riram de suas notas agudas uivadas. O primeiro tenor e a contralto, contudo, fizeram a casa vir abaixo. Kathleen tocou uma seleção de árias irlandesas que foi aplaudida generosamente. A primeira parte fechou com uma comovente récita patriótica feita por uma moça que montava espetáculos de teatro amador. Foi merecidamente aplaudida; e, quando acabou, os homens saíram para o intervalo, contentes.

Durante esse tempo todo o camarim foi uma colmeia de agitação. Em um canto estavam o sr. Holohan, o sr. Fitzpatrick, a srta. Beirne, dois dos valetes, o barítono, o baixo e o sr. O'Madden Burke. O sr. O'Madden Burke disse que foi a cena mais escandalosa que já tinha presenciado. A carreira musical da srta. Kathleen Kearney estava encerrada em Dublin depois dessa, ele disse. Per-

* Balada de Michael Balfe.

guntaram ao barítono o que ele tinha achado da conduta da sra. Kearney. Ele preferiu não se manifestar. Tinha recebido seu dinheiro e queria viver em paz com os homens. Contudo, ele disse que a sra. Kearney podia ter levado os *artistes* em consideração. Os valetes e os secretários debatiam animados o que se devia fazer quando chegasse o intervalo.

— Eu concordo com a srta. Beirne — disse o sr. O'Madden Burke. — Não paguem nada a ela.

Em outro canto do camarim estavam a sra. Kearney e seu marido, o sr. Bell, a srta. Healy e a moça que tinha recitado o texto patriótico. A sra. Kearney disse que tinha sido tratada de maneira escandalosa pelo comitê. Não tinha poupado esforços nem despesas e era assim que eles agradeciam.

Eles acharam que estavam lidando só com uma menina e que, por isso, podiam passar por cima dela sem mais nem menos. Mas ela ia mostrar o quanto eles estavam enganados. Eles não teriam ousado tratá-la daquele jeito se ela fosse homem. Mas ela ia garantir que sua filha recebesse o que lhe era devido: ela não seria enganada. Se não pagassem até o último tostão ela ia gritar pela cidade inteira. Claro que ela lamentava pelos *artistes*. Mas o que mais podia fazer? Ela apelou ao segundo tenor que disse que achava que ela não tinha sido bem tratada. Então apelou à srta. Healy. A srta. Healy queria ir ficar com o outro grupo mas não gostava da ideia porque era muito amiga de Kathleen e já tinha sido convidada várias vezes à casa dos Kearney.

Assim que a primeira parte acabou o sr. Fitzpatrick e o sr. Holohan foram até a sra. Kearney e lhe disseram que os outros quatro guinéus seriam pagos depois da reunião do Comitê na terça-feira seguinte e que, caso sua filha não tocasse na segunda parte, o Comitê consideraria o contrato não cumprido e não pagaria mais nada.

— Eu não vi Comitê nenhum — disse a sra. Kearney,

nervosa. — A minha filha tem um contrato. Ela vai receber quatro libras e oito na mão ou não vai pôr os pés naquele palco.

— A senhora me surpreende, sra. Kearney — disse o sr. Holohan. — Nunca achei que a senhora ia tratar a gente desse jeito.

— E como foi que vocês me trataram? — perguntou a sra. Kearney.

O rosto dela estava inundado por uma cor raivosa e parecia que ela ia atacar alguém com as próprias mãos.

— Eu só quero os meus direitos — ela disse.

— A senhora podia ter alguma noção de decência — disse o sr. Holohan.

— Ah, é mesmo?... E quando eu pergunto quando a minha filha vai receber ninguém me dá uma resposta educada.

Ela jogou a cabeça para trás e adotou um tom altivo:

— A senhora tem que falar com o secretário. Não é da minha alçada. Eu sou o grande rei de tudo e blá-blá-blá.

— Eu achava que a senhora era uma dama — disse o sr. Holohan, afastando-se dela abruptamente.

Depois disso a conduta da sra. Kearney foi condenada por todos os lados: cada um dos presentes aprovava o que o Comitê tinha feito. Ela estava parada à porta, desfigurada pela raiva, discutindo com marido e filha, gesticulando com eles. Esperou até a hora de começar a segunda parte na esperança de que os secretários viessem até ela. Mas a srta. Healy tivera a bondade de aceitar tocar um ou dois acompanhamentos. A sra. Kearney teve que se afastar para deixar o barítono e sua acompanhante chegarem ao palco. Ficou imóvel um instante como uma imagem de pedra enfurecida e, quando as primeiras notas da canção chegaram aos seus ouvidos, pegou a capa da filha e disse ao marido:

— Chame um coche!

Ele saiu imediatamente. A sra. Kearney envolveu a filha na capa e foi atrás dele. Ao passar pela porta ela parou e fuzilou o rosto do sr. Holohan com o olhar.

— Isso ainda não terminou — ela disse.

— Terminou sim — disse o sr. Holohan.

Kathleen seguia mansa a mãe. O sr. Holohan começou a andar daqui para lá pelo camarim, para se refrescar pois sentia a pele em chamas.

— Isso é que é uma dama elegante! — ele disse. — Ah, uma dama das mais elegantes!

— Você fez o que devia fazer, Holohan — disse o sr. O'Madden Burke, apoiado no guarda-chuva, com aprovação.

Graça*

Dois cavalheiros que estavam no banheiro no momento tentaram levantá-lo: mas ele não ia parar em pé. Estava enroscado ao pé da escada por onde tinha caído.** Conseguiram virá-lo. Seu chapéu tinha rolado para uns metros dali e suas roupas estavam manchadas pela imundície e a gosma do chão em que se estendia, de cara para baixo. Tinha os olhos fechados e respirava com um ruído resmungado. Um fino fio de sangue lhe escorria pelo canto da boca.

Esses dois cavalheiros e um dos garçons o carregaram escada acima e o estenderam de novo no chão do bar. Em dois minutos estava cercado por uma roda de homens. O gerente do bar perguntou a todos quem ele era e quem estava com ele. Ninguém sabia quem ele era mas um dos garçons disse que tinha servido ao cavalheiro uma dose pequena de rum.

— Ele estava sozinho? — perguntou o gerente.

— Não, senhor. Estavam dois cavalheiros com ele.

— E cadê eles?

Ninguém sabia; uma voz disse:

* "Grace", em inglês, tem os mesmos sentidos religiosos da nossa "graça". O sentido de "humor", no entanto, está ausente. No comércio, a palavra se refere ao tempo extra concedido para o pagamento de uma dívida.

** O banheiro subterrâneo era, e é, característico dos pubs.

— Deixem ele respirar. Ele desmaiou.

O anel de circunstantes distendeu-se e se fechou mais uma vez, elástico. Um medalhão de sangue escuro tinha se formado perto da cabeça do homem no piso tesselado. O gerente, assustado com a palidez acinzentada do rosto do homem, mandou chamar um guarda.

Afrouxaram-lhe o colarinho e lhe soltaram a gravata. Ele abriu os olhos um instante, suspirou e fechou de novo. Um dos cavalheiros que o carregaram para cima segurava uma cartola amassada na mão. O gerente perguntava repetidamente se alguém por acaso sabia quem era o ferido ou onde tinham ido parar seus amigos. A porta do bar abriu e entrou um policial enorme. Uma multidão que tinha vindo atrás dele pela ruela aglomerou-se na frente da porta, fazendo força para olhar pelo vidro da janela.

O gerente sem demora pôs-se a narrar o que sabia. O policial, um rapaz de traços grosseiros e imóveis, ouvia. Mexia lentamente a cabeça da esquerda para a direita e do gerente para a pessoa no chão, como se temesse ser vítima de alguma alucinação. Tirou então a luva, puxou um caderninho do cinto, lambeu o grafite do lápis e se preparou para registrar a ocorrência. Perguntou num desconfiado sotaque interiorano:

— Quem é ele? Qual o nome e o endereço?

Um rapaz com roupa de ciclista abriu caminho entre o anel de circunstantes. Ele se ajoelhou prontamente ao lado do ferido e pediu água. O policial se ajoelhou também para ajudar. O rapaz limpou o sangue da boca do homem e então pediu um pouco de conhaque. O policial repetiu a ordem com uma voz de autoridade até um garçom chegar correndo com o copo. Forçaram o conhaque goela abaixo do homem. Em questão de segundos ele abriu os olhos e fitou em volta. Olhou para o círculo de rostos e então, compreendendo, tentou se pôr de pé.

— Você está bem agora? — perguntou o rapaz de roupa de ciclista.

— Nah, foi nada — disse o ferido, querendo se levantar.

Foi ajudado a se erguer. O gerente disse algo a respeito de um hospital e alguns dos circunstantes deram conselhos. A maltratada cartola foi posta na cabeça do homem. O policial perguntou:

— Onde o senhor mora?

O homem, sem responder, começou a enrolar as pontas do bigode. Fez pouco do acidente. Não era nada, ele disse: só um acidentezinho. Falava muito engrolado.

— Onde o senhor mora? — repetiu o policial.

O homem disse que era para chamarem um coche para ele. Enquanto a questão era discutida um cavalheiro alto e ágil de tez clara, usando um longo sobretudo amarelo, surgiu da outra ponta do bar. Ao ver aquele espetáculo ele exclamou:

— Oba, Tom, meu velho! O que houve aqui?

— Nah, foi nada — disse o homem.

O recém-chegado avaliou a figura deplorável à sua frente e então se virou para o policial dizendo:

— Está tudo bem, seu guarda. Eu levo ele pra casa.

O policial tocou o capacete e respondeu:

— Tudo bem, sr. Power!*

— Anda então, Tom — disse o sr. Power, pegando o amigo pelo braço. — Não quebrou osso nenhum. Não é? Dá pra andar?

O rapaz com roupa de ciclista pegou o homem pelo outro braço e a multidão se dividiu.

— Como foi que você se esborrachou desse jeito? — perguntou o sr. Power.

— O cavalheiro caiu da escada — disse o rapaz.

— Eu lhe 'ico 'uito ag'ade'ido, 'enhor — disse o ferido.

— Não tem de quê.

— 'erá que a 'ente to'ava u'a...?

— Agora não. Agora não.

* Personagem do *Ulysses*.

Os três homens saíram do bar e a multidão filtrou-se pela porta até chegar à ruela. O gerente levou o policial até a escada para inspecionar a cena do acidente. Eles concordaram que o cavalheiro devia ter pisado em falso. Os clientes voltaram ao balcão e um garçom foi remover os vestígios de sangue no chão.

Quando chegaram à Grafton Street o sr. Power assoviou para chamar um docar. O ferido disse de novo o melhor que pôde:

— Eu lhe 'ico 'uito ag'ade'ido, 'enhor. E'pero que a 'ente 'e 'eja 'e 'ovo'. 'eu no'e é Kernan.*

O choque e a dor incipiente tinham-no deixado parcialmente sóbrio.

— Nem se preocupe — disse o rapaz.

Eles trocaram apertos de mãos. O sr. Kernan foi içado até o carro e, enquanto o sr. Power dava o endereço para o cocheiro, ele expressou sua gratidão para com o rapaz e lamentou que não pudessem tomar alguma coisa juntos.

— Fica pra outra — disse o rapaz.

O coche seguiu para a Westmoreland Street. Quando passou pelo Ballast Office o relógio marcava nove e meia. Um cortante vento leste os atingiu, soprando da boca do rio. O sr. Kernan estava todo enroscado de frio. Seu amigo pediu para ele contar como o acidente tinha acontecido.

— Eu 'ão con'igo — ele respondeu — ma'uquei a 'íngua.

— Deixa ver.

O outro se inclinou bem por cima do assento e olhou dentro da boca do sr. Kernan mas não conseguia enxergar. Ele riscou um fósforo, com a luz abrigada no oco das mãos, e olhou de novo a boca que o sr. Kernan abriu obediente. O movimento oscilante do carro levava o fósforo para perto e para longe da boca aberta. Os dentes inferiores e as gengivas estavam cobertos de sangue seco e

* Outro conhecido de Bloom, que no *Ulysses* pensa em pedir-lhe um pouco de chá.

parecia que um pedacinho da língua tinha sido arrancado com uma mordida. O fósforo queimou.

— Está feio — disse o sr. Power.

— Nah, foi nada — disse o sr. Kernan, fechando a boca e erguendo a gola do casaco imundo em volta do pescoço.

O sr. Kernan era um caixeiro-viajante da velha escola que acreditava na dignidade de sua vocação. Nunca tinha sido visto na cidade sem uma cartola razoável e seu par de polainas. Graças a esses dois artigos de indumentária, ele dizia, um homem sempre estaria à altura do que encontrasse. Ele dava continuidade à tradição do seu Napoleão, o grande Blackwhite, cuja memória evocava às vezes via lenda e imitação. Os métodos modernos de vendas só o tinham poupado o suficiente para permitir ainda um escritoriozinho na Crowe Street em cuja persiana estava escrito o nome da firma com o endereço — Londres, E.C.* No console da lareira do seu escritoriozinho um batalhão de recipientes de chumbo se perfilava e sobre a mesa diante da janela ficavam quatro ou cinco vasilhas de porcelana que estavam normalmente pela metade com um líquido negro. Nessas vasilhas o sr. Kernan provava chá. Ele tomava um bocado, sugava, saturava o palato com ele e então cuspia na grade. Aí se detinha para formar uma opinião.

O sr. Power, homem muito mais jovem, era empregado do Royal Irish Constabulary Office** do Castelo de Dublin. O arco de sua ascensão social cortava o arco do declínio do amigo mas o declínio do sr. Kernan era mitigado pelo fato de que certos amigos que o conheceram em seu ponto mais alto ainda o respeitavam como uma grande figura. O sr. Power era um desses amigos. Suas dívidas inexplicáveis eram mais que conhecidas em seu círculo; era um jovem afável.

* Sigla do distrito comercial de Londres.

** Polícia sob controle dos ingleses.

O carro parou diante de uma pequena casa na Glasnevin Road* e o sr. Kernan precisou de ajuda para entrar. Sua esposa o pôs na cama enquanto o sr. Power ficou sentado na cozinha perguntando às crianças onde elas estudavam e em que livro estavam. As crianças — duas meninas e um menino, cientes da incapacidade do pai e da ausência da mãe, começaram a pular em cima dele. Ele ficou surpreso com os modos e sotaques delas e seu rosto ficou pensativo.** Depois de um tempo a sra. Kernan entrou na cozinha, exclamando:

— Era o que me faltava! Ah, um dia ele se estrepa de vez e aí é que eu quero ver. Ele está bebendo desde sexta.

O sr. Power teve o cuidado de lhe explicar que não era responsável, que tinha dado com a cena por mero acidente. A sra. Kernan, lembrando os bons préstimos do sr. Power durante querelas domésticas, além de vários empréstimos, pequenos mas oportunos, disse:

— Ah, o senhor nem precisa me dizer isso, sr. Power. Eu sei que o senhor é amigo dele de verdade e não igual àqueles outros que vivem com ele. Eles são uma maravilha desde que ele esteja com dinheiro no bolso pra ir ficando longe da mulher e dos filhos. Belos amigos! Com quem é que ele estava hoje, se é que se pode saber?

O sr. Power sacudiu a cabeça mas não abriu a boca.

— Sinto muito — ela continuou — eu não ter nada em casa pra oferecer. Mas se o senhor esperar um minutinho eu mando pegar ali na Fogarty's na esquina.

O sr. Power levantou.

— A gente estava esperando ele voltar com o dinheiro. Parece que ele nem lembra que tem casa.

— Ora, por favor, sra. Kernan — disse o sr. Power —, nós vamos fazer ele começar de uma folha em branco.

* Nome genérico para as vias de acesso ao subúrbio de Glasnevin, no norte de Dublin, mais conhecido por seu cemitério.

** Ele percebe que foi iludido pelos modos "refinados" de Kernan.

Eu vou conversar com o Martin.* Ele é o homem certo. Nós vamos dar uma passada aqui uma noite dessas pra conversar direitinho.

Ela o levou até a porta. O cocheiro subia e descia a rua batendo os pés e balançando os braços para se esquentar.

— Foi muita bondade sua trazer ele pra casa — ela disse.

— Que é isso — disse o sr. Power.

Ele subiu no coche. Quando ia se afastando ergueu o chapéu para ela alegre.

— Nós vamos fazer ele virar um novo homem — ele disse. — Boa noite, sra. Kernan.

Os olhos intrigados da sra. Kernan seguiram o carro até ele sumir. Então ela os recolheu, entrou na casa e esvaziou os bolsos do marido.

Era uma mulher de meia-idade ativa e prática. Não muito antes tinha celebrado suas bodas de prata e renovado sua união com o marido dançando uma valsa tocada pelo sr. Power. Nos dias da corte o sr. Kernan lhe parecera uma figura não de todo desprovida de galantaria: e ela ainda corria para a porta da capela sempre que anunciavam um casamento e, ao ver os noivos, lembrava com vivo prazer sua saída da igreja Estrela do Mar em Sandymount,** apoiada no braço de um sujeito jovial e bem nutrido que estava todo elegante com uma casaca e calças lavanda e que levava uma cartola graciosamente equilibrada no outro braço. Depois de três semanas ela já achava a vida de esposa irritante e, pouco depois, quando estava começando a achá-la insuportável, virou mãe. O

* Martin Cunningham, também considerado, em mais de uma ocasião, o "homem certo", no *Ulysses*.

** *Stella Maris*, a estrela do mar, é um dos epítetos da Virgem Maria.

papel de mãe não lhe apresentou dificuldades insuperáveis e durante vinte e cinco anos ela cuidou judiciosamente da casa para o marido. Seus dois filhos mais velhos já estavam criados. Um trabalhava para um cortineiro em Glasgow e o outro, no escritório de um vendedor de chá em Belfast.* Eram bons filhos, escreviam sempre e às vezes mandavam dinheiro para casa. As outras crianças ainda estavam na escola.

O sr. Kernan mandou uma carta ao escritório no dia seguinte e ficou de cama. Ela lhe preparou caldo de carne e lhe passou uma bela descompostura. Aceitava sua intemperança frequente como parte do clima, cuidava devidamente dele quando ficava doente e sempre tentava fazer com que comesse no café da manhã. Havia maridos piores. Ele nunca tinha sido violento depois que os meninos cresceram e ela sabia que ele seria capaz de andar até o fim da Thomas Street e voltar só para garantir um pedido nem que fosse pequeno.

Duas noites depois seus amigos vieram vê-lo. Ela os levou até o quarto dele, que estava impregnado de um odor pessoal, e lhes deu cadeiras perto da lareira. A língua do sr. Kernan, que com ocasionais pontadas de dor tinha lhe gerado certa irritação durante o dia, ficou mais polida. Ele estava sentado apoiado nos travesseiros e o pouquinho de cor que tinha nas bochechas inchadas fazia que parecessem brasas quentes. Pediu desculpas aos amigos pela bagunça do quarto mas ao mesmo tempo olhava para eles algo orgulhoso, com o orgulho de um veterano de guerra.

Ignorava totalmente ser vítima de uma trama que os amigos, o sr. Cunningham, o sr. M'Coy** e o sr. Power, tinham revelado à sra. Kernan na sala de entrada. A ideia era do sr. Power mas quem deveria levá-la a cabo era o sr.

* Duas cidades protestantes.
** Personagem do *Ulysses*, onde também é sistematicamente "excluído".

Cunningham. O sr. Kernan vinha de uma família protestante e, apesar de ter se convertido à fé católica na época do casamento, fazia vinte anos que não estava nas graças da Igreja. Além disso, gostava de dar pequenas cutucadas no catolicismo.

O sr. Cunningham era o homem exato para uma situação como essa. Era um colega mais velho do sr. Power. Sua própria vida doméstica não era muito feliz. As pessoas tinham muita pena dele pois se sabia que ele tinha casado com uma mulher inapresentável que era uma bêbada incurável. Ele tinha montado casa para ela seis vezes; e a cada vez ela tinha penhorado toda a mobília.

Todos respeitavam o coitado do Martin Cunningham. Era um homem muito sensato, influente e inteligente. O gume de seu conhecimento a respeito dos homens, uma astúcia natural particularizada por longa associação com casos nos tribunais da polícia, tinha sido temperado por breves imersões nas águas da filosofia geral. Era bem informado. Seus amigos se dobravam a suas opiniões e consideravam seu rosto semelhante ao de Shakespeare.

Quando a trama lhe foi revelada a sra. Kernan disse:

— Eu deixo tudo nas suas mãos, sr. Cunningham.

Depois de um quarto de século de vida de casada restavam-lhe muito poucas ilusões. A religião para ela era um hábito e ela suspeitava que um homem da idade do seu marido ia morrer sem mudar muito. Ela se via tentada a apontar uma curiosa adequação no acidente e, não fosse o fato de não querer parecer implicante, teria dito aos cavalheiros que tinha vindo a calhar isso de a língua do sr. Kernan ter ficado um tantinho menor. No entanto, o sr. Cunningham era um homem capaz; e religião era religião. O plano podia fazer algum bem e, pelo menos, não tinha como fazer mal. As crenças dela não eram extravagantes. Acreditava firmemente no Sagrado Coração como a devoção católica de serventia mais generalizada e aprovava a ideia dos sacramentos. Sua fé ia apenas até a cozinha mas, se pensasse bem, podia acreditar também em *banshees** e no Espírito Santo.

Os cavalheiros começaram a falar do acidente. O sr. Cunningham disse que uma vez soube de um caso semelhante. Um homem de setenta anos tinha arrancado um pedacinho da língua durante uma convulsão epilética e a língua tinha crescido de novo, então ninguém conseguia ver nem marca da mordida.

— Bom, eu não estou com setenta — disse o inválido.

— Deus o livre — disse o sr. Cunningham.

— E agora não está doendo? — perguntou o sr. M'Coy.

O sr. M'Coy tinha sido um dia tenor de certa reputação. Sua esposa, que tinha sido soprano, ainda ensinava criancinhas a tocar piano por uma taxa módica. Sua trajetória de vida não tinha sido a distância mais curta entre dois pontos e por curtos períodos ele tinha sido levado a viver de expedientes. Tinha sido funcionário da Midland Railway, contato publicitário de *The Irish Times* e *The Freeman's Journal*, caixeiro comissionado de uma firma de carvoaria, detetive particular, funcionário do escritório do subxerife e tinha recentemente se tornado secretário do legista municipal. Seu novo emprego fazia com que se interessasse profissionalmente pelo caso do sr. Kernan.

— Doendo? Não muito — respondeu o sr. Kernan. — Mas dá um enjoo. Parece que eu quero vomitar.

— Isso é o álcool — disse o sr. Cunningham com firmeza.

— Não — disse o sr. Kernan. — Acho que eu peguei um resfriado no carro. Tem alguma coisa que fica me subindo na garganta, catarro ou...

— Muco — disse o sr. M'Coy.

— Fica subindo assim de dentro da garganta; coisinha enjoenta.

* Espíritos da mitologia irlandesa.

— É isso mesmo — disse o sr. M'Coy —, é o tórax.

Ele olhou para o sr. Cunningham e o sr. Power ao mesmo tempo com ar de desafio. O sr. Cunningham fez um gesto afirmativo rápido com a cabeça e o sr. Power disse:

— Bom, enfim, tudo fica bem quando acaba bem.

— Eu lhe fico muito agradecido, meu velho — disse o inválido. O sr. Power dispensou o agradecimento com um gesto.

— Aqueles dois camaradas que estavam comigo...

— Com quem você estava? — perguntou o sr. Cunningham.

— Um sujeito. Não sei o nome dele. Cacete, como que era o nome dele? Um camaradinha de cabelo claro...

— E quem mais?

— O Harford.

— Hm — disse o sr. Cunningham.

Quando o sr. Cunningham fez esse comentário as pessoas ficaram quietas. Era fato conhecido que quem falava ali tinha fontes secretas de informação. Nesse caso o monossílabo tinha intenção moral. O sr. Harford às vezes se juntava a um pequeno destacamento que saía da cidade logo depois do meio-dia de domingo com o objetivo de chegar o mais rápido possível a certo pub nos limites da cidade onde seus membros eram devidamente reconhecidos como viajantes *bona-fide*.* Mas esses companheiros de viagem jamais consentiram em ignorar suas origens. Ele tinha começado a vida como um operador financeiro obscuro, emprestando pequenas somas de dinheiro a trabalhadores, com juros de usurário. Mais adiante tinha se tornado sócio de um cavalheiro baixinho e muito gordo,

* Em exceção aos estritos horários de funcionamento dos pubs, viajantes "de boa-fé" (*bona-fide*) podiam ser atendidos, e beber, em qualquer horário.

o sr. Goldberg, do Liffey Loan Bank.* Apesar de nunca ter adotado mais que o código de conduta dos judeus, seus companheiros católicos, sempre que sentiam em pessoa ou por procuração o ferrão de suas cobranças, falavam dele amargamente como um judeu irlandês e um iletrado e enxergavam no idiota do filho dele a manifestação da desaprovação divina da usura. Em outras ocasiões eles lembravam seus lados bons.

— Fico pensando onde ele foi parar — disse o sr. Kernan.

Queria que os detalhes do incidente continuassem vagos. Queria que seus amigos pensassem que tinha havido algum equívoco, que ele e o sr. Harford tinham se desencontrado. Seus amigos, que conheciam mais do que bem os modos do sr. Harford no que se referia à bebida, ficaram em silêncio. O sr. Power disse de novo:

— Tudo fica bem quando acaba bem.

O sr. Kernan mudou imediatamente de assunto.

— Sujeitinho boa-praça, aquele estudante de medicina — ele disse. — Não fosse por ele...

— Ah, não fosse por ele — disse o sr. Power — podia ter sido um caso de sete dias sem a alternativa de multa.

— Pois é, pois é — disse o sr. Kernan, tentando lembrar. — Eu lembro agora que tinha um guardinha. Sujeito boa-praça, parecia. Como foi que aconteceu então?

— Aconteceu que você estava chumbado, Tom — disse o sr. Cunningham com seriedade.

— Acompanho o relator — disse o sr. Kernan, com a mesma seriedade.

— Imagino que você tenha lidado com o policial, Jack — disse o sr. M'Coy.

O sr. Power não apreciou o uso de seu nome de batismo. Ele não era caxias mas não conseguia esquecer que o

* Aparentemente ficcional, mas esses "bancos de empréstimos" existiam de fato.

sr. M'Coy recentemente montara uma cruzada em busca de valises e baús para permitir que a sra. M'Coy participasse de compromissos imaginários no interior. Ele se ressentia de um golpe tão baixo mais do que se ressentia do próprio fato de ter sido vítima. Respondeu a pergunta, portanto, como se ela tivesse sido feita pelo sr. Kernan.

A narrativa deixou o sr. Kernan indignado. Ele era muito cônscio de seu estatuto de cidadão, queria viver com sua cidade em termos mutuamente honrados e se ressentia de qualquer afronta atribuída a ele por aqueles que chamava de caipiras.

— É pra isso que a gente paga imposto? — ele perguntou. — Pra dar roupa e comida pra esses *bostooms** ignorantes... e eles não são nada mais que isso.

O sr. Cunningham riu. Era empregado do Castelo só em horário comercial.

— E como é que eles podiam ser outra coisa, Tom? — ele disse.

Adotou um pesado sotaque interiorano e disse com voz de comando:

— Sessenta e cinco, pega esse repolho!

Todos riram. O sr. M'Coy, que queria entrar na conversa por qualquer porta, fingiu que nunca tinha ouvido a história. O sr. Cunningham disse:

— Parece — dizem, sabe — que é num depósito onde eles colocam esses sujeitões enormes, *omadhauns*** mesmo, lá do interior, sabe, pra treinar. O sargento faz eles ficarem enfileirados contra a parede e estender os pratos de comida.

Ele ilustrava a história com gestos grotescos.

— Na janta, sabe. Aí ele está com um tigelão monstro de repolho na frente em cima da mesa e uma colherona monstro que parece uma pá. Ele pega um monte de re-

* Irlandês: neste contexto, "moloides".
** Irlandês: "simplórios".

polho com a colher e pincha do outro lado do salão e os coitados têm que tentar pegar com os pratos: *Sessenta e cinco, pega esse repolho.*

Todos riram de novo: mas o sr. Kernan ainda estava algo indignado. Dizia que ia escrever uma carta para a imprensa.

— Esses *yahoos** chegam aqui e acham que podem sair dando ordens. Eu não preciso te dizer, Martin, o tipo de gente que eles são.

O sr. Cunningham concordou com reservas.

— É como tudo nesse mundo — ele disse. — Tem uns que são ruins e tem uns que são bons.

— Ah, sim, tem uns que são bons, isso eu admito — disse o sr. Kernan, satisfeito.

— É melhor nem ter o que dizer pra eles — disse o sr. M'Coy. — É a minha opinião!

A sra. Kernan entrou no quarto e, colocando uma bandeja sobre a mesa, disse:

— Podem se servir, cavalheiros.

O sr. Power se levantou para oficiar, oferecendo sua cadeira a ela. Ela negou, dizendo que estava passando roupa lá embaixo, e, depois de ter trocado um aceno de cabeça com o sr. Cunningham por trás das costas do sr. Power, se preparou para sair do quarto. Seu marido chamou por ela:

— E você não tem nada pra mim, meu bem?

— Ah, você! Umas palmadas, isso sim! — disse a sra. Kernan, mordaz.

Seu marido gritou enquanto ela saía:

— Nada pro tadim do maridim!

Ele adotou uma expressão e uma voz tão cômicas que a distribuição das garrafas de stout foi acompanhada por risadas gerais.

* Monstros de forma humana, em contraste com os nobres cavalos do quarto livro das *Viagens de Gulliver*, de Jonathan Swift (1667-1745).

Os cavalheiros beberam de seus copos, colocaram os copos de novo na mesa e se detiveram. Então o sr. Cunningham se virou para o sr. Power e disse casualmente:

— Quinta à noite, você disse, Jack?

— Isso, quinta — disse o sr. Power.

— Certinho, então! — disse o sr. Cunningham prontamente.

— A gente pode se encontrar no M'Auley* — disse o sr. M'Coy. — Vai ser o lugar mais conveniente.

— Mas a gente não pode se atrasar — disse o sr. Power preocupado — porque pode apostar que vai estar entupido de gente.

— A gente pode se encontrar às sete e meia — disse o sr. M'Coy.

— Certinho, então! — disse o sr. Cunningham.

— Marcado às sete e meia no M'Auley!

Houve um breve silêncio. O sr. Kernan esperou para ver se seus amigos lhe confiariam o tal segredo. E então perguntou:

— Qual é a nova?

— Ah, não foi nada — disse o sr. Cunningham. — É só uma coisinha que a gente está marcando pra quinta.

— A ópera, por acaso? — disse o sr. Kernan.

— Não, não — disse o sr. Cunningham em tom evasivo —, é só uma coisinha... espiritual.

— Ah — disse o sr. Kernan.

Houve novo silêncio. Então o sr. Power disse, à queima-roupa:

— Pra te falar a verdade, Tom, a gente vai num retiro.

— É, isso mesmo — disse o sr. Cunningham —, eu, o Jack e o M'Coy aqui — vai todo mundo lavar a alma.

Ele pronunciou a metáfora com certa energia simples e, encorajado por sua própria voz, continuou:

— É que já pode estar na hora da gente admitir que

* Um pub!

isso aqui é um bando de canalhas, todo mundo. É mesmo, cada unzinho aqui — ele acrescentou com caridade ríspida e se virando para o sr. Power. — Podem ir admitindo!

— Eu admito — disse o sr. Power.

— E eu admito — disse o sr. M'Coy.

— Então nós vamos juntos lavar a alma — disse o sr. Cunningham.

Uma ideia pareceu ter lhe ocorrido. Ele se virou repentinamente para o inválido e disse:

— Quer saber, Tom, o que eu acabei de pensar aqui? Você podia vir com a gente pra fechar uma quadrilha.

— Boa ideia — disse o sr. Power. — Os quatro juntos.

O sr. Kernan ficou em silêncio. A proposta tinha muito pouco significado em sua mente mas, compreendendo que certos mecanismos espirituais estavam prestes a se ocupar dele, pensou que devia à sua dignidade certa teimosia. Não participou da conversa por bastante tempo mas ouviu, com um ar de calma inimizade, enquanto seus amigos discutiam os jesuítas.

— Eu não tenho uma opinião tão ruim dos jesuítas — ele disse, intervindo finalmente. — São uma ordem de gente educada. E eu acho que eles são bem-intencionados também.

— É a maior ordem de toda a Igreja, Tom — disse o sr. Cunningham com entusiasmo. — O geral dos jesuítas fica ao lado do papa.

— Não tem como errar — disse o sr. M'Coy —, se você quer ver uma coisa bem-feita e sem enrolação você procura um jesuíta. Eles são os tipinhos da influência. Eu vou te contar um caso desses...

— Os jesuítas são um belo grupo — disse o sr. Power.

— É uma coisa curiosa — disse o sr. Cunningham — da ordem jesuíta. Todas as outras ordens da Igreja tiveram que ser reformadas em algum momento mas a ordem jesuíta nunca foi reformada. Ela nunca se desviou.

— Verdade? — perguntou o sr. M'Coy.

— Certeza — disse o sr. Cunningham. — Verdade histórica.

— Olhe a igreja deles, também — disse o sr. Power. — Olhe a congregação que eles têm.

— Os jesuítas são os sacerdotes das classes mais altas — disse o sr. M'Coy.

— Mas claro — disse o sr. Power.

— É — disse o sr. Kernan. — É por isso que eu tenho lá um certo apego por eles. É com uns desses padres secularizados, ignorantes, arrogantes...

— São todos bons homens — disse o sr. Cunningham —, cada um à sua maneira. O sacerdotado irlandês é considerado no mundo inteiro.

— Ah sim — disse o sr. Power.

— Ao contrário dos outros sacerdotados do continente — disse o sr. M'Coy — que não valem um tostão.

— Talvez você esteja certo — disse o sr. Kernan, entregando os pontos.

— Mas é claro que eu estou certo — disse o sr. Cunningham. — Eu não estou há tanto tempo neste mundo e vendo quase tudo que tem pra ver nele pra aí não saber julgar o caráter das pessoas.

Os cavalheiros beberam novamente, um seguindo o exemplo do outro. O sr. Kernan parecia estar pesando prós e contras. Estava impressionado. Tinha uma opinião elevada da capacidade de julgamento de caráter e de leitura facial do sr. Cunningham. Pediu mais detalhes.

— Ah, é só um retiro, sabe — disse o sr. Cunningham. — O padre Purdon vai conduzir. É pra homens de negócios, sabe.

— Ele não vai ser duro demais com a gente, Tom — disse o sr. Power persuasivamente.

— O padre Purdon? O padre Purdon? — disse o inválido.

— Ah, você deve conhecer, Tom — disse o sr. Cunningham, com firmeza. — Um belo de um sujeito! É um homem do mundo, como nós.

— Ah... sei. Acho que eu conheço. Rosto meio vermelho; alto.

— Esse mesmo.

— E me diga uma coisa, Martin... ele é bom pregador?

— Mmmnão... Não é exatamente um sermão, sabe. É meio que uma conversa entre amigos, sabe, de um jeito razoável, de bom senso.

O sr. Kernan deliberava. O sr. M'Coy disse:

— O padre Tom Burke, aquele era bom!

— Ah, o padre Tom Burke — disse o sr. Cunningham —, aquilo era um orador nato. Você chegou a ouvir, Tom?

— E como! — disse o inválido, contrafeito. — Ora essa! Ouvi ele...

— E por outro lado dizem que ele não era lá grande coisa em teologia — disse o sr. Cunningham.

— Verdade? — disse o sr. McCoy.

— Ah, claro, nada de errado, sabe. Só que às vezes, dizem que o que ele pregava não era lá muito ortodoxo.

— Ah!... era um grande sujeito — disse o sr. M'Coy.

— Eu ouvi ele uma vez — o sr. Kernan continuou. — Não lembro o tema do discurso agora. Eu e o Crofton lá no fundo do... da plateia, sabe... da...

— Da nave — disse o sr. Cunningham.

— Isso, no fundo lá perto da porta. Agora eu não lembro o que... Ah, sim, era o papa. O último papa. Eu lembro direitinho. Palavra que foi magnífico, o estilo da oratória. E a voz dele! Jesus! Que voz que ele tinha! *O prisioneiro do Vaticano*,* ele disse. Eu lembro que o Crofton me disse quando a gente saiu...

* Pio IX viu Vitório Emanuel II unificar a Itália e conquistar todas as terras da Igreja, exceto o Vaticano, dentro dos limites da cidade de Roma, nova capital do reino.

— Mas ele é orangista,* o Crofton, não é? — disse o sr. Power.

— Claro que é — disse o sr. Kernan —, e um orangista pra lá de decente também. A gente foi pro Butler's na Moore Street — juro que eu estava comovido de verdade, juro por Deus — e eu lembro direitinho as palavras dele uma por uma. *Kernan*, ele disse, *nós dois adoramos em altares diferentes*, ele disse, *mas a nossa crença é a mesma*. Me pareceu muito bem dito.

— E é bem verdade — disse o sr. Power. — A capela vivia cheia de protestantes quando o padre Tom estava pregando.

— Não tem tanta diferença entre nós — disse o sr. M'Coy. — Nós todos acreditamos em...

Ele hesitou um momento.

— ... no Redentor. Só que eles não acreditam no papa nem na mãe de Deus.

— Mas claro — disse o sr. Cunningham mansa e eficazmente — que a nossa religião é *a* religião, a fé antiga e original.

— Sem sombra de dúvida — disse o sr. Kernan calorosamente.

A sra. Kernan veio à porta do quarto e anunciou:

— Olha uma visita pra você!

— Quem é?

— O sr. Fogarty.

— Nossa, entra! Entra!

Um rosto oval pálido adiantou-se para a luz. O arco de seu bigode comprido claro se repetia nas sobrancelhas claras enlaçadas sobre olhos agradavelmente espantados. O sr. Fogarty era um comerciante modesto. Tinha falido no ramo dos bares na cidade porque sua condição financeira o forçara a se manter preso a destilarias e cervejarias de se-

* Membros dos Orange Lodges, em referência a Guilherme de Orange, o rei Guilherme II da Inglaterra. Por extensão, todos os protestantes, de maneira pejorativa.

gunda. Abrira uma lojinha na Glasnevin Road, onde, ele gostava de pensar, seus modos lhe conquistariam o favor das donas de casa do distrito. Ele se portava com certa graça, cumprimentava criancinhas e falava com uma pronúncia elegante. Não era desprovido de cultura.

O sr. Fogarty trouxe consigo um presente, uma garrafa pequena de um uísque especial. Perguntou educadamente pelo sr. Kernan, colocou seu presente na mesa e sentou em pé de igualdade com o grupo. O sr. Kernan gostou tanto mais do presente quanto tinha consciência de que havia uma pequena conta pendurada referente a compras suas com o sr. Fogarty. Ele disse:

— De você eu não duvido, meu velho. Abre isso aí por favor, Jack?

O sr. Power novamente oficiou. Os copos foram enxaguados e cinco doses pequenas de uísque foram servidas. Essa nova influência deu ânimo à conversa. O sr. Fogarty, sentado numa área pequena da cadeira, estava especialmente interessado.

— O papa Leão XIII — disse o sr. Cunningham — era um dos luminares do nosso tempo. A grande ideia dele, sabe, era a união da Igreja romana com a grega. Foi o objetivo da vida toda dele.

— Eu vivo ouvindo dizer que ele era um dos maiores intelectuais da Europa — disse o sr. Power. — Assim, fora ele ser papa.

— E era mesmo — disse o sr. Cunningham —, se não *o* maior. O lema dele, sabe, como papa, era *Lux sobre lux* — *Luz sobre a Luz*.

— Não, não — disse o sr. Fogarty afobado. — Acho que o senhor se enganou aqui. Era *Lux in Tenebris*, eu acho — *Luz nas Trevas*.

— Ah é — disse o sr. M'Coy —, *Tenebrae*.*

* Ele parece querer corrigir o latim de Fogarty, lembrando que "tenebrae", como "trevas", em português, é sempre plural.

— Com o devido respeito — disse o sr. Cunningham seguro — mas era *Lux sobre Lux*. E o lema do predecessor dele, Pio IX, era *Crux sobre Crux*, ou seja *Cruz sobre a Cruz* — para mostrar a diferença entre o pontificado dos dois.*

A inferência foi aceita. O sr. Cunningham continuou:

— O papa Leão, sabe, era um grande estudioso, e era poeta.

— Ele tinha um rosto forte — disse o sr. Kernan.

— É — disse o sr. Cunningham. — Ele escrevia poesia em latim.

— Verdade, isso? — disse o sr. Fogarty.

O sr. M'Coy saboreava satisfeito seu uísque e sacudiu a cabeça com uma intenção dupla, dizendo:

— Isso aqui é coisa séria, vão por mim.

— A gente não aprendeu essas coisas, Tom — disse o sr. Power, seguindo o exemplo do sr. M'Coy —, quando a gente estava na escolinha de um tostão.**

— Muita gente boa foi à escolinha de um tostão com um pedaço de turfa no sovaco*** — disse o sr. Kernan peremptório. — O velho sistema era o melhor: educação honesta e simples. Sem essa bobajada toda de hoje em dia...

— Isso mesmo — disse o sr. Power.

— Sem superfluidades — disse o sr. Fogarty.

Ele destacou a palavra e então bebeu compenetrado.

* Os papas de fato não têm lemas, muito menos misturando o latim com outros idiomas. A conhecida *Profecia dos papas*, atribuída a são Malaquias, bispo irlandês do século XII, que lista um "lema" para 111 papas futuros, atribui a Leão XIII a frase *Lumen in Coelo* [Luz no céu] e, a Pio IX, *Crux de Cruce* [A cruz que vem da cruz].

** Escolas improvisadas em que apenas um professor vivia do que lhe traziam os alunos.

*** Ou seja, levando cada um sua contribuição para o combustível da lareira.

— Eu lembro de ter lido — disse o sr. Cunningham — que um dos poemas do papa Leão era sobre a invenção da fotografia — em latim, claro.*

— Sobre a fotografia! — exclamou o sr. Kernan.

— Isso — disse o sr. Cunningham.

Ele também bebeu um gole.

— Bom, sabe — disse o sr. M'Coy —, não é que a fotografia é uma coisa incrível, se você para pra pensar?

— Ah, mas é claro — disse o sr. Power —, grandes mentes são visionárias.

— Como diz o poeta: *Grandes mentes em muito da loucura se aproximam* — disse o sr. Fogarty.**

O sr. Kernan parecia inquieto. Ele se esforçou para lembrar a teologia protestante a respeito de algumas questões espinhudas e no fim se dirigiu ao sr. Cunningham.

— Me diz uma coisa, Martin — ele falou. — Não é verdade que teve uns papas — claro que não o nosso atual, nem o antecessor dele, mas uns dos papas mais antigos — que não eram exatamente... sabe... cem por cento?

Houve um silêncio. O sr. Cunningham disse:

— Ah, claro, teve umas maçãs podres... mas o mais impressionante é isso. Nenhum deles, nem o maior bebum, nem o maior... canalha de quatro costados, nenhum deles jamais pregou uma palavrinha de doutrina falsa *ex cathedra*.*** Agora me diga se isso não é impressionante?

— É mesmo — disse o sr. Kernan.

— Pois é, porque quando o papa fala *ex cathedra* — o sr. Fogarty explicou — ele é infalível.

* Leão XIII realmente compunha poesia em latim, e de fato escreveu sobre este tema.

** Uma "quase" citação do verso "*Great minds are very near to madness*" ["As grandes mentes estão muito perto da loucura"], de John Dryden (1631-1700).

*** Latim: literalmente, "da cadeira". A infalibilidade é do "trono" da "sé" apostólica, não do indivíduo.

— Isso — disse o sr. Cunningham.

— Ah, eu sei dessa da infalibilidade papal. Eu lembro que eu era mais novo... Ou será que foi...?*

O sr. Fogarty interrompeu. Ele pegou a garrafa e serviu um pouco mais aos outros. O sr. M'Coy, vendo que a bebida não ia dar para todos, disse que não tinha terminado sua primeira dose. Os outros aceitaram sob protestos. A música ligeira do uísque que caía nos copos gerou agradável interlúdio.

— O que era que você estava dizendo, Tom? — perguntou o sr. M'Coy.

— A infalibilidade papal — disse o sr. Cunningham — foi a maior cena da história da Igreja.

— Como assim, Martin? — perguntou o sr. Power.

O sr. Cunningham ergueu dois dedos grossos.

— No sacro colégio pontifício, sabe, dos cardeais e arcebispos e bispos, tinha dois que eram contrários enquanto os outros eram a favor. O conclave todo fora esses dois era unânime. Não! Eles não iam aceitar uma coisa dessas!

— Puxa! — disse o sr. M'Coy.

— E eles eram um cardeal alemão chamado Dolling... ou Dowling... ou...**

— Esse Dowling não tinha nada de alemão, nessa eu aposto — disse o sr. Power, rindo.

— Bom, esse grande desse cardeal alemão, sei lá como que ele se chamava; e o outro era John MacHale.***

* O dogma da infalibilidade papal foi promulgado em 1870 pelo Concílio Vaticano I, durante o papado de Pio IX.

** Johann Döllinger (1799-1890), que não era bispo e não estava no concílio, mas cuja oposição ferrenha ao dogma da infalibilidade lhe garantiu a excomunhão em 1871.

*** Arcebispo e líder da resistência irlandesa (1791-1881). Opositor do dogma, ele não estava no Vaticano quando de sua aprovação, mas aceitou a decisão.

— O quê? — gritou o sr. Kernan. — John de Tuam?

— Mas você tem certeza disso? — perguntou o sr. Fogarty sem confiança. — Eu achava que era um italiano ou americano.

— John de Tuam — repetiu o sr. Cunningham — era ele.

Ele bebeu e os outros cavalheiros o imitaram. Então ele recomeçou.

— E eles lá, os cardeais todos e bispos e arcebispos de tudo quanto é canto do mundo e esses dois brigando que nem o diabo até que finalmente o próprio papa levantou e pronunciou *ex cathedra* a infalibilidade como dogma da Igreja. E na mesmíssima hora John MacHale, que estava brigando sem parar contra aquilo tudo, levantou e gritou com a voz de um leão: *Ego credo!*

— *Eu acredito!* — disse o sr. Fogarty.

— *Ego credo!* — disse o sr. Cunningham. — Isso mostrou a fé que ele tinha. Ele se dobrou assim que o papa falou.

— E o Dowling? — perguntou o sr. M'Coy.

— O cardeal alemão não quis se dobrar. Ele abandonou a Igreja.

As palavras do sr. Cunningham tinham construído a vasta imagem da Igreja na mente dos que o ouviam. Sua voz grave e roufenha os comovera ao enunciar a palavra de crença e submissão. Quando a sra. Kernan entrou no quarto enxugando as mãos ela encontrou um grupo solene. Não perturbou o silêncio, mas se apoiou na grade do pé da cama.

— Uma vez eu vi John MacHale — disse o sr. Kernan — e eu nunca vou me esquecer daquele dia nessa vida.

Ele se virou para a esposa em busca de confirmação.

— Eu não te digo isso sempre?

A sra. Kernan fez que sim.

— Foi na inauguração da estátua de sir John Gray. Edmund Dwyer Gray estava fazendo o discurso, um falatório sem fim, e tinha ali um velhinho, um sujeito encarquilhado, olhando pra ele debaixo de umas sobrancelhas felpudas.

O sr. Kernan cerrou o cenho e, baixando a cabeça como um touro enfurecido, encarou firme a esposa.

— Santo Deus! — ele exclamou, voltando ao rosto normal —, nunca vi um olho daquele na cara de um homem. Era praticamente a mesma coisa que dizer: *Eu sei que apito você toca, meu amigo*. Ele tinha um olho de águia.

— Nenhum dos Gray prestava — disse o sr. Power.

Houve uma pausa novamente. O sr. Power virou para a sra. Kernan e disse com abrupta jovialidade:

— Pois então, sra. Kernan, a gente vai transformar o seu maridinho aqui num católico dos bons, santo, pio e temente a Deus.

Ele abrangeu o grupo com um gesto, inclusivo.

— Vai todo mundo fazer um retiro junto e confessar os pecados — e Deus sabe o quanto a gente está precisado.

— Eu não me incomodo — disse o sr. Kernan, sorrindo meio nervoso.

A sra. Kernan achou que seria mais sábio esconder sua satisfação. Então ela disse:

— Eu tenho pena do coitadinho do padre que tiver que ouvir a tua confissão.

A expressão do sr. Kernan mudou.

— Se não gostar — ele disse áspero —, ele que... que faça aquilo com ela. Eu só vou contar a minha história triste. Eu não sou dos piores...

O sr. Cunningham interveio prontamente.

— Nós todos vamos renunciar a Satanás — ele disse — juntos, sem esquecer das obras e das seduções.*

— *Vade retro!* — disse o sr. Fogarty, rindo e olhando para os outros.

O sr. Power não abriu a boca. Estava se sentindo completamente desnecessário ali. Mas uma expressão satisfeita cruzou seu rosto.

— A gente só tem que ficar de pé — disse o sr. Cun-

* Referência a uma das fórmulas do rito tradicional do batismo.

ningham — com uma vela acesa na mão pra renovar os votos do batismo.

— Ah, não esqueça a vela, Tom — disse o sr. M'Coy —, acima de tudo.

— Como? — disse o sr. Kernan. — Eu tenho que levar uma vela?

— Ah, tem — disse o sr. Cunningham.

— Não, dane-se isso tudo — disse o sr. Kernan sensato —, aí já passa do limite. Eu até faço tudo direitinho. Eu vou nisso do retiro e da confissão, e... e coisa e tal. Mas... sem vela! Não, dane-se tudo, sem choro nem vela!

Ele sacudiu a cabeça com uma seriedade farsesca.

— E essa agora! — disse sua esposa.

— Sem choro nem vela — disse o sr. Kernan, ciente de ter criado certo efeito em sua plateia e sem deixar de sacudir a cabeça para a frente e para trás. — Sem isso de truque de lanterna mágica.

Todos riram contentes.

— Isso é que é um bom católico! — disse sua esposa.

— Sem vela! — repetia o sr. Kernan inamovível. — Isso não!

O transepto da Igreja Jesuíta da Gardiner Street estava quase cheio; e ainda assim a todo momento entravam cavalheiros pela porta lateral que, orientados pelo irmão laico, caminhavam na ponta dos pés pela nave até encontrarem um lugar para sentar. Os cavalheiros eram todos bem-vestidos e bem-comportados. A luz dos candeeiros da igreja caía sobre uma assembleia de roupas negras e colarinhos brancos, suavizada aqui e ali por tweeds, sobre colunas escuras salmilhadas de mármore verde e telas lúgubres. Os cavalheiros estavam sentados nos bancos, tendo erguido um pouco as calças na altura do joelho e largado os chapéus em segurança. Sentavam bem reclinados e olhavam cerimoniosamente para o distante ponto de luz vermelha* suspenso diante do altar-mor.

Num dos bancos próximos ao púlpito estavam o sr. Cunningham e o sr. Kernan. No banco de trás estava o sr. M'Coy, sozinho: e no banco atrás dele estavam o sr. Power e o sr. Fogarty. O sr. M'Coy tinha tentado em vão conseguir um lugar no banco dos outros e, quando o grupo se acomodou em forma de quincunce, tentou em vão fazer comentários cômicos. Como não foram bem recebidos, ele desistiu. Até ele se deixava influenciar pela atmosfera de decoro e até ele começou a reagir ao estímulo religioso. Num sussurro o sr. Cunningham chamou a atenção do sr. Kernan para o sr. Harford, o agiota, que estava a certa distância deles, e para o sr. Fanning, o agente de registros e padrinho político de todos os prefeitos da cidade,** que estava sentado imediatamente abaixo do púlpito ao lado de um dos conselheiros recém-eleitos naquela região. À direita estavam o velho Michael Grimes, dono de três lojas de penhores, e o sobrinho de Dan Hogan, que estava concorrendo ao emprego na Prefeitura. Mais à frente estava o sr. Hendrick,*** principal repórter do *Freeman's Journal*, e o coitado do O'Carroll, velho amigo do sr. Kernan, que em outros tempos tinha sido figura de destaque no comércio. Gradualmente, na medida em que reconhecia rostos familiares, o sr. Kernan começou a se sentir mais em casa. Seu chapéu, que tinha sido reabilitado pela esposa, descansava em seu colo. Uma ou duas vezes ele puxou os punhos da camisa com uma mão enquanto segurava a aba do chapéu leve mas firmemente com a outra.

Uma figura de aparência poderosa, cuja parte superior

* Que indica a presença do santo sacramento.

** Como subxerife, ele supervisionaria o registro dos eleitores e a votação.

*** Personagem de "Uma mãe".

estava envolta numa sobrepeliz branca, foi vista subindo com algum esforço até o púlpito. Simultaneamente a congregação se ergueu dos assentos, fez surgir lencinhos e sobre eles se ajoelhou cuidadosa. O sr. Kernan seguiu o exemplo geral. A figura do padre estava agora ereta no púlpito, com dois terços de seu volume, coroados por imenso rosto vermelho, aparecendo por sobre a balaustrada.

O padre Purdon se ajoelhou, virou-se para a luz vermelha e, cobrindo o rosto com as mãos, rezou. Depois de um intervalo ele descobriu o rosto e se ergueu. A congregação se ergueu também e voltou a se assentar. O sr. Kernan devolveu o chapéu à sua posição original no colo e mostrou o rosto atento para o padre. O padre dobrou cada manga larga da sobrepeliz com um gesto amplo e elaborado e lentamente examinou os rostos em exposição. Então ele disse:

> Porque os filhos deste mundo são mais prudentes do que os filhos da luz no trato com seus semelhantes. Porquanto fazei-vos amigos com a riqueza injusta para que, no dia em que ela vos faltar, eles vos recebam nos tabernáculos eternos.

O padre Purdon desenvolvia o texto com ressonante confiança. Era um dos textos mais difíceis de todas as Escrituras, ele disse, para se interpretar direito. Era um texto que para o observador incauto poderia parecer discordar da moral elevada pregada em outros momentos por Jesus Cristo. Mas, ele dizia aos seus ouvintes, o texto lhe parecera especialmente adequado para guiar aqueles a quem cabia viver a vida deste mundo e que mesmo assim desejavam viver essa vida de maneira não mundana. Era um texto para homens de negócios e profissionais liberais. Jesus Cristo, com Sua compreensão divina de cada recôndito de nossa alma humana, compreendia que nem todos os homens eram chamados para a vida religiosa, que a imensa maioria era forçada a viver no mundo e, em certa medida, para o mundo: e com essa sentença Ele almejava dar-lhes um conselho, ao expor diante deles como exemplos da vida religiosa os adoradores da riqueza, que entre todos os homens eram os menos permeáveis às questões religiosas.

Ele disse aos ouvintes que não estava ali naquela tarde com objetivos terríveis, extravagantes; mas como homem do mundo que fala a seus irmãos. Vinha falar com homens de negócios e falaria com eles de maneira prática. Se lhe fosse permitida essa metáfora, ele disse, seria seu contador espiritual; e desejava que cada um dos que agora o ouviam abrisse seu livro-caixa, o livro-caixa de sua vida espiritual, para ver se suas contas fechavam bem com a consciência.

Jesus Cristo não era um capataz cruel. Ele compreendia nossas pequenas imperfeições, compreendia a fraqueza de nossa pobre natureza decaída, compreendia as tentações desta vida. Podemos ter tido, nós todos tivemos vez por outra nossas tentações; podemos ter, nós todos tivemos, nossas imperfeições. Mas uma única coisa, ele disse, pediria daqueles que agora o ouviam. E ela era: que fossem retos, que fossem homens para com Deus. Se suas contas fechassem em cada detalhe, que dissessem:

— Pois bem, verifiquei minhas contas. Vejo que tudo está bem.

Mas se, como bem pode acontecer, houvesse certas discrepâncias, que admitissem a verdade, que fossem francos e dissessem como homens:

— Pois bem, repassei minhas contas. Vejo que isto e mais isto está errado. Mas, com a graça de Deus, vou retificar isto e mais isto. Eu vou corrigir minhas contas.

Os mortos

Lily,* a filha do zelador, estava literalmente de pernas para o ar. Mal levava um cavalheiro até a despensa lá atrás do escritório no térreo e ajudava o cavalheiro a tirar o sobretudo e já a campainha resmunguenta da porta de entrada tocava de novo e ela precisava se descambar pelo corredor vazio para receber mais um convidado. Só faltava ter que cuidar das senhoras também. Mas a srta. Kate e a srta. Julia tinham pensado nisso e transformaram o banheiro do primeiro andar** num camarim para as senhoras. A srta. Kate e a srta. Julia estavam lá, fofocando e rindo e fazendo cena, indo uma atrás da outra até o alto da escada, espiando por cima da balaustrada e gritando para Lily dizer quem tinha chegado.

Era sempre um acontecimento, o baile anual das srtas. Morkan. Vinha todo mundo que conhecia as duas, gente da família, velhos amigos da família, os membros do coro de Julia, todos os alunos de Kate que fossem grandinhos, e até um ou outro dos alunos de Mary Jane, também. Nunca era sem graça. Por anos a fio o baile tinha sido um sucesso esplêndido, até onde a memória alcançava; desde que Kate e Julia, depois da morte de Pat, o irmão, tinham se muda-

* Seu nome significa "lírio", flor que é atributo do arcanjo Gabriel, uma das referências simbólicas do conto.
** Um luxo considerável.

do da casa de Stoney Batter e trazido Mary Jane, que era a única sobrinha, para morar com elas naquela casa escura e soturna na Usher's Island, no piso superior, que tinham alugado do sr. Fulham, o dono da venda de grãos no térreo. Isso tinha já bem trinta anos. Mary Jane, que na época era uma menina de roupinha curta, agora era o centro da casa, pois era ela que tocava órgão na Haddington Road.* Ela estudou no Conservatório e dava um concerto com os alunos todo ano na sala de cima do Antient Concert Rooms. Vários alunos dela eram das famílias mais bem de vida na linha Kingstown-Dalkey.** Por mais que estivessem velhas, as tias também faziam sua parte. Julia, apesar de estar bem grisalha, ainda era a soprano principal na igreja de Adão e Eva,*** e Kate, fraquinha demais para andar muito por aí, dava aula de música para iniciantes naquele piano velho de armário no quarto dos fundos. Lily, a filha do zelador, trabalhava de arrumadeira para elas. Apesar de levarem uma vida simples, elas acreditavam em comer bem; o melhor de tudo: carne de primeira, chá de três xelins**** e cerveja preta engarrafada da melhor. Mas Lily quase nunca se atrapalhava com as compras, para não irritar as três patroas. Elas eram de fazer cena, só isso. Mas a única coisa que elas não toleravam mesmo era uma resposta malcriada.

Está certo que elas tinham por que fazer cena numa noite dessas. E também já passava bastante das dez e ainda nada de Gabriel***** e da esposa. Além de tudo elas estavam

* A igreja de Santa Maria, famosa pela qualidade de sua música.
** Ou seja, no trecho de litoral que se estende ao sul da baía de Dublin.
*** Nome popular da igreja de São Francisco de Assis, no Merchant's Quay, em Dublin.
**** Preço de chás especiais.
***** Além do arcanjo Gabriel, uma fonte do nome da personagem é o romance *Gabriel Conroy* (1875), de Bret Harte (1836-1902), cuja abertura prenuncia, muito, a conclusão deste conto.

morrendo de medo que o Freddy Malins acabasse aparecendo torto. Não queriam nem pensar num dos aluninhos de Mary Jane vendo o Freddy alcoolizado; e quando ele estava daquele jeito às vezes era bem difícil lidar com ele. Freddy Malins sempre chegava tarde, mas elas estavam cismadas com o motivo da demora de Gabriel: por isso as duas iam de dois em dois minutos até a balaustrada perguntar a Lily se Gabriel ou Freddy tinham chegado.

— Ah, sr. Conroy — Lily disse a Gabriel quando abriu a porta para ele —, a srta. Kate e a srta. Julia estavam achando que o senhor nem vinha mais. Boa noite, sra. Conroy.

— Eu não hei de duvidar que estavam — disse Gabriel — mas elas esqueceram que a minha esposa me mata de esperar quando tem que se trocar.

Ele ficou no capacho, raspando a neve das galochas, enquanto Lily levava a esposa dele até o pé da escada e gritava:

— Srta. Kate, olha a sra. Conroy.

Kate e Julia titubearam simultâneas pela escada escura. Beijaram ambas a esposa de Gabriel, disseram que ela devia estar mortinha de frio e perguntaram se Gabriel estava com ela.

— Eu estou aqui, tia Kate, pode apostar! Vá subindo. Eu já vou também — veio a voz de Gabriel do escuro.

Ele continuou a raspar vigorosamente os pés enquanto as três mulheres subiam, rindo, para o camarim das senhoras. Uma frágil franja de neve pousava como capa nos ombros de seu sobretudo e como bicos sobre as pontas das galochas; e enquanto os botões do sobretudo deslizavam num rangido pelas casas que a neve enrijecera um ar gelado, com cheiro de lá-fora, escapava de dobras e pregas.

— Está nevando de novo, sr. Conroy? — perguntou Lily.

Ela tinha ido na frente dele até a despensa para ajudá-lo a tirar o sobretudo. Gabriel sorriu por causa das três sílabas que ela dera a seu sobrenome e lhe lançou um olhar ligeiro. Era uma menina magra; ainda estava crescendo, tinha pele pálida e cabelo cor de palha. A luz a gás da despensa a deixava mais pálida ainda. Gabriel a conhecia desde que era menina e ficava sentada no primeiro degrau com uma boneca de pano no colo.

— Está, Lily — ele respondeu —, e acho que vai ser a noite toda.

Ele olhou para o teto da despensa, que vibrava com os pés que martelavam e deslizavam no andar de cima, ficou um momento tentando ouvir o piano e aí olhou para a menina, que com cuidado guardava seu sobretudo dobrado na ponta de uma prateleira.

— Me diz uma coisa, Lily — falou numa voz amistosa —, você ainda está na escola?

— Ah, não, senhor — ela respondeu. — Já chega de escola este ano.

— Ah, mas então — disse Gabriel, alegre — suponho que qualquer dia desses a gente vá ser convidado pro teu casamento com o teu namoradinho, hein?

A menina olhou para ele por cima do ombro e disse com grande amargura:

— Esses sujeitos de hoje em dia só querem saber de palavrório e de ver o que que eles conseguem de você.

Gabriel corou, como sentindo que houvesse cometido um erro, e, sem olhar para ela, livrou-se das galochas e com o cachecol chicoteou detidamente seus sapatos de verniz.

Era um rapaz corpulento, mais para alto que baixo. A cor exaltada de seu rosto erguia-se até a testa, onde se estilhaçava em uns poucos pedaços de tênue rubor; e no rosto sem barba brilhavam inquietas as lentes bem limpas e os aros de luzes douradas dos óculos que lhe toldavam os olhos delicados e inquietos. Seu cabelo preto e lustroso estava dividido no meio e penteado numa longa curva por trás das orelhas, onde cacheava leve sob o sulco que lhe causara o chapéu.

Quando terminou de dar uma lustrada nos sapatos, ele se ergueu e puxou melhor o colete sobre o corpo roliço. E então tirou veloz uma moeda do bolso.

— Ah, Lily — ele disse, metendo a moeda nas mãos dela —, ainda é tempo de Natal, não é mesmo?* É só... toma um...

Ele caminhou velozmente para a porta.

— Ah, não, senhor! — gritou a menina, indo atrás dele. — De verdade, sr. Conroy, eu nem posso aceitar uma coisa dessas.

— É tempo de Natal! É tempo de Natal! — disse Gabriel, quase a trote rumo à escada e fazendo um gesto de desaprovação.

A menina, vendo que ele chegara à escada, exclamou atrás dele:

— Bom, obrigada, então, sr. Conroy.

Ele ficou esperando à porta da sala até que aquela valsa acabasse, ouvindo as saias que roçavam contra ela e os pés que deslizavam. Ainda estava descomposto pela resposta súbita e amarga da moça. Aquilo toldara-lhe o humor, que tentava desanuviar ajeitando os punhos da camisa e os laços da gravata. Tirou então do bolso do colete um papelzinho e deu uma olhada nas notas que tinha tomado para seu discurso. Estava indeciso quanto aos versos de Robert Browning,** pois receava que fossem demais para seu público. Alguma citação que eles reconhecessem, de Shakespeare ou das Melodias,*** seria melhor. O estalido indelicado dos tacos dos homens e suas solas deslizantes lembravam-lhe que o nível cultural deles era diferente do seu. Ele só ia passar ridículo citando um poe-

* O "tempo de Natal" vai até a festa da Epifania, no dia 6 de janeiro.

** Robert Browning (1812-89) era considerado então um poeta difícil, radical.

*** As *Irish Melodies*, de Thomas Moore.

ma que eles não conseguiam entender. Iam achar que só estava exibindo sua educação superior. Ia ser inadequado como tinha sido inadequado com a moça na despensa. Tinha assumido um tom errado. Aquele discurso todo era um equívoco do começo ao fim, um fracasso total.

Bem naquele momento suas tias e sua esposa saíram do camarim das senhoras. As tias dele eram duas velhinhas pequenas, com roupas simples. Tia Julia era uns dois centímetros mais alta. O cabelo dela, puxado para cobrir todo o topo das orelhas, era cinza; e cinza também, com sombras mais negras, seu grande rosto flácido. Conquanto fosse corpulenta e permanecesse ereta, seus olhos lentos e lábios abertos lhe davam a aparência de uma mulher que não sabia onde estava ou aonde ia. Tia Kate era mais viva. Seu rosto, mais saudável que o da irmã, era todo covas e rugas, como uma maçã vermelha murcha, e o cabelo, trançado à mesma maneira antiquada, não tinha perdido sua cor de castanhas maduras.

Beijaram ambas Gabriel calorosamente. Era o sobrinho preferido, filho da irmã morta, Ellen, que tinha se casado com T. J. Conroy dos Portos e Docas.*

— A Gretta me disse que vocês não vão pegar um fiacre para voltar para Monkstown hoje, Gabriel** — disse tia Kate.

— Não — disse Gabriel, virando-se para a esposa —, ano passado já foi demais, não é mesmo? A senhora não lembra, tia Kate, o resfriado que a Gretta acabou pegando? O fiacre com as janelas sacolejando daqui até lá, e o vento leste entrando na cabine depois que nós passamos por Merrion. Foi uma delícia. A Gretta pegou um resfriado horrível.

Tia Kate fazia uma cara seriíssima e sacudia a cabeça a cada palavra.

* A Dublin Ports and Docks Board.

** O último trem, então, sairia da estação às 23h15.

— Isso mesmo, Gabriel, isso mesmo — ela dizia. — Cuidado nunca é demais.

— Mas a Gretta aqui — disse Gabriel —, se deixassem, ia a pé para casa na neve.

A sra. Conroy riu.

— Não dê bola para ele, tia Kate — ela disse. — Ele é um grande chato, agora com aquela máscara verde de noite nos olhinhos do Tom e obrigando o menino a fazer halteres, e forçando a Eva a comer mingau. Coitadinha! E ela simplesmente odeia a cara daquilo!... Ah, mas a senhora nunca vai imaginar o que é que ele me força a usar agora!

Ela caiu numa risada sonora e lançou um olhar para o marido, cujos olhos encantados e felizes andavam errando do vestido para o rosto e o cabelo dela. As duas tias riram empolgadas também, pois a solicitude de Gabriel era sempre uma piada entre elas.

— Galochas! — disse a sra. Conroy. — Era o que me faltava. Toda vez que fica úmido eu tenho que pôr as minhas galochas. Até hoje, ele queria que eu calçasse, mas eu é que não ia usar. Qualquer dia desses ele vai me comprar uma roupa de mergulho.

Gabriel ria nervoso e dava tapinhas de consolo na gravata, enquanto tia Kate quase rachava de rir, de tanto que tinha gostado da piada. O sorriso súbito sumiu do rosto de tia Julia e seus olhos apagados dirigiram-se ao rosto do sobrinho. Depois de uma pausa, ela perguntou:

— E o que é que são essas galochas, Gabriel?

— Galochas, Julia! — exclamava sua irmã. — Santo Deus, você não sabe o que é uma galocha? A gente usa assim por cima... por cima da bota, não é, Gretta?

— Isso — disse a sra. Conroy. — Umas coisas de guta-percha. Agora nós temos um par cada um. O Gabriel diz que todo mundo está usando no Continente.

— Ah, no Continente — murmurou tia Julia, sacudindo lenta a cabeça.

Gabriel cerrou as sobrancelhas e disse, como se estivesse levemente contrafeito:

— Não é nenhuma maravilha, mas a Gretta acha muito engraçado porque ela diz que a palavra parece coisa dos menestréis de Christy.*

— Não me diga, Gabriel — disse tia Kate, com ríspido tato. — Claro que você providenciou um quarto. A Gretta estava dizendo...

— Ah, o quarto está certinho — replicou Gabriel. — Eu reservei no Gresham.

— Lógico — disse tia Kate —, de longe o melhor que você podia fazer. E as crianças, Gretta, você não fica preocupada?

— Ah, uma noite só — disse a sra. Conroy. — Além disso, a Bessie vai cuidar deles.

— Lógico — disse tia Kate de novo. — Que conforto ter uma menina dessas, assim de confiança! Tem aquela Lily, e eu é que não sei o que deu nela ultimamente. Nem parece mais a mesma.

Gabriel estava a ponto de fazer algumas perguntas à tia sobre isso, mas ela de repente se interrompeu para desviar o olhar para a irmã, que tinha descido alguns degraus e esticava o pescoço por sobre a balaustrada.

— Mas, por favor — ela disse, quase irritada —, aonde é que vai a Julia? Julia! Julia! Aonde é que você vai?

Julia, que tinha descido metade de um lance, voltou e anunciou inalterada:

— Olha o Freddy.

No mesmo momento palmas e mais um floreio final do piano disseram que a valsa acabara. A porta da sala de estar foi aberta por dentro e alguns casais saíram. Tia

* Maiores responsáveis, desde sua fundação, em 1843, nos Estados Unidos, pelo estereótipo dos espetáculos *blackface*, em que atores brancos se faziam passar por caricaturas de negros.

Kate puxou Gabriel de canto apressada e sussurrou no ouvido dele:

— Dá uma descidinha, Gabriel, seja bonzinho, para ver se ele está bem, e não me deixe ele subir se ele estiver torto. Eu tenho certeza que ele está torto. Certeza.

Gabriel foi até a escada e ficou ouvindo da balaustrada. Podia ouvir duas pessoas conversando na despensa. E aí reconheceu a risada de Freddy Malins. Ele desceu as escadas com certo estrépito.

— Mas que alívio — disse tia Kate à sra. Conroy — o Gabriel estar aqui. Eu sempre fico mais tranquila quando ele está... Julia, a srta. Daly e a srta. Power vão querer uns refrescos. Obrigada pela linda valsa, srta. Daly. Foi um encanto.

Um homem alto e de cara encarquilhada, com um duro bigode grisalho e pele avermelhada, que passava com sua acompanhante, disse:

— E será que nós também podemos tomar um refresco, srta. Morkan?

— Julia — disse tia Kate sumariamente —, e olha aqui o sr. Browne e a srta. Furlong. Leve os dois para dentro, Julia, e a srta. Daly e a srta. Power.

— Eu sou o homem das senhoritas — disse o sr. Browne, cerrando os lábios até eriçar o bigode e sorrindo por todas as rugas. — Sabe, srta. Morkan, o motivo de elas gostarem tanto de mim é...

Ele não terminou a frase mas, vendo que tia Kate já ia longe, imediatamente conduziu as três moças para a sala dos fundos. O meio do cômodo estava tomado por duas mesas quadradas emendadas, e nelas tia Julia e o zelador ajeitavam e alisavam uma grande toalha. No aparador dispunham-se pratos e salvas, e copos e feixes de facas, colheres e garfos. A tampa fechada do piano de armário servia também de aparador para viandas e doces. Diante de um aparador menor a um canto estavam parados dois rapazes, bebendo bíter de lúpulo.

O sr. Browne conduziu para lá suas protegidas e ofereceu a todas, jocosamente, um ponche para damas, quente, forte e doce. Como elas disseram que nunca bebiam coisas fortes, ele abriu três garrafas de limonada para elas. Aí pediu que um dos rapazes se afastasse e, tomando posse do decantador, serviu-se de uma bela dose de uísque. Os rapazes olhavam respeitosos enquanto ele provava um gole.

— Deus que me ajude — ele disse, sorrindo — mas isso aqui é bem o que o médico receitou.

Seu rosto encarquilhado rasgou-se em sorriso mais amplo, e o riso das três moças ecoou musicalmente seu gracejo, enquanto elas balançavam o corpo para a frente e para trás, com nervosos espasmos dos ombros. A mais audaciosa disse:

— Ai, sr. Browne, eu sei muito bem que o médico nunca receitou uma coisa dessas.

O sr. Browne tomou mais um golinho do uísque e disse, num arremedo de confidencialidade:

— Bom, é que, sabe, eu sou como a famosa sra. Cassidy, que dizem que falou: Mas, Mary Grimes, se eu não tomar, me faça tomar, porque eu estou sentindo que eu quero tomar.

O rosto quente dele se inclinara um tanto cúmplice demais e ele tinha adotado um sotaque dublinense muito baixo, de modo que as moças, com um mesmo instinto todas, receberam sua fala em silêncio. A srta. Furlong, que era uma das alunas de Mary Jane, perguntou à srta. Daly qual o nome da valsinha bonita que ela tinha tocado; e o sr. Browne, vendo-se ignorado, virou-se prontamente para os dois rapazes, que eram mais apreciativos.

Uma moça enrubescida, trajando amor-perfeito, entrou na sala, batendo palmas empolgada e gritando:

— Quadrilhas! Quadrilhas!

Nos calcanhares dela vinha tia Kate, gritando:

— Dois cavalheiros e três damas, Mary Jane!

— Ah, olha aqui o sr. Bergin e o sr. Kerrigan — disse

Mary Jane. — Sr. Kerrigan, o senhor dança com a srta. Power? Srta. Furlong, eu posso lhe arrumar um par, o sr. Bergin. Ah, assim fica certinho.

— Três damas, Mary Jane — disse tia Kate.

Os dois rapazes perguntaram às moças se elas lhes dariam o prazer, e Mary Jane virou-se para a srta. Daly.

— Ah, srta. Daly, a senhorita é tão boazinha, depois de tocar as duas últimas, mas é que hoje nós estamos tão mal providas de damas.

— Eu não me incomodo mesmo, srta. Morkan.

— Mas eu tenho um par perfeito para a senhorita, o sr. Bartell D'Arcy,* o tenor. Eu vou fazer ele cantar mais tarde. A cidade inteira está maluca por causa dele.

— Uma voz linda, linda! — disse tia Kate.

Como o piano já tinha começado duas vezes o prelúdio à primeira figura, Mary Jane conduziu velozmente seus recrutas para a sala. Eles mal acabavam de sair quando tia Julia foi entrando devagar na sala, olhando alguma coisa por sobre o ombro.

— O que foi, Julia? — perguntou Kate, tensa. — Quem é?

Julia, que trazia uma coluna de guardanapos, virou-se para a irmã e disse, simplesmente, como se a pergunta fosse uma surpresa:

— É só o Freddy, Kate, e o Gabriel com ele.

De fato logo atrás dela via-se Gabriel pilotando Freddy Malins pelo patamar. Este último, um homem de cerca de quarenta anos, era do tamanho e do porte de Gabriel, com ombros bem redondos. Seu rosto era carnudo e pálido, tocado de cor somente nos grossos lóbulos pendentes das orelhas e nas amplas abas das narinas. Tinha traços grosseiros, um nariz curto, uma testa convexa e reentrante, lábios túmidos e projetados. Os olhos de pesadas pálpebras e a desordem de seu cabelo ralo lhe davam um ar

* Mencionado também no *Ulysses*.

de sono. Ria animado em tom agudo de uma estória que vinha contando a Gabriel na escada e esfregava ao mesmo tempo os nós dos dedos do punho esquerdo para trás e para a frente no olho esquerdo.

— Boa noite, Freddy — disse tia Julia.

Freddy Malins deu boa-noite para as srtas. Morkan de um jeito que pareceu meio descuidado em razão de sua voz sempre embargada e aí, vendo que o sr. Browne sorria para ele do aparador, atravessou a sala com passo pouco firme e se pôs a repetir a meia-voz a estória que acabara de contar a Gabriel.

— Ele não está tão mal assim, não é? — disse tia Kate para Gabriel.

As sobrancelhas de Gabriel estavam pesadas, mas ele as ergueu rapidamente e respondeu:

— Ah, não, mal se percebe.

— Mas me diga se ele não é terrível! — ela disse. — E a coitada da mãe dele fez ele jurar na véspera do Ano-Novo. Mas vamos, Gabriel, vamos para a sala de estar.

Antes de sair da sala com Gabriel, ela fez um sinal para o sr. Browne, fechando o rosto e sacudindo o indicador de um lado para o outro, um aviso. O sr. Browne aquiesceu com a cabeça e, quando ela saiu, disse para Freddy Malins:

— Mas, então, Teddy, eu vou te servir um belo de um copo de limonada só para te dar uma sacudida.

Freddy Malins, que chegava ao clímax da estória, dispensou a oferta com um gesto, impaciente, porém o sr. Browne, depois de ter chamado a atenção de Freddy Malins para o estado de suas roupas, encheu um copo até a borda de limonada e entregou a ele. A mão esquerda de Freddy Malins aceitou o copo mecanicamente, estando a direita ocupada na mecânica correção de seus trajes. O sr. Browne, cujo rosto novamente se enrugava de alegria, serviu-se de um copo de uísque enquanto Freddy Malins explodia, nem bem chegado ao clímax da estória, numa espécie de risada estridente e bronquítica e, largando seu copo intocado e transbordante, começava a esfregar os nós dos dedos do punho esquerdo para trás e para a frente no olho esquerdo, repetindo palavras de sua última frase na medida em que lhe permitia o ataque de riso.

Gabriel não conseguia prestar atenção enquanto Mary Jane tocava sua peça de conservatório, cheia de escalas e trechos difíceis, para uma sala de estar reverente. Gostava de música mas para ele a peça que ela estava tocando não tinha melodia e ele duvidava que tivesse qualquer melodia para os outros ouvintes, embora tivessem implorado para Mary Jane tocar alguma coisa. Quatro rapazes, que ao som do piano tinham vindo da sala de refrescos para ficar parados à porta, saíram silenciosos depois de alguns minutos. As únicas pessoas que pareciam seguir a música eram a própria Mary Jane, mãos correndo pelas teclas ou delas erguidas nas pausas como as de uma sacerdotisa em momentânea imprecação, e tia Kate parada ao lado dela para virar as páginas.

Os olhos de Gabriel, irritados pelo piso, que brilhava de cera de abelhas sob o pesado candelabro, acabaram na parede acima do piano. Um quadro da cena do balcão de *Romeu e Julieta* ficava ali e ao lado dele um quadro dos dois príncipes mortos na Torre* que tia Julia tinha feito com lã vermelha, azul e marrom quando menina. Provavelmente na escola que frequentaram crianças elas tinham aprendido esse tipo de trabalho, porque uma vez a mãe dele fizera-lhe de presente de aniversário um colete de popelina roxa, com cabecinhas de raposa, forrado de cetim marrom, com botões redondos de amora. Era estranho a mãe dele não ter talento para a música embora a tia Kate sempre dissesse que era ela quem carregava os miolos da família Morkan. Tanto ela

* Do *Ricardo III*, de Shakespeare.

quanto Julia sempre pareceram sentir um pouco de orgulho da irmã séria e matronal. A fotografia dela ficava diante do espelho, entre as janelas. Ela estava com um livro aberto no colo e apontava nele alguma coisa para Constantine, que, vestido de marinheiro, estava aos pés dela. Foi ela quem escolheu os nomes dos filhos pois levava muito a sério a dignidade da vida em família. Graças a ela, Constantine era agora vigário-assistente em Balbriggan e, graças a ela, o próprio Gabriel tinha se formado na Royal University.* Uma sombra toldou-lhe o rosto quando lembrou a taciturna oposição da mãe a seu casamento. Certas palavras de desdém que ela empregara ardiam ainda em sua memória; ela uma vez dissera que Gretta era bonitinha só para uma moça do interior e isso não era verdade, não mesmo. Foi Gretta quem cuidou dela durante sua última longa doença na casa deles em Monkstown.

Ele sabia que Mary Jane devia estar chegando ao fim da peça, pois estava tocando de novo a melodia da abertura com escalas depois de cada compasso, e enquanto esperava o fim o ressentimento ia morrendo em seu peito. A peça terminou num trinado de oitavas na mão direita e uma funda oitava final nos baixos. Uma grande salva de palmas saudava Mary Jane enquanto, corando e enrolando nervosa a partitura, ela escapava da sala. Os aplausos mais vigorosos vieram dos quatro rapazes parados à porta, que tinham saído para a sala de refrescos no começo da peça mas voltado quando o piano parou.

Prepararam-se os lanceiros.** Gabriel se viu de par com a srta. Ivors. Era uma mocinha de modos diretos e bem falante, com um rosto coberto de sardas e proeminentes olhos castanhos. Não estava com um corpete decotado, e

* Que não era exatamente uma universidade, mas aplicava provas para conceder diplomas.

** Um tipo de quadrilha, com quatro casais.

o grande broche que trazia preso à parte da frente de seu colarinho tinha um emblema irlandês e um lema gaélico.

Quando assumiram seus lugares, ela disse abruptamente:

— Eu tenho que passar uma coisinha a limpo com o senhor.

— Comigo? — disse Gabriel.

Ela aquiesceu com seriedade.

— E o que é? — perguntou Gabriel, sorrindo dos modos solenes dela.

— Quem é G. C.? — respondeu a srta. Ivors, voltando os olhos para ele.

Gabriel enrubesceu e estava prestes a fechar o rosto, como quem não entendeu, quando ela disse rispidamente:

— Ah, coitadinha da Mariazinha, tão inocente! Eu descobri que o senhor escreve para *The Daily Express*. Ora, mas o senhor não tem vergonha?

— E por que eu deveria ter vergonha disso? — perguntou Gabriel, piscando os olhos e tentando sorrir.

— Bom, eu estou com vergonha do senhor — disse a srta. Ivors com franqueza. — Quem diria que o senhor ia escrever para um jornal desses. Eu não achava que o senhor fosse anglófilo.

Uma expressão de perplexidade surgiu no rosto de Gabriel. Era verdade que ele escrevia uma coluna literária toda quarta no *Daily Express*, que lhe rendia quinze xelins. Mas com certeza isso não o transformava em anglófilo. Os livros que recebia para resenhar eram quase mais bem-vindos que o chequezinho miserável. Adorava passar a mão pelas capas e ir virando as páginas de livros recém-impressos. Quase todo dia quando suas aulas na universidade acabavam ele seguia pelo cais até os vendedores de livros usados, o Hickey na Bachelor's Walk, o Webb ou o Massey no Aston's Quay, ou o O'Clohissey na travessa. Ele não sabia como responder à acusação dela. Queria dizer que a literatura estava acima da política. Mas eram amigos de longa data e suas carreiras tinham sido paralelas, primeiro na universidade* e depois como professores: não podia arriscar uma frase de efeito com ela. Continuava piscando os olhos e tentando sorrir e murmurou inocuamente que não via o que houvesse de política no ato de resenhar livros.

Quando chegou a vez de trocarem ele ainda estava pasmado e desligado. A srta. Ivors prontamente segurou a mão dele em sua palma quente e disse num tom calmo e amistoso:

— É claro que eu estava só brincando. Vem, agora a gente troca.

Quando estavam novamente juntos ela falou da questão universitária** e Gabriel se sentiu mais à vontade. Uma amiga dela lhe havia mostrado a resenha que ele fizera dos poemas de Browning. Foi assim que ela descobriu o segredo: mas ela gostou demais da resenha. Então ela disse repentinamente:

— Ah, sr. Conroy, o senhor iria numa excursão para as ilhas Aran*** no verão? Nós vamos ficar lá um mês inteiro. Vai ser esplêndido, lá no Atlântico. O senhor devia ir conosco. O sr. Clancy vai, e o sr. Kilkelly e a Kathleen Kearney.**** Seria esplêndido para a Gretta também se ela fosse. Ela é de Connacht,***** não é?

— A família dela — disse Gabriel brevemente.

— Mas o senhor vai conosco, não vai? — disse a srta. Ivors, pondo a mão quente, ansiosamente, no braço dele.

* Não na mesma universidade, ela teria estudado numa instituição "para moças".

** O problema de fornecer um estudo universitário de qualidade aos irlandeses, dentro de moldes nacionais e católicos.

*** Na costa oeste da Irlanda, reduto nesse momento de uma cultura atrasadíssima ou, do ponto de vista dos nacionalistas, "tradicional", que precisava ser resgatada.

**** A pianista de "Uma mãe".

***** Província do oeste, origem de Nora Joyce.

— A questão — disse Gabriel — é que eu acabei de marcar uma viagem...

— Mas para onde? — perguntou a srta. Ivors.

— Bom, nós normalmente vamos para a França ou para a Bélgica ou quem sabe a Alemanha — disse Gabriel, sem jeito.

— E por que vocês vão à França e à Bélgica — disse a srta. Ivors — em vez de visitar a sua própria terra?

— Bom — disse Gabriel —, um pouco para não perder contato com os idiomas e um pouco pela mudança de ares.

— E o senhor não tem que manter contato com o seu próprio idioma — o gaélico? — perguntou a srta. Ivors.

— Bom — disse Gabriel —, a bem da verdade, sabe, o gaélico não é a minha língua.

Os vizinhos deles tinham se virado para ouvir o interrogatório. Gabriel espiava nervoso à direita e à esquerda e tentava manter o bom humor durante aquele suplício, que fazia com que um rubor lhe tomasse a testa.

— E o senhor não tem que visitar a sua própria terra — continuava a srta. Ivors — que o senhor mal conhece, ou o seu próprio povo, e o seu próprio país?

— Ah, para ser sincero — retorquiu Gabriel subitamente — eu estou cheio do meu país, cheio!

— Por quê? — perguntou a srta. Ivors.

Gabriel não respondeu, pois estava fervendo depois da reação que tivera.

— Por quê? — repetiu a srta. Ivors.

Eles tinham que se aproximar juntos dos outros pares e, como ele não lhe dera uma resposta, a srta. Ivors disse afetuosamente:

— É claro que o senhor não tem resposta.

Gabriel tentou disfarçar sua agitação entregando-se à dança com muita energia. Evitava o olhar dela, pois tinha visto em seu rosto uma expressão amarga. Mas quando se encontraram na grande corrente ele ficou surpreso ao sentir que ela apertava sua mão com vigor. Ela olhou para ele por sob as sobrancelhas por um momento, estranhamente, até ele sorrir. Aí, bem quando a corrente estava prestes a recomeçar, ela se pôs na ponta dos pés e sussurrou no ouvido dele:

— Anglófilo!

Quando acabaram os lanceiros Gabriel se recolheu a um canto afastado da sala onde estava sentada a mãe de Freddy Malins. Era uma velha corpulenta, frágil, de cabelos brancos. Sua voz era embargada como a do filho e ela gaguejava um pouco. Tinham-lhe dito que Freddy tinha chegado e que ele estava quase bem. Gabriel lhe perguntou se tinha feito boa travessia. Ela morava com a filha casada em Glasgow e visitava Dublin uma vez por ano. Respondeu placidamente que a travessia tinha sido linda e que o capitão fora muito atencioso com ela. Falou também da linda casa da filha em Glasgow, e de todos os amigos que tinham por lá. Enquanto a língua dela seguia aos trambolhões Gabriel tentava banir de sua mente toda e qualquer lembrança do desagradável incidente com a srta. Ivors. Claro que a moça, ou mulher, ou fosse lá ela o que fosse, era uma entusiasta, mas tudo tinha seu tempo. Talvez ele não devesse ter respondido daquele jeito. Mas ela não tinha direito de chamá-lo de anglófilo na frente dos outros, nem de brincadeira. Tinha tentado fazê-lo passar ridículo na frente dos outros, com aquela inquisição e com aquele olhar de coelhinho.

Viu a esposa abrindo caminho até ele por entre os casais que valsavam. Quando chegou até ele ela lhe disse no ouvido:

— Gabriel, a tia Kate quer saber se você podia trinchar o ganso como sempre. A srta. Daly vai cortar o presunto e eu sirvo a sobremesa.

— Tudo bem — disse Gabriel.

— Ela vai mandar os mais novos assim que essa valsa acabar, para nós podermos ficar com a mesa só para nós.

— Você estava dançando? — perguntou Gabriel.

— Claro que estava. Você não me viu? Que discussão você teve com a Molly Ivors?

— Discussão nenhuma. Por quê? Foi ela quem disse?

— Mais ou menos. Eu estou tentando convencer o sr. D'Arcy a cantar. Ele é todo cheio de si, parece.

— Não houve discussão — disse Gabriel contrariado —, foi só que ela queria que eu fosse numa viagem para o oeste da Irlanda e eu disse que não ia.

A esposa dele cerrou as mãos empolgada e deu um pulinho.

— Ah, aceita, Gabriel — ela gritou. — Eu ia adorar ver Galway de novo.

— Pode ir, se quiser — disse Gabriel friamente.

Ela ficou um momento olhando para ele, então se virou para a sra. Malins e disse:

— Isso é que é um bom marido, não é mesmo, sra. Malins?

Enquanto ela retraçava seus passos pela sala a sra. Malins, sem se dar conta da interrupção, continuou falando a Gabriel dos lindos lugares que havia na Escócia e das lindas paisagens. O genro dela levava todos, todo ano, para os lagos e eles iam pescar. O genro dela era um pescador esplêndido. Um dia ele pegou um peixão lindo e o homem do hotel preparou o peixe para o jantar deles.

Gabriel mal ouvia o que ela dizia. Agora que estava chegando a hora da ceia ele começou a pensar de novo em seu discurso e na citação. Quando viu Freddy Malins atravessando a sala para ver a mãe Gabriel deixou a cadeira livre para ele e se retirou para o vão da janela. A sala já tinha esvaziado e da sala dos fundos vinha o tinir de pratos e facas. Os que ainda restavam na sala de estar pareciam cansados de dançar e conversavam tranquilos em pequenos grupos. Os dedos quentes e trêmulos de Gabriel batucavam no vidro frio. Como deve estar fresco lá fora! Como seria agradável sair sozinho para uma caminhada, primeiro ao longo do rio e depois cruzando o parque!* A neve estaria pousada nos ramos das árvores e formaria um claro capuz sobre o monumento de Wellington. Como seria mais agradável estar lá que à mesa da ceia! Ele reviu os tópicos de seu discurso: a hospitalidade irlandesa, lembranças tristes, as Três Graças, Páris, a citação de Browning. Repetiu em voz baixa uma frase que tinha escrito na resenha: *Sentimos estar ouvindo uma música assombrada por ideias.* A srta. Ivors elogiara a resenha. Mas será que fora sincera? Será que tinha vida própria, além daquele propagandismo todo? Nunca houvera qualquer rancor entre eles até aquela noite. Ele desanimava ao lembrar que ela estaria à mesa da ceia, com os olhos erguidos para ele, enquanto ele falasse, com aqueles olhos interrogativos e críticos. Talvez ela não lamentasse vê-lo fracassar no discurso. Uma ideia lhe veio à mente e lhe deu coragem. Diria, numa alusão a tia Kate e a tia Julia: *Senhoras e senhores, a geração que ora se recolhe diante de nós terá tido seus defeitos, mas de minha parte penso que teve certas qualidades de hospitalidade, de humor, de humanidade, que a geração mais nova, extremamente séria e hipereducada que está crescendo a nossa volta parece não ter.* Muito bom: essa ia acertar a srta. Ivors. Pouco se lhe dava que suas tias fossem somente duas velhinhas ignorantes.

Um burburinho na sala atraiu sua atenção. O sr. Browne vinha da porta, escoltando galante tia Julia, que se apoiava no braço dele, sorrindo com a cabeça de lado. Uma rajada irregular de aplausos também a escoltou até o piano e então, enquanto Mary Jane se sentava no banquinho e tia Julia, sem mais sorrisos, virava-se um pouco de modo a colocar a voz adequadamente na sala, aos poucos cessou. Gabriel reconheceu o prelúdio. Era uma das velhas canções de tia Julia — "Arrayed for the bridal".** Sua

* O Phoenix Park, a menos de um quilômetro dali.

** Versão inglesa da canção "Cinta di Rose", da ópera *I puritani* voz, de timbre forte e límpido, atacava com grande ímpeto os ornamentos que enfeitam a ária, e embora cantasse muito rápido ela não perdia nem a menor das apojaturas. Acompanhar a voz, sem olhar para o rosto da cantora, era sentir e participar do frenesi de um voo veloz e calmo. Gabriel aplaudiu bem alto com todos os outros ao fim da canção, e da invisível mesa da ceia veio um forte aplauso. Aquilo parecia tão sincero que um leve rubor conquistou um pouco do rosto de tia Julia enquanto ela se curvava para recolocar na estante de partituras o velho cancioneiro cuja capa de couro ostentava suas iniciais. Freddy Malins, que tinha ouvido com a cabeça posta de lado para escutar melhor, ainda aplaudia quando todos tinham já parado e falava animado com a mãe, que aquiescia solene e lentamente com a cabeça. Finalmente, quando não conseguia mais aplaudir, ele se levantou de um salto e atravessou correndo a sala para agarrar a mão de tia Julia e segurá-la entre as suas, sacudindo a mão dela quando lhe faltavam as palavras ou sua voz se embargava demais.

— Eu estava agorinha mesmo dizendo para a minha mãe — ele disse — que nunca ouvi a senhora cantar tão bem assim, nunca. Não, eu nunca vi a sua voz tão bem quanto hoje. Ora! Ora, dá pra senhora acreditar? Mas é verdade. Juro por tudo que me é mais caro que é verdade. Eu nunca vi a sua voz tão fresca e tão... tão clara e tão fresca, nunca.

Tia Julia sorriu largo e murmurou algo a respeito de elogios enquanto libertava a mão do aperto das dele. O sr. Browne estendeu sua mão aberta na direção dela e disse aos que estavam perto, à maneira de um empresário que apresenta um prodígio para o público:

— A srta. Julia Morkan, minha mais recente descoberta!

(1835), de Vincenzo Bellini (1801-35). O título, literalmente, seria "Enfeitada para as núpcias".

Ele ria desbragadamente, sozinho, quando Freddy Malins se virou para ele e disse:

— Pois, Browne, se você está falando sério eu te digo que você podia descobrir coisa bem pior. Eu só posso dizer que nunca vi ela cantar tão bem nesse tempo todo que eu venho aqui, nem de longe. E isso é verdade verdadeira.

— Nem eu — disse o sr. Browne. — Acho que a voz dela melhorou sobremaneira.

Tia Julia deu de ombros e disse com orgulho manso:

— Trinta anos atrás até que a minha voz não era de se jogar fora.

— Eu vivia dizendo para a Julia — disse tia Kate enfaticamente — que ela era simplesmente um desperdício naquele coro. Mas ela nunca me dava ouvidos.

Ela se virou como quem apela para o bom senso dos outros contra uma criança refratária, enquanto tia Julia olhava fixamente adiante, com um vago sorriso de reminiscências brincando no rosto.

— Não — continuava tia Kate —, ela não dava ouvidos e não seguia ninguém, labutando lá naquele coro noite e dia, noite e dia. Seis da manhã no dia do Natal! E tudo em nome de quê?

— Bom, não seria em nome de Deus, tia Kate? — perguntou Mary Jane, girando no banquinho do piano e sorrindo.

Tia Kate voltou-se furiosa para a sobrinha e disse:

— Eu sei muito bem disso do nome de Deus, Mary Jane, mas acho que não fica nada bem para o nome do papa ele expulsar as mulheres dos coros quando elas labutaram lá a vida inteira* e colocar uns pirralhinhos que

* Na epístola *Inter sollicitudines*, Pio x argumentava que como as mulheres não eram “capazes” de realizar ofícios litúrgicos, também não poderiam cantar durante o rito. O papa publicou esse documento no dia 22 de novembro de 1903, dia de Santa Cecília, a padroeira dos músicos, homens ou mulheres. A refe-

mal saíram dos cueiros no lugar delas. Imagino que é pelo bem da Igreja, se é o papa que faz. Mas só que não é justo, Mary Jane, e não é certo.

Ela se deixara empolgar e teria continuado em defesa da irmã, pois era um tema que a incomodava, mas Mary Jane, vendo que todos os dançarinos tinham voltado, interveio pacificamente.

— Ora, tia Kate, a senhora está dando corda para o sr. Browne, que é da outra confissão.

Tia Kate se virou para o sr. Browne, que sorria dessa alusão a sua religião, e disse apressada:

— Ah, eu não vou questionar se o papa está certo. Eu sou só uma velha estúpida e não ia me meter a fazer uma coisa dessas. Mas é que tem coisas que são simplesmente questão de educação e de gratidão. E se fosse eu no lugar da Julia eu ia dizer bem na cara do padre Healey...

— E além disso, tia Kate — disse Mary Jane —, está todo mundo com fome, e quando as pessoas ficam com fome elas ficam briguentas demais.

— E com sede elas também ficam briguentas — acrescentou o sr. Browne.

— Então era melhor ir todo mundo para a ceia — disse Mary Jane — e depois nós terminamos a discussão.

No patamar diante da sala de estar Gabriel encontrou sua esposa e Mary Jane tentando convencer a srta. Ivors a ficar para a ceia. Mas a srta. Ivors, que tinha posto o chapéu e estava abotoando a capa, não ia ficar. Ela não estava com a menor fome e já tinha ficado mais tempo do que devia.

— Mas só dez minutos, Molly — disse a sra. Conroy. — Isso não há de te atrasar.

— Nem que seja uma boquinha — disse Mary Jane —, depois de tudo que você dançou.

---

rência a esse texto, somada ao fato de que, no *Ulysses*, Stephen lembra de sua madrinha Kate Morkan cuidando da irmã "moribunda", sugere que estamos, aqui, em 1904.

— Eu não posso mesmo — disse a srta. Ivors.

— Eu já estou achando que você nem se divertiu — disse Mary Jane perdendo as esperanças.

— Demais, isso eu garanto — disse a srta. Ivors —, mas vocês precisam mesmo me deixar zarpar agora.

— Mas como é que você vai chegar em casa? — perguntou a sra. Conroy.

— Ah, fica logo ali na esquina.

Gabriel hesitou um momento e disse:

— Com sua permissão, srta. Ivors, eu a acompanho até sua casa se a senhorita realmente precisa ir.

Mas a srta. Ivors se afastou deles.

— Nem pensar — ela exclamou. — Pelo amor de Deus, vocês vão para essa ceia e não se incomodem comigo. Eu sei muito bem me cuidar sozinha.

— Aiaiai, mas você é um azougue, Molly — disse a sra. Conroy com franqueza.

— *Beannacht libh** — exclamou a srta. Ivors, com uma risada, descendo a escada.

Mary Jane ficou olhando para ela, com uma expressão intrigada e contrariada no rosto, enquanto a sra. Conroy se inclinava por sobre a balaustrada para ouvir a porta da entrada. Gabriel se perguntava se era ele o motivo daquela partida abrupta. Mas ela não parecia estar de mau humor: foi embora rindo. Ele ficou olhando à toa escada abaixo.

Naquele momento tia Kate veio titubeante da sala de jantar, quase torcendo as mãos de desespero.

— Cadê o Gabriel? — ela exclamou. — Onde foi que o Gabriel se meteu? Está todo mundo esperando lá, palco aberto, e ninguém para trinchar o ganso!

— Eu estou aqui, tia Kate! — gritou Gabriel, subitamente animado, pronto para trinchar um bando de gansos, se necessário.

* Irlandês: "uma bênção para você", empregado como despedida. A pronúncia seria *bânaht liv.*

Um ganso gordo e pardo jazia a um canto da mesa, e no outro, sobre leito de papel vincado ornado de ramos de salsa, jazia um grande pernil, despido de sua pele externa e salpicado de migalhas de pão, um belo babado de papel à roda do osso, e ao lado dele, um corte de carne temperada. Entre essas extremidades rivais passavam paralelas duas linhas de guarnições: dois pequenos monastérios de geleia, vermelho, amarelo; um prato raso pleno de blocos de manjar branco e compota vermelha, um grande prato verde em forma de folha com cabo moldado em formato de talo, no qual havia montes de passas roxas e amêndoas descascadas, um prato do mesmo conjunto no qual havia um sólido retângulo de figos de Esmirna, um prato de creme coberto de noz-moscada ralada, uma tigela pequena cheia de chocolates e doces embrulhados em papéis ouro e prata e um vaso de vidro de que se eriçavam talos altos de aipo. No centro da mesa estavam, como sentinelas de uma fruteira que sustentava uma pirâmide de laranjas e maçãs americanas, dois antiquados decantadores atarracados de vidro jateado, um contendo porto e outro, xerez escuro. No piano de armário fechado um pudim num imenso prato amarelo estava à espera, e atrás dele havia três batalhões de garrafas de cerveja preta e clara e de água mineral, alinhados segundo as cores de seus uniformes, negros os dos dois primeiros, com rótulos marrons e vermelhos, branco o do terceiro e menor batalhão, com faixas verdes atravessadas.

Gabriel ocupou decidido seu lugar à cabeceira da mesa e, com uma olhada para o fio da faca, meteu o garfo com firmeza no ganso. Sentia-se agora bem à vontade, pois era um trinchador de primeira e adorava se ver à cabeceira de uma mesa bem servida.

— Srta. Furlong, qual é o seu pedido? — ele perguntou. — Uma asa ou uma fatia de peito?

— Só uma fatiazinha de peito.

— Srta. Higgins, e o seu?

— Ah, qualquer coisa, sr. Conroy.

Enquanto Gabriel e a srta. Daly trocavam pratos de ganso e pratos de pernil e carne temperada, Lily ia de convidado em convidado com um prato de batatas inglesas quentes, envolto em guardanapo branco. Isso tinha sido ideia de Mary Jane e ela também tinha sugerido um molho de maçã para o ganso, mas tia Kate disse que um bom gansinho assado sem nada de molho de maçã tinha sempre estado ótimo para ela e que ela esperava não ter que comer coisa pior. Mary Jane dava atenção a seus alunos e garantia que recebessem as melhores fatias, e tia Kate e tia Julia abriam e traziam do piano garrafas de cerveja preta e clara para os cavalheiros e de água mineral para as senhoras. Era muita confusão, muito riso e ruído, ruído de pedidos e contrapedidos, de facas e garfos, de rolhas e tampas de decantadores. Gabriel começou a trinchar o segundo prato dos comensais assim que terminou a primeira rodada, sem se servir. Protestaram todos em alto e bom som, de modo que ele condescendeu tomando um belo gole de cerveja preta, pois trinchar tinha lhe dado calor. Mary Jane se acomodou quieta para sua ceia. Mas tia Kate e tia Julia ainda titubeavam em volta da mesa, pisando uma nos pés da outra, ficando uma no caminho da outra e dando uma à outra suas ordens desconsideradas. O sr. Browne implorou que elas sentassem e comessem e Gabriel também, mas elas disseram que não havia pressa, de modo que, finalmente, Freddy Malins se levantou e, capturando tia Kate, acomodou-a na cadeira entre risos generalizados.

Quando todos tinham sido bem servidos Gabriel disse, sorrindo:

— Agora, se alguém quiser mais um pouquinho do que as pessoas vulgares chamam de recheio, que fale ou cale-se para sempre.

Um coro de vozes o incitou a começar sua própria ceia, e Lily surgiu com três batatas que havia reservado para ele.

— Pois bem — disse Gabriel afetuosamente, enquanto tomava mais um gole preparatório —, tenham então a bondade de esquecer que eu existo, senhoras e senhores, por alguns minutos.

Ele se concentrou na ceia e não participou da conversa com que a mesa cobriu a retirada dos pratos efetuada por Lily. O tema era a companhia de ópera que estava então no Theatre Royal. O sr. Bartell D'Arcy, o tenor, um rapaz de compleição escura com um bigodinho elegante, elogiou empolgadamente a primeira contralto da companhia, mas a srta. Furlong achava que ela tinha um estilo de produção bem vulgar. Freddy Malins disse que havia um chefe negro cantando na segunda parte da pantomima do Gaiety* que era uma das melhores vozes de tenor que ele já ouvira.

— O senhor já ouviu ele cantar? — ele perguntou a Bartell D'Arcy do outro lado da mesa.

— Não — respondeu o sr. Bartell D'Arcy levianamente.

— Porque — Freddy Malins explicou — agora eu ia querer saber a sua opinião sobre ele. Eu acho que ele tem uma voz maravilhosa.

— Só o Teddy para descobrir as coisas boas de verdade — disse o sr. Browne com familiaridade para a mesa.

— Mas e por que é que ele não podia ter uma voz boa? — perguntou Freddy Malins rispidamente. — Só porque ele é preto?

Ninguém respondeu essa pergunta e Mary Jane conduziu a mesa de volta à ópera legítima. Uma de suas alunas lhe dera uma entrada para *Mignon*.** Lógico que era muito bonito, ela disse, mas ela acabou foi pensando na

* No dia 16 de junho de 1904, na realidade e no *Ulysses*, o americano Eugene Stratton, maquiado como negro, esteve em Dublin, mas no Theatre Royal, não no Gaiety.

** Ópera (1886) de Ambroise Thomas (1811-96) baseada na personagem homônima do *Wilhelm Meister*, de Goethe.

coitada da Georgina Burns.* O sr. Browne podia ir ainda mais longe, até as antigas companhias italianas que vinham a Dublin — Tietjens, Ilma de Murzka, Campanini, o grande Trebelli, Giuglini, Ravelli, Aramburo.** Bons tempos, ele disse, quando havia canto de verdade em Dublin. Ele contou também como as torrinhas do antigo Royal*** viviam cheias, toda noite, e como uma noite um cantor italiano deu bis cinco vezes com a ária "Let me like a soldier fall",**** colocando um dó de peito todas as vezes, e como os rapazes das galerias às vezes de tão entusiasmados soltavam os cavalos da carruagem de alguma grande prima-dona e puxavam eles mesmos a cantora pela rua até o hotel. Por que eles nunca mais levaram as grandes óperas de antigamente, ele perguntou, *Dinorah*, *Lucrezia Borgia*?***** Porque não arranjavam mais as vozes para cantar: era por isso.

— Pois muito bem — disse o sr. Bartell D'Arcy —, na minha modesta opinião hoje há tantos cantores bons quanto antigamente.

— E onde é que eles estão? — perguntou o sr. Browne, desafiador.

— Em Londres, Paris, Milão — disse o sr. Bartell D'Arcy animadamente. — Na minha modesta opinião,

* Soprano conhecida pelo papel de Mignon, cujo marido morrera em abril de 1903. Trata-se de outro indício de que a ação do conto se dá em 1904, portanto.

** Todos conhecidos cantores líricos; todos mortos nesse momento.

*** Que pegou fogo em 1880 e foi substituído pelo "novo" Theatre Royal.

**** Da ópera *Maritana*, de Wallace.

***** *Dinorah* ou *Le Pardon de Poërmel* (1859), ópera de Giacomo Meyerbeer (1791-1864); *Lucrezia Borgia* (1833), ópera de Gaetano Donizetti (1797-1848).

Caruso,* por exemplo, é tão bom quanto qualquer um dos que o senhor mencionou, se não for melhor.

— Pode até ser — disse o sr. Browne. — Mas eu devo lhe dizer que duvido muito.

— Ah, eu daria tudo para ouvir Caruso cantar — disse Mary Jane.

— Para mim — disse tia Kate, que tinha terminado de roer seu osso — só existiu um tenor. Para o meu gosto, quer dizer. Mas eu acho que ninguém aqui ouviu falar dele.

— E quem era, srta. Morkan? — perguntou Bartell D'Arcy educadamente.

— O nome dele — disse tia Kate — era Parkinson. Eu ouvi ele cantar quando ele estava no auge e acho que tinha a voz de tenor mais pura que Deus já deu a um homem.

— Estranho — disse o sr. Bartell D'Arcy. — Eu nunca ouvi falar dele.

— Isso mesmo, a srta. Morkan tem razão — disse o sr. Browne. Eu lembro de ouvir o velho Parkinson, mas ele é antigo demais para mim.

— Um tenor inglês lindo, puro, doce, suave — disse tia Kate entusiasmada.

Como Gabriel tinha terminado, o imenso pudim foi transferido para a mesa. Começou novamente o tinir de garfos e colheres. A esposa de Gabriel servia colheradas do pudim e os pratos iam passando pela mesa. A meio caminho eram detidos por Mary Jane, que os completava com geleia de framboesa ou de laranja ou manjar branco e compota. O pudim era de tia Julia, que recebeu elogios por ele, de todos os cantos. Já ela própria disse que não estava bem marrom.

— Bom, srta. Morkan — disse o sr. Browne —, toma-

* Enrico Caruso (1874-1921), que estava apenas começando a ser conhecido fora do mundo da ópera.

ra que eu esteja bem marrom na sua opinião porque, sabe como é, eu me chamo *brown*, não é mesmo?

Todos os cavalheiros, exceto Gabriel, comeram um pouco de pudim para agradar tia Julia. Como Gabriel nunca comia doce tinham deixado o aipo para ele. Freddy Malins também pegou um talo de aipo e comeu com o pudim. Tinham-lhe dito que aipo era fenomenal para o sangue e ele estava em tratamento médico. A sra. Malins, que ficara toda a ceia calada, disse que o filho estava indo para Mount Melleray dentro de mais ou menos uma semana. A mesa então falou de Mount Melleray, de como era revigorante o ar de lá, de como eram hospitaleiros os monges e de como nunca pediam um tostão aos hóspedes.

— Mas então quer dizer — perguntou o sr. Browne incredulamente — que o camarada pode ir para lá e se acomodar como se fosse um hotel e viver à grande e aí se mandar sem pagar nadinha?

— Ah, quase todo mundo faz alguma doação para o monastério quando sai — disse Mary Jane.

— Bom seria se a gente tivesse uma instituição dessas na nossa igreja — disse o sr. Browne candidamente.

Ele ficou chocado ao saber que os monges nunca falavam, que se levantavam às duas da manhã e dormiam cada um em seu caixão. Perguntou por que eles faziam uma coisa dessas.

— É a regra da ordem — disse tia Kate com firmeza.

— Tudo bem, mas por quê? — perguntou o sr. Browne.

Tia Kate repetiu que era a regra, e pronto. O sr. Browne ainda parecia não entender. Freddy Malins explicou, o melhor que pôde, que os monges estavam tentando compensar os pecados cometidos por todos os pecadores do mundo lá fora. A explicação não foi muito clara, pois o sr. Browne sorriu amarelo e disse:

— Eu acho ótima a ideia, mas será que uma cama de molas bem macia não ia ser tão boa quanto um caixão?

— O caixão — disse Mary Jane — é para eles se lembrarem do seu fim definitivo.

Como o tema tinha se tornado lúgubre, foi enterrado num silêncio da mesa, durante o qual pôde-se ouvir a sra. Malins dizendo a sua vizinha numa meia-voz indistinta:

— São umas pessoas ótimas, esses monges, uns homens muito pios.

Passavam-se agora as amêndoas e figos, maçãs e laranjas, chocolates e docinhos pela mesa, e tia Julia convidou todos a tomar fosse um porto ou um xerez. De início o sr. Bartell D'Arcy se recusou a aceitar qualquer dos dois, mas um de seus vizinhos lhe deu um cutucão com o cotovelo e sussurrou-lhe alguma coisa, quando então ele deixou que lhe enchessem o copo. Gradualmente enquanto enchiam-se os últimos copos cessou a conversa. Seguiu-se uma pausa, rompida apenas pelo ruído do vinho e das cadeiras remexidas. As srtas. Morkan, todas as três, mantinham os olhos na toalha. Alguém tossiu uma ou duas vezes e então alguns cavalheiros deram poucas pancadinhas na mesa pedindo silêncio. Veio o silêncio e Gabriel afastou sua cadeira e se ergueu.

As pancadinhas ficaram imediatamente mais altas para encorajá-lo e logo cessaram. Gabriel apoiou seus dez dedos trêmulos na toalha e sorriu nervoso para o grupo. Encontrando uma fileira de rostos erguidos ele olhou para o candelabro. O piano tocava uma valsinha e ele podia ouvir as saias roçando a porta da sala de estar. Havia, talvez, gente parada na neve no cais lá fora, olhando para as janelas iluminadas lá no alto e ouvindo aquela valsa tocar. O ar lá era puro. À distância ficava o parque, onde as árvores restavam pesadas de neve. O monumento de Wellington trajava um reluzente gorro de neve, que cintilava para o oeste sobre os alvos campos de Fifteen Acres.* Ele começou:

* Grande campo aberto no Phoenix Park, local de frequentes exibições militares.

— Senhoras e senhores,

"Coube-me nesta noite, como em anos anteriores, uma tarefa muito agradável, mas a cuja altura receio não chegue minha capacidade de orador."

— Ora, ora! — disse o sr. Browne.

— Mas, seja como for, hoje só posso pedir-lhes que tomem a intenção pelo ato, e que me concedam sua atenção por alguns momentos enquanto tento verter em palavras meus sentimentos nesta ocasião.

"Senhoras e senhores, não é a primeira vez que nos reunimos sob este teto hospitaleiro, em torno desta mesa hospitaleira. Não é a primeira vez que somos o alvo — ou talvez fosse melhor dizer, as vítimas — da hospitalidade de umas certas senhoras."

Ele fez um círculo no ar com o braço e se deteve. Todos riram ou sorriram para tia Kate e tia Julia e Mary Jane, que ficaram todas carmesim de prazer. Gabriel prosseguiu, mais empolgado:

— A cada ano que passa fica mais forte em mim a sensação de que nosso país não tem tradição que o honre tanto e pela qual devesse zelar tão cuidadosamente quanto a de sua hospitalidade. Trata-se até onde me tenha sido dado ver (e já visitei não poucos lugares no exterior) de uma tradição singular entre as nações modernas. Alguns diriam, talvez, que entre nós isso é mais um defeito que algo de que nos gabarmos. Mas mesmo que se aceite isso, trata-se, em minha opinião, de um defeito principesco, e um defeito que espero que ainda cultivemos por muito tempo. De uma coisa, ao menos, estou certo. Enquanto este teto abrigar aquelas supracitadas senhoras — e desejo do fundo de meu coração que ainda as abrigue por muitos e muitos anos vindouros — a tradição da legítima, alegre e cortês hospitalidade irlandesa, que nossos antepassados nos legaram e que devemos legar a nossos descendentes, vive ainda entre nós.

Um afetuoso murmúrio aquiescente correu pela mesa. Atravessou a mente de Gabriel a ideia de que a srta. Ivors não estava lá e que tinha ido embora de maneira descortês: e disse cheio de autoconfiança:

— Senhoras e senhores,

"Uma nova geração cresce entre nós, uma geração movida por novas ideias e princípios novos. Ela trata tais ideias com seriedade e entusiasmo e seu entusiasmo, mesmo quando equivocado, acredito, é basicamente sincero. Mas vivemos em tempos céticos e, se posso usar esta expressão, assombrados por ideias: e por vezes temo que esta nova geração, educada ou hipereducada como seja, não terá aquelas qualidades de humanidade, de hospitalidade e de um humor gentil que pertenciam a uma era mais antiga. Ouvindo nesta noite os nomes de todos aqueles grandes cantores do passado, pareceu-me, devo confessar, que estamos vivendo em um período menos espaçoso. Aqueles tempos podem, sem exagero, ser ditos tempos espaçosos: e se desapareceram da memória,* esperemos, pelo menos, que em reuniões como esta falemos ainda deles com orgulho e com carinho, que ainda guardemos no peito a lembrança dos grandes que se foram, cuja fama o mundo não deixará morrer impunemente."

— Deveras! — disse alto o sr. Browne.

— Entretanto — continuou Gabriel, com a voz caindo numa inflexão mais calma — há sempre em encontros como este pensamentos mais tristes que nos hão de ocorrer; do passado, da juventude, das mudanças, dos rostos ausentes cuja falta ora sentimos. Nosso caminho pela vida é coberto de lembranças tristes como essas: e se acaso vivêssemos a remoê-las não encontraríamos o ânimo para seguir bravamente na lida entre os vivos. Temos, todos, deveres na vida e afetos na vida que exigem, e de pleno direito o exigem, nossos mais incansáveis esforços.

* No original, "*gone beyond recall*", que evoca bem diretamente um verso de "Love's old sweet song", canção central para o enredo de *Ulysses*.

"Portanto, não vou me deter no passado. Não vou permitir que um tom moralizante e sombrio invada esta noite. Cá estamos nós, reunidos por um breve instante, longe da azáfama e do tropel de nossos afazeres diários. Aqui nos encontramos como amigos, num espírito de companheirismo, como colegas, também, em certa medida, no verdadeiro espírito de *camaraderie*,* e como convidados das — que nome lhes hei de dar? —, das Três Graças do mundo musical de Dublin."

A mesa explodiu em aplausos e risadas diante dessa tirada. Tia Julia pediu primeiro ao vizinho de um lado e depois ao do outro que lhe dissesse o que Gabriel tinha falado.

— Ele disse que nós somos as Três Graças, tia Julia — disse Mary Jane.

Tia Julia não entendeu, mas ergueu os olhos, sorrindo para Gabriel, que continuou na mesma veia:

— Senhoras e senhores,

"Não vou tentar assumir hoje o papel que foi de Páris em outra ocasião. Não vou tentar escolher entre elas. Tal tarefa seria desagradável e estaria além de minhas capacidades. Pois quando as considero individualmente, seja nossa anfitriã principal, cujo bom coração, cujo coração até bom demais, é algo com que podem contar todos que a conhecem; seja sua irmã, que parece dotada da eterna juventude e cuja voz há de ter sido uma surpresa e uma revelação para todos nós na noite de hoje; seja, e não ousemos esquecê-la, quando considero nossa mais jovem anfitriã, talentosa, animada, trabalhadora e a melhor das sobrinhas, eu confesso, senhoras e senhores, que não sei a qual delas devesse dar o prêmio."

Gabriel baixou os olhos para as tias e, vendo o largo sorriso no rosto de tia Julia e as lágrimas que surgiram dos olhos de tia Kate, apressou-se para concluir. Ergueu galante o copo de Porto, enquanto cada membro do grupo digitava ansioso seu copo, e disse em alto e bom som:

* Em francês no original: "camaradagem".

— Brindemos a todas as três. Bebamos à sua riqueza, saúde, vida longa, felicidade e prosperidade, e que possam continuar a manter a altiva posição que por conta própria conquistaram em sua profissão e a posição de honra e de carinho que ocupam em nossos corações.

Todos os convidados se levantaram, de copo na mão, e voltando-se para as três senhoritas sentadas, cantaram em uníssono, sob a liderança do sr. Browne:

Porque elas são companheiras,
Porque elas são companheiras,
Porque elas são companheiras,
Ninguém pode negar.

Tia Kate usava abertamente o lenço e até tia Julia parecia comovida. Freddy Malins marcava o compasso com o garfo de sobremesa e os cantores se voltavam uns para os outros, como que em melodiosa conferência, enquanto cantavam enfaticamente:

Ninguém pode negar,
Ninguém pode negar.

Então, voltando-se mais uma vez para as anfitriãs, eles cantaram:

Porque elas são companheiras,
Porque elas são companheiras,
Porque elas são companheiras,
Ninguém pode negar.

A aclamação que se seguiu contagiou do outro lado da porta da sala de jantar vários dos outros convidados e se renovou repetida, com Freddy Malins fazendo de maestro, de garfo em riste.

O ar cortante da manhã entrava no vestíbulo em que estavam de modo que tia Kate disse:

— Alguém me feche essa porta. A sra. Malins vai morrer de frio aqui.

— O Browne está lá fora, tia Kate — disse Mary Jane.

— O Browne está por tudo — disse tia Kate, baixando a voz.

Mary Jane riu do tom dela.

— É verdade — ela disse maliciosamente —, ele é muito atencioso.

— Instalaram ele aqui que nem o gás — disse tia Kate no mesmo tom —, e tudo no Natal.

Ela mesma riu dessa vez bem-humorada e então acrescentou rapidamente:

— Mas mande ele entrar, Mary Jane, e feche a porta. Deus queira que ele não tenha me escutado.

Naquele momento a porta da frente se abriu e o sr. Browne subiu o degrau da entrada, rindo como se seu coração fosse estourar. Estava com um longo sobretudo verde com punhos e colarinho de astracã de imitação e tinha na cabeça um gorro oval de pele. Apontou para a linha do cais nevado de onde vinha com o vento um assovio estridente.

— O Teddy vai chamar todos os fiacres de Dublin — ele disse.

Gabriel avançou vindo da pequena despensa atrás do escritório, lutando para entrar no sobretudo, e, olhando à roda do átrio, disse:

— A Gretta ainda não desceu?

— Ela está pegando as coisas dela, Gabriel — disse tia Kate.

— Quem está tocando lá em cima? — perguntou Gabriel.

— Ninguém. Todo mundo já foi embora.

— Ah não, tia Kate — disse Mary Jane. — O Bartell D'Arcy e a srta. O'Callaghan ainda não foram.

— Eu só sei que alguém está brincando com o piano — disse Gabriel.

Mary Jane deu uma olhada para Gabriel e para o sr. Browne e disse estremecendo:

— Me dá frio só de ver vocês dois encasacados desse jeito. Eu é que não queria encarar a volta para casa uma hora dessas.

— Pois o que eu mais queria neste momento — disse o sr. Browne, resoluto — era dar uma bela de uma caminhada pelo campo ou um passeio numa charrete bem rápida com um alazão bem forte arreado.

— Nós tínhamos um cavalo e uma charrete bem bons em casa — disse tia Julia, triste.

— O inesquecível Johnny — disse Mary Jane, rindo.

Tia Kate e Gabriel riram também.

— Por quê? O que é que esse Johnny tinha de maravilhoso? — perguntou o sr. Browne.

— O falecido e lastimado Patrick Morkan, ou seja, nosso avô — explicou Gabriel —, conhecido por todos no final da vida como O Velhinho, era fabricante de cola.

— Ah, por favor, Gabriel — disse tia Kate, rindo —, ele tinha uma fábrica de goma.

— Bom, cola ou goma — disse Gabriel —, o velhinho tinha um cavalo chamado Johnny. E o Johnny trabalhava na fábrica do velhinho, andando em círculos para tocar o engenho. Até aí tudo bem; mas agora vem a parte trágica da história do Johnny. Num belo dia o velhinho achou que era uma boa ideia ir desfilar com a nata da sociedade numa parada militar no parque.

— Que o Senhor tenha piedade da alma dele — disse tia Kate, contrita.

— Amém — disse Gabriel. — Aí o velhinho, como eu ia dizendo, arreou o Johnny e meteu sua melhor cartola e seu melhor colarinho duro e saiu em grande estilo da mansão de seus ancestrais, em algum lugar perto lá de Back Lane, eu acho.

Todos riram, até a sra. Malins, do jeito de Gabriel, e tia Kate disse:

— Ah, por favor, Gabriel, ele não morava em Back Lane, não mesmo. Era só a fábrica que era lá.

— Lá da mansão de seus ancestrais — continuou Gabriel — ele cavalgou com o Johnny. E tudo foi que era uma beleza até o Johnny topar com a estátua do rei Billy:* e seja porque se apaixonou pelo cavalo em que o rei Billy está montado, seja porque achou que estava de volta à fábrica, de um jeito ou de outro, o que importa é que ele começou a andar em torno da estátua.

Gabriel caminhava em círculos à roda do vestíbulo, de galochas, em meio ao riso dos outros.

— E ficou lá dando voltas — disse Gabriel — e o velhinho, que era um velhinho muito do pomposo, estava tremendamente ultrajado. *Ora, meu senhor! Como assim, meu senhor? Johnny! Johnny! Coisa mais descabida! Mas esse cavalo é impossível!*

Os carrilhões de gargalhadas que se seguiram à imitação que Gabriel fazia do incidente foram interrompidos por uma batida ressonante na porta da entrada. Mary Jane correu para abrir e fez Freddy Malins entrar. Freddy Malins, de chapéu empurrado bem para trás e com os ombros corcovados pelo frio, bufava e fumegava por causa do esforço que tinha feito.

— Só consegui um fiacre — ele disse.

— Ah, tudo bem, nós achamos outro no cais — disse Gabriel.

— Isso — disse tia Kate. — Melhor não deixar a sra. Malins parada nesse vento encanado.

A sra. Malins desceu os degraus apoiada no filho e no sr. Browne e, depois de muitas manobras, foi içada para dentro do fiacre. Freddy Malins entrou trôpego

* Guilherme de Orange, rei Guilherme III da Inglaterrra, conquistador final da Irlanda.

atrás dela e passou muito tempo acomodando a mãe no assento, com o sr. Browne auxiliando com conselhos. Finalmente ela estava confortavelmente instalada e Freddy Malins convidou o sr. Browne a subir no fiacre. Houve uma bela rodada de conversa confusa, e então o sr. Browne subiu no fiacre. O cocheiro ajeitou o cobertor sobre os joelhos e se curvou para ouvir o endereço. A confusão ficou maior e o cocheiro recebia ordens diferentes de Freddy Malins e do sr. Browne, cada um deles com a cabeça projetada de uma janela do fiacre. A dificuldade era saber em que ponto do caminho deixar o sr. Browne, e tia Kate, tia Julia e Mary Jane ajudavam na discussão paradas à porta com ordens que se atravancavam e contradiziam e com uma abundância de gargalhadas. Quanto a Freddy Malins, este nem conseguia falar de tanto rir. Ele metia a cabeça para dentro e para fora da janela a cada momento arriscando demais a segurança do chapéu, e contava para a mãe como ia progredindo a discussão, até que finalmente o sr. Browne gritou para o cocheiro desorientado, vencendo o alarido das risadas de todos:

— Você conhece o Trinity College?

— Sim, senhor — disse o cocheiro.

— Bom, siga direto para o portão do Trinity College — disse o sr. Browne — que aí nós te dizemos para onde ir. Entendeu agora?

— Sim, senhor — disse o cocheiro.

— Toca reto para o Trinity College.

— Certo, senhor — disse o cocheiro.

O cavalo recebeu o chicote e o fiacre chacoalhou pelo cais em meio a um coro de risos e adeus.

Gabriel não tinha ido até a porta com os outros. Estava numa parte escura do vestíbulo olhando para o alto da escada. Uma mulher estava parada no topo do primeiro lance, também na sombra. Ele não conseguia ver-lhe o rosto mas podia ver os panos terracota e salmão de sua saia que a sombra fazia parecerem pretos e brancos. Era sua esposa. Estava debruçada na balaustrada, ouvindo alguma coisa. Gabriel ficou surpreso com sua imobilidade e esforçou-se por ouvir também. Mas pouco podia distinguir salvo o ruído do riso e da discussão na entrada, uns poucos acordes do piano e notas poucas da voz de um homem que cantava.

Ficou imóvel na escuridão do vestíbulo, tentando captar a ária que a voz cantava e olhando para sua mulher no alto. Havia graça e mistério em sua atitude como se ela fosse um símbolo de algo. Ele se perguntou de que uma mulher parada de pé na escada, ouvindo uma música distante, seria símbolo. Se fosse pintor ele a pintaria naquela atitude. Seu chapéu azul de feltro lhe realçaria o bronze do cabelo contra a escuridão e os panos escuros da saia destacariam os mais claros. *Música distante*, ele intitularia o quadro se fosse pintor.

A porta da entrada fechou, e tia Kate, tia Julia e Mary Jane vieram pelo vestíbulo, rindo ainda.

— Mas não é um terror esse Freddy? — disse Mary Jane. — Ele é um terror.

Gabriel não abriu a boca, mas apontou para a escada, onde estava parada sua esposa. Agora que a porta da entrada estava fechada a voz e o piano faziam-se ouvir com mais clareza. Gabriel ergueu a mão para que elas fizessem silêncio. A canção parecia estar na antiga tonalidade irlandesa* e o cantor parecia não confiar nem no que lembrava da letra nem no que tinha de voz. A voz, transformada em lamento pela distância e pela rouquidão do cantor, iluminava vagamente a cadência da ária com palavras que expressavam uma dor:

* A música céltica tradicional (como a música africana e a chinesa) se baseia em escalas pentatônicas, de apenas cinco notas em lugar das sete das escalas europeias comuns.

Ah, a chuva cai em meus cachos pesados
E o orvalho molha a pele,
*Meu filho jaz frio...**

— Ah — exclamou Mary Jane. — É o Bartell D'Arcy cantando, e ele que não quis cantar a noite toda. Ah, eu vou ver se ele canta uma canção antes de ir embora.

— Faça isso mesmo, Mary Jane — disse tia Kate.

Mary Jane passou pelos outros e correu para a escada, mas antes de chegar a ela o canto cessou e o piano súbito fechou-se.

— Ah, mas que pena! — ela gritou. — Ele está descendo, Gretta?

Gabriel ouviu sua esposa dizer que sim e a viu descer até eles. Alguns passos atrás dela vinham o sr. Bartell D'Arcy e a srta. O'Callaghan.

— Ah, sr. D'Arcy — gritou Mary Jane —, é pura maldade sua parar assim no meio quando nós estávamos todos aqui ouvindo encantados.

— Eu peguei no pé dele a noite toda — disse a srta. O'Callaghan — e a sra. Conroy também, e ele disse que estava com um resfriado horrível e não podia cantar.

— Ah, sr. D'Arcy — disse tia Kate —, mas que mentira mais feia.

— Mas a senhora não está vendo que eu estou rouco que nem um corvo? — disse o sr. D'Arcy áspero.

Ele entrou apressadamente na despensa e vestiu o sobretudo. Os outros, assustados com sua réplica rude, não encontravam o que dizer. Tia Kate cerrava o cenho e fazia sinais para os outros deixarem aquilo quieto. O sr. D'Arcy estava parado embrulhando cuidadosamente o pescoço, com uma cara feia.

* Trecho da canção tradicional "The lass of Aughrim". Aughrim é uma pequena cidade próxima de Galway, no oeste da Irlanda, terra natal de Nora Joyce e de Gretta Conroy.

— É o tempo — disse tia Julia, depois de uma pausa.

— É, todo mundo está resfriado — disse tia Kate prontamente — todo mundo.

— Dizem — disse Mary Jane — que fazia trinta anos que não nevava desse jeito, e eu li hoje de manhã no jornal que a nevasca é geral em toda a Irlanda.

— Eu adoro olhar a neve — disse tia Julia, triste.

— Eu também — disse a srta. O'Callaghan. — Acho que o Natal só é Natal de verdade quando tem neve no chão.

— Mas o coitado do sr. D'Arcy não gosta de neve — disse tia Kate, sorrindo.

O sr. D'Arcy saiu da despensa, todo embrulhado e abotoado, e num tom arrependido lhes contou a história de seu resfriado. Todos lhe deram conselhos e disseram que era pena mesmo e o mandaram tomar muito cuidado com aquela garganta no ar da noite. Gabriel observava a esposa, que não se juntou à conversa. Estava parada bem embaixo do empoeirado vidro semicircular que encimava a porta e a chama do gás acendia-lhe o bronze do cabelo, que ele a tinha visto secar ao fogo dias antes. Ela estava com a mesma atitude e parecia não se dar conta da conversa a sua volta. Finalmente se virou para eles e Gabriel viu que havia cor no rosto dela e que seus olhos brilhavam. Uma súbita maré de alegria saiu-lhe aos saltos do peito.

— Sr. D'Arcy — ela disse —, como é o nome daquela música que o senhor estava cantando?

— Ela se chama "The lass of Aughrim" — disse o sr. D'Arcy — mas eu não consegui lembrar direito. Por quê? A senhora conhece?

— "The lass of Aughrim" — ela repetiu. — Eu não conseguia lembrar o nome.

— É uma ária muito bonita — disse Mary Jane. — Eu lamento muito o senhor não estar com a voz boa hoje.

— Ora, Mary Jane — disse tia Kate —, não incomode o sr. D'Arcy. Eu não quero que ele fique incomodado.

Vendo que estavam todos prestes a partir, ela os pastoreou pela porta, onde todos se disseram boa-noite:

— Boa noite, então, tia Kate, e obrigado pela ótima noite.

— Boa noite, Gabriel. Boa noite, Gretta!

— Boa noite, tia Kate, e muito obrigada mesmo. Boa noite, tia Julia.

— Ah, boa noite, Gretta, eu não tinha te visto.

— Boa noite, sr. D'Arcy. Boa noite, srta. O'Callaghan.

— Boa noite, srta. Morkan.

— Boa noite, mais uma vez.

— Boa noite, todo mundo. Se cuidem no caminho.

— Boa noite. Boa noite.

A manhã ainda estava escura. Uma luz amarela mortiça toldava as casas e o rio; e o céu parecia estar descendo. O chão estava empapado, e apenas faixas e trechos de neve repousavam nos tetos, nos parapeitos do cais e nas grades das casas. Os postes ainda ardiam rubros no ar sombrio e, do outro lado do rio, o palácio das Quatro Cortes erguia-se ameaçador contra o céu pesado.

Ela andava à frente dele com o sr. Bartell D'Arcy, sapatos num pacote pardo enfiado sob um braço e mãos mantendo a saia longe da lama. Não tinha mais qualquer graça de atitude, mas os olhos de Gabriel ainda brilhavam de alegria. O sangue seguia-lhe aos saltos pelas veias e as ideias assaltavam seu cérebro, altivas, alegres, ternas, valorosas.

Ela andava à frente dele tão leve e tão ereta que ele ardia por correr atrás dela silencioso, agarrá-la pelos ombros e dizer-lhe algo tolo e delicado ao pé do ouvido. Ela lhe parecia tão frágil que ele ardia por defendê-la contra algo e então se ver a sós com ela. Momentos da vida secreta dos dois irrompiam como estrelas na memória dele. Um envelope heliotrópico repousava ao lado da xícara do café da manhã dele e ele o afagava com a mão. Pássaros piavam na hera e a teia ensolarada da cortina cintilava pelo chão: ele não conseguia comer, de tão feliz. Estavam parados na plataforma cheia de gente e ele colocava um bilhete dentro da palma cálida da luva dela. Estava parado com ela no frio, olhando por uma janela de grades, vendo um homem que fazia garrafas numa fornalha ardente. Estava muito frio. O rosto dela, cheiroso no ar gélido, estava bem próximo ao dele, e súbito ela disse para o homem da fornalha:

— Está quente o fogo, senhor?

Mas o homem não ouviu por causa do barulho da fornalha. Melhor. Ele podia ter respondido de um jeito mal-educado.

Uma onda de alegria ainda mais terna escapou-lhe do peito e correu-lhe numa maré cálida pelas artérias. Como terno fogo de estrelas, momentos da vida secreta dos dois, de que ninguém sabia ou jamais saberia, irromperam e iluminaram-lhe a memória. Ele ardia por lembrar a ela esses momentos, por fazê-la esquecer os anos de sua apagada existência conjunta e lembrar somente os momentos de êxtase. Pois os anos, ele sentia, não haviam esfriado a alma dele ou a dela. Os filhos, a lida literária dele, os deveres domésticos dela não tinham esfriado o terno fogo de suas almas. Em uma carta que escrevera para ela ele havia dito: *Por que será que palavras como essas me parecem tão apagadas e tão frias? Será porque não há palavra que seja terna o bastante para ser teu nome?*

Como música distante, essas palavras que escrevera anos antes vieram-lhe no vento do passado. Ele ardia por se ver sozinho com ela. Quando os outros tivessem ido embora, quando ele e ela estivessem em seu quarto de hotel, então é que estariam a sós. Ele diria baixinho:

— Gretta!

Talvez ela não ouvisse de pronto: estaria se despindo. Então algo na voz dele chamaria sua atenção. Ela se voltaria para olhar para ele...

Na esquina da Winetavern Street eles viram um fiacre. Ele agradecia seu chacoalhar que o poupava da conversa.

Ela olhava pela janela e parecia cansada. Os outros disseram somente umas poucas palavras, apontando alguma casa, alguma rua. O cavalo galopava fatigado sob o sombrio céu da manhã, arrastando sua velha caixa chacoalhante a seus calcanhares, e Gabriel estava de novo num fiacre com ela, galopando para pegar o barco, galopando para a lua de mel.

Quando o fiacre atravessava a ponte O'Connell, a srta. O'Callaghan disse:

— Dizem que a gente nunca atravessa a ponte O'Connell sem ver um cavalo branco.

— Eu estou vendo um homem branco dessa vez — disse Gabriel.

— Onde? — perguntou o sr. Bartell D'Arcy.

Gabriel apontou para a estátua,* em que repousavam montes de neve. Então ele a cumprimentou familiarmente com a cabeça e um aceno de mão.

— Boa noite, Dan — ele disse animado.

Quando o fiacre encostou na frente do hotel, Gabriel saltou e, apesar dos protestos do sr. Bartell D'Arcy, pagou o cocheiro. Deu um xelim além da conta ao homem. O homem cumprimentou e disse:

— Próspero Ano-Novo, senhor.

— O mesmo para você — disse Gabriel cordialmente.

Ela se apoiou um momento no braço dele ao sair do fiacre e enquanto se punha de pé no meio-fio, dando boa-noite aos outros. Apoiou-se de leve no braço dele, tão leve quanto ao dançarem algumas horas antes. Ele se sentira orgulhoso e feliz naquele momento, feliz por ela ser sua, orgulhoso de sua graça e de seu porte de senhora. Mas agora, depois de tantas lembranças novamente acesas, o primeiro toque do corpo dela, musical e estranho e perfumado, comunicou-lhe agudo acúleo de luxúria. Escondido sob o silêncio dela ele apertou bem o braço dela contra seu flanco e, quando pararam na

* A estátua de Daniel O'Connell (1775-1847), líder nacionalista irlandês conhecido como "O Liberador".

porta do hotel, sentiu que tinham escapado de suas vidas e de seus deveres, escapado de casa e amigos e fugido juntos com corações loucos e radiantes, rumo a nova aventura.

Um velho dormitava numa grande poltrona de espaldar alto na entrada do hotel. Ele acendeu uma vela no escritório e foi na frente deles rumo à escada. Eles o seguiram em silêncio, seus pés caindo em baques leves nos degraus de tapetes grossos. Ela subia a escada atrás do porteiro, a cabeça curvada na ascensão, os frágeis ombros dobrados como sob um fardo, cingida justa pela saia. Ele teria sido capaz de abraçar-lhe o quadril e segurá-la ali, pois seus braços tremiam de desejo de agarrá-la e somente a tensão de suas unhas contra as palmas das mãos mantinha o louco impulso de seu corpo contido. O porteiro estacou na escada para ajeitar a vela gotejante. Eles, também, estacaram, nos degraus abaixo dele. No silêncio Gabriel podia ouvir a queda da cera derretida no aparo e os socos de seu próprio coração contra as costelas. O porteiro os conduziu por um corredor e abriu uma porta. Ele então depôs a instável vela numa mesinha e perguntou a que horas eles desejavam ser despertados.

— Oito — disse Gabriel.

O porteiro apontou para o interruptor da luz elétrica e começou a resmungar suas desculpas, mas Gabriel o interrompeu.

— Nós não precisamos de luz. Já vem bastante luz da rua. E por falar nisso — ele acrescentou, apontando para a vela — pode levar aquele belo item ali, seja bonzinho.

O porteiro pegou de novo sua vela, mas lentamente, pois estava surpreso com uma ideia tão estranha. Então resmungou um boa-noite e saiu. Gabriel trancou a porta.

A luz fantasmática do poste da rua estendia-se num feixe longo de uma janela até a porta. Gabriel jogou sobretudo e chapéu num sofá e atravessou o quarto indo até a janela. Olhou para a rua com a finalidade de dar a suas emoções uma chance de se acalmarem um pouco. Então se voltou e se encostou numa cômoda, de costas para a luz. Ela tinha tirado o chapéu e o casaco e estava de pé diante de um grande espelho giratório, soltando os ilhoses da cintura. Gabriel deteve-se por alguns momentos, observando, e então disse:

— Gretta!

Ela afastou os olhos do espelho lentamente e caminhou pelo feixe de luz até ele. Seu rosto parecia tão sério e fatigado que as palavras se recusavam a passar pelos lábios de Gabriel. Não, ainda não era o momento.

— Você está parecendo cansada — ele disse.

— Um pouquinho — ela respondeu.

— Você não está se sentindo doente ou fraca?

— Não. Cansada: só isso.

Ela foi até a janela e parou lá, olhando para fora. Gabriel esperou mais uma vez e então, temendo estar prestes a perder a confiança, disse abruptamente:

— Aliás, Gretta!

— O que foi?

— Sabe aquele coitado do Malins? — ele disse rapidamente.

— Sei. O que tem ele?

— Bom, coitado, ele é um sujeitinho decente, no fundo — continuou Gabriel, numa voz falsa. — Ele me devolveu o soberano que eu tinha emprestado, e eu nem estava esperando. É uma pena ele não ficar longe daquele Browne, porque ele nem é um sujeito ruim.

Ele agora tremia de irritação. Por que ela parecia tão alheada? Não sabia como podia começar. Será que ela também estava irritada com alguma coisa? Se pelo menos virasse para ele ou viesse a ele por conta própria! Tomá-la como estava seria brutal. Não, ele primeiro tinha que ver algum ardor nos olhos dela. Ele queria controlar aquele estranho estado de espírito dela.

— Quando foi que você emprestou uma libra para ele? — ela perguntou, depois de uma pausa.

Gabriel lutou para se conter e não empregar expressões brutais a respeito do bebum do Malins e daquela moeda. Queria clamar por ela do fundo da alma, apertar o corpo contra o dela, dominá-la. Mas disse:

— Ah, no Natal, quando ele abriu aquela lojinha de cartões de Natal,* na Henry Street.

Ele estava num tal furor de raiva e desejo que não a ouviu chegar vindo da janela. Ela ficou um instante parada diante dele, olhando-o estranhamente. Então, pondo-se de súbito na ponta dos pés e apoiando levemente as mãos nos ombros dele, ela o beijou.

— Você é uma pessoa muito generosa, Gabriel — ela disse.

Gabriel, tremendo de deleite com o beijo repentino e com a singularidade da frase, pôs as mãos no cabelo dela e começou a afagá-lo, mal tocando-o com os dedos. Lavado, ficara fino e brilhante. O coração dele transbordava de felicidade. Bem quando estava desejando que ela o fizesse ela viera até ele por vontade própria. Talvez os pensamentos dela estivessem emparelhados com os dele. Talvez tivesse sentido o desejo impetuoso que estava nele, e então tinha sentido vontade de se entregar. Agora que ela tinha cedido tão facilmente a ele, ele ficava pensando por que tinha perdido a confiança.

Ficou parado, segurando a cabeça dela entre as mãos. Então, passando rapidamente um braço em torno do corpo dela e puxando-a para si, ele disse baixinho:

— Gretta, querida, no que você está pensando?

Ela não respondeu nem se entregou totalmente ao braço dele. Ele disse uma vez mais, baixinho:

— Me diga o que é, Gretta. Eu acho que sei o que está acontecendo. Será que eu sei?

Ela não respondeu imediatamente. E então disse num jorro de lágrimas:

* Cartões de Natal eram tradicionalmente vendidos em lojas temporárias.

— Ah, eu estou pensando naquela música, "The lass of Aughrim".

Ela se libertou dele e correu para a cama e, lançando os braços sobre a guarda, escondeu o rosto. Gabriel ficou congelado por um momento, desorientado, e então foi atrás dela. Quando passou diante do espelho ele lhe devolveu uma visão de corpo inteiro, a camisa larga e bem cheia, o rosto cuja expressão sempre o intrigara quando vista no espelho e os reluzentes óculos de aros dourados. Estacou a uns poucos passos dela e disse:

— O que tem a música? Por que ela está te fazendo chorar?

Ela ergueu a cabeça dos braços e secou os olhos com as costas da mão como uma criança. Um tom mais doce do que ele pretendia entrou em sua voz.

— Por quê, Gretta? — ele perguntou.

— Eu estou pensando numa pessoa de muito tempo atrás que cantava essa música.

— E quem era essa pessoa de muito tempo atrás? — perguntou Gabriel, sorrindo.

— Era uma pessoa que eu conhecia em Galway quando estava morando com a minha avó — ela disse.

O sorriso morreu no rosto de Gabriel. Uma raiva amortecida começava a ganhar nova força em algum canto de sua mente e os fogos amortecidos de seu desejo começaram a reluzir ferozes nas veias dele.

— Alguém por quem você estava apaixonada? — ele perguntou ironicamente.

— Era um rapaz que eu conhecia — ela respondeu — chamado Michael Furey.* Ele cantava aquela música, "The lass of Aughrim". Ele era muito delicado.

Gabriel estava calado. Não queria que ela pensasse que ele estava interessado naquele menino delicado.

* Outro arcanjo, Miguel, e um sobrenome que soa como o inglês para "fúria".

— Eu consigo ver o rosto dele tão nitidamente — ela disse, depois de um momento. — Que olhos ele tinha: tão grandes, tão escuros! E que expressão neles — uma expressão!

— Ah, então, você estava apaixonada por ele? — disse Gabriel.

— Eu saía com ele — ela disse — quando estava em Galway.

Uma ideia voou pela mente de Gabriel.

— Talvez tenha sido por isso que você quis ir para Galway com aquela Ivors? — ele disse friamente.

Ela olhou para ele e perguntou surpresa:

— Para quê?

Seus olhos fizeram Gabriel se sentir constrangido. Ele deu de ombros e disse:

— E eu é que vou saber? Para ver esse rapaz, talvez.

Ela desviou dele os olhos ao longo do feixe de luz para a janela em silêncio.

— Ele está morto — ela disse por fim. — Morreu com dezessete aninhos. Não é uma coisa horrorosa morrer tão novo assim?

— Ele era o quê? — perguntou Gabriel, ainda ironicamente.

— Trabalhava na usina de gás* — ela disse.

Gabriel se sentia humilhado pelo fracasso de sua ironia e pela evocação dessa figura de entre os mortos, um menino da usina de gás. Enquanto estava cheio de memórias da vida secreta deles dois, cheio de ternura e de alegria e de desejo, ela o estava comparando mentalmente a um outro. Uma consciência vergonhosa de sua própria pessoa o tomou de assalto. Ele se viu como uma figura ridícula, fazendo de garoto de recados para as tias, um sentimentalista nervoso e bem-intencionado, perorando para

* Para produção de gás a partir de carvão: um trabalho pouquíssimo salutar.

o vulgo e idealizando suas próprias luxúrias afobadas, o sujeito fátuo e reles que entrevira no espelho. Instintivamente virou as costas mais para a luz para que ela não pudesse ver a vergonha que lhe ardia na testa.

Ele tentou manter seu tom de fria interrogação, mas sua voz, quando falou, era humilde e indiferente.

— Acho que você foi apaixonada por esse Michael Furey, Gretta — ele disse.

— A gente se dava muito bem naquela época — ela disse.

A voz dela era velada e triste. Gabriel, sentindo agora o quanto seria vão tentar levá-la aonde planejara, afagou-lhe uma das mãos e disse, triste também:

— E de que foi que ele morreu assim tão novo, Gretta? Foi de tuberculose?

— Acho que ele morreu por mim — ela respondeu.

Um vago terror tomou Gabriel com essa resposta, como se, bem no momento em que esperava triunfar, algum ser impalpável e vingativo estivesse se erguendo contra ele, reunindo forças contra ele em seu mundo vago. Mas ele se libertou dessa sensação com um esforço racional e continuou a afagar-lhe a mão. Não a interrogou mais, pois sentia que lhe contaria tudo por si própria. A mão dela era quente e úmida: não respondia ao toque dele, mas ele continuava a afagá-la exatamente como tinha afagado a primeira carta dela naquela manhã de primavera.

— Era inverno — ela disse —, mais ou menos no começo do inverno quando eu ia sair da casa da minha avó e vir para cá, para o convento. E ele estava doente na época no alojamento em Galway e não deixavam ele sair, e escreveram para a família dele em Oughterard. Disseram que ele estava em declínio, ou alguma coisa assim. Eu nunca soube direito.

Ela se deteve por um momento e suspirou.

— Coitadinho — ela disse. — Ele gostava muito de mim e era um menino tão bom. A gente saía, para passear, sabe, Gabriel, como eles fazem lá no interior. Ele ia estudar canto mas tinha isso da saúde. Tinha uma voz ótima, o coitado do Michael Furey.

— Bom; mas e aí? — perguntou Gabriel.

— E aí quando chegou a hora de eu ir embora de Galway e vir para o convento ele estava bem pior e não me deixavam ir visitar então eu escrevi uma carta dizendo que estava indo para Dublin e voltava no verão e que eu esperava que ele estivesse melhor então.

Ela se deteve um momento para conseguir controlar a voz, e prosseguiu:

— Aí na noite antes de eu viajar, eu estava na casa da minha avó na ilha de Nun, fazendo as malas, e ouvi que estavam jogando pedrinhas na janela. A janela estava tão molhada que eu não enxergava, então eu corri para o térreo do jeito que eu estava mesmo e escapei pelos fundos para o jardim e lá estava o coitadinho no fundo do jardim, tremendo.

— E você não disse para ele voltar? — perguntou Gabriel.

— Eu implorei para ele ir para casa imediatamente e disse que ele ia acabar morrendo naquela chuva. Mas ele disse que não queria viver. Eu consigo ver os olhos dele nitidamente! Ele estava de pé no canto do muro onde tinha uma árvore.

— E ele foi para casa? — perguntou Gabriel.

— Foi, foi para casa. E quando eu ainda estava na primeira semana do colégio ele morreu e foi enterrado em Oughterard, que era a terra da família dele. Ah, o dia em que eu fiquei sabendo que ele estava morto!

Ela parou, afogada em soluços, e, dominada pela emoção, se atirou com o rosto para baixo sobre a cama, soluçando na colcha. Gabriel segurou-lhe a mão ainda por um momento, irresoluto, e então, com receio de estar se intrometendo em sua dor, deixou que a mão caísse delicadamente e foi quieto até a janela.

Ela dormiu rápido.

Gabriel, apoiado no cotovelo, ficou alguns momentos olhando sem ressentimento seu cabelo emaranhado e a boca entreaberta, ouvindo-lhe o alento profundo. Então ela tivera aquele romance na vida: um homem tinha morrido por ela. Mal lhe doía agora pensar no mísero papel que ele, seu marido, tivera na sua vida. Ele a olhava dormir, como se ela e ele nunca tivessem vivido juntos como marido e mulher. Seus olhos curiosos repousaram longamente no rosto e no cabelo dela: e, enquanto pensava no que ela teria sido naquele tempo, no tempo de sua primeira beleza de menina, uma estranha pena, amistosa, adentrou-lhe a alma. Ele não gostava de dizer nem para si próprio que o rosto dela não era mais lindo, mas sabia que não era mais o rosto que fizera Michael Furey encarar a morte.

Talvez ela não tivesse contado a estória toda. Os olhos dele foram para a cadeira em que ela jogara umas peças de roupa. O cordão de uma anágua pendia tocando o chão. Uma bota repousava de pé, caído seu cano frouxo: seu par se estendia de lado. Ele pensava no turbilhão de emoções que o tomara uma hora antes. De onde viera aquilo? Do jantar da tia, de seu discurso tolo, do vinho e da dança, da descontração na despedida no vestíbulo, do prazer da caminhada junto ao rio e sobre a neve. Coitada da tia Julia! Ela, também, logo seria uma sombra junto à sombra de Patrick Morkan com seu cavalo. Ele apanhara aquele olhar abatido no rosto dela por um momento quando ela estava cantando "Arrayed for the bridal". Logo, talvez, estaria sentado naquela mesma sala de estar, trajando preto, cartola no colo. As persianas estariam baixadas e tia Kate estaria sentada ao lado dele, chorando e assoando o nariz e contando como Julia tinha morrido. Ele reviraria a mente em busca de algumas palavras que pudessem consolá-la, e encontraria apenas palavras capengas e inúteis. Sim, sim: isso aconteceria muito em breve.

O ar do quarto gelava-lhe os ombros. Ele se esticou

cuidadoso por sob os lençóis e deitou ao lado da esposa. Um por um eles todos estavam virando sombras. Melhor seguir corajosamente para aquele outro mundo, no apogeu da glória de alguma paixão, que desbotar e murchar lugubremente com a idade. Pensava em como a mulher que estava deitada a seu lado guardara trancada no peito por tantos anos aquela imagem dos olhos de seu amado quando ele lhe dissera que não queria viver.

Lágrimas generosas encheram os olhos de Gabriel. Ele nunca sentira isso por nenhuma mulher, mas sabia que um sentimento assim tinha que ser amor. As lágrimas se acumularam mais espessas em seus olhos e na escuridão parcial ele imaginou ver a forma de um rapaz de pé sob uma árvore gotejante. Outras formas estavam perto. Sua alma se aproximara daquela região em que residem as vastas hostes dos mortos. Estava consciente dela, mas não podia apreender a existência impetuosa e bruxuleante de tais hostes. Sua própria identidade estava desbotando num mundo cinza e impalpável: o próprio mundo sólido, que aqueles mortos um dia criaram, e em que viveram, dissolvia-se e minguava.

Uns poucos baques fracos contra o vidro fizeram-no se virar para a janela. Começava a nevar novamente. Sonolento ficou vendo os flocos, negros e prata, caindo oblíquos contra a luz do poste. Era chegada a hora de partir em sua jornada rumo oeste. Sim, os jornais estavam certos: a nevasca era geral em toda a Irlanda. A neve caía em cada trecho do negro planalto central, nas secas colinas, suave caía sobre o pântano de Allen e, mais a oeste, caía suave nas negras ondas rebeldes do Shannon. Caía, também, sobre todo o solitário cemitério da colina em que enterrado Michael Furey repousava. Espessa pousava deposta em rajadas nas cruzes contorcidas e nas lápides, nas pontas do estreito portão, nos espinheiros nus. Sua alma desmaiava lentamente enquanto ouvia a neve cair leve no universo e o leve cair da neve, como o pouso de seu fim definitivo, sobre todos os vivos e os mortos.

Apêndice

Numa carta de 1904, George Russell perguntou a James Joyce se ele estaria interessado em escrever um conto para a revista que editava, *The Irish Homestead*, com uma libra de remuneração, desde que a história não "chocasse os leitores". Como uma espécie de exemplo, Russell recomendava que ele lesse o conto anexado à carta. Joyce acabou chocando de fato os leitores com "As irmãs" e suas referências não tão cifradas à Igreja Católica, numa narrativa que estava longe de espelhar o propósito moralizante do conto "exemplar" enviado por Russell. Durante muitos anos, nenhum pesquisador se preocupou em descobrir a que conto Russell se referia nem em investigar sua relação com "As irmãs", e somente em 1993 Hans Walter Gabler lançou luz sobre o caso em sua edição do texto de *Dublinenses* (cf. "Sugestões de leitura"). Desde então, sabemos que o conto de abertura de *Dublinenses* deve não poucos de seus elementos a uma apropriação muito tipicamente joyciana (indireta, tortuosa) de dados da breve história de Berkeley Campbell, apresentada aqui pela primeira vez em português.

Vitor Alevato do Amaral

O velho vigia

BERKELEY CAMPBELL

Quando a Companhia de Bondes Elétricos instalava as linhas para seus carros anos atrás em Dublin, eu era um menininho de uns doze anos, e costumava me interessar muito ficar de pé vendo os homens trabalharem.

Naquele tempo, eu costumava ir muito ao teatro à noite com meu pai, e sempre íamos para casa caminhando, pois papai dizia que era bom pegar um pouco de ar fresco depois de sair do teatro abafado, e assim passamos a conhecer a aparência dos homens que trabalhavam na linha.

Um velho em particular capturou a minha imaginação. Tinha aparentemente uns sessenta e cinco anos, e seu rosto bem barbeado e enrugado trazia uma expressão solitária e triste. Tinha o emprego de vigia, e nós tentávamos vê-lo toda noite perto de sua fogueira na sua cabaninha vermelha.

Às vezes, ele não estava, e a cabana não parecia a mesma quando não o víamos. Eu o chamava de "meu velho", e depois que numa noite de vento ele deteve meu chapéu que estava prestes a cair na sua fogueira, eu passei a lhe dizer "boa noite", e desde então ele batia no seu chapéu como um velho amigo. Certa feita, quando ele estava parado perto de um entroncamento, enquanto esperávamos para passar pelo tráfego papai teve com ele uma boa conversa.

— É uma noite fria para aquele trabalho.

— Sim, senhor; sim, senhor — e eu fiquei muito surpreso de ouvir que ele falava com bom sotaque e com voz de gente culta.

— Faz vigia a noite toda ou alguém o rende?

— Oh, sim, senhor! Outro companheiro vem lá pela meia-noite e me assume o posto, mas em geral eu fico com ele em vez de ir para — eh — casa; o senhor vê que aqui fica deserto depois da uma ou das duas horas.

— Mas suponho que lhe paguem bem?

— Ah! Não é tão mal, senhor. Tem a chance de atravessar agora, senhor. Depois daquele vagão. Cuidado com o jovem cavalheiro.

— Aqui vai um xelim para um café no caminho para casa esta noite.

— Não, obrigado, senhor! Não posso aceitar; conto-lhe a razão em outro momento, mas assim mesmo fico muito agradecido ao senhor pela gentil lembrança.

— Bem, bem! Suponho que saiba melhor do que ninguém de sua própria vida; mas ser orgulhoso demais não ajuda em nada.

— Não é isso, senhor. Mas não tem tanta gente que se dê ao trabalho de trocar uma palavra com este velho vigia, e pelos bons tempos...! Ah! Outra vez, talvez, o senhor escute a história de um velho.

— Assim espero, de verdade; está aqui toda noite?

— Bem, não, senhor, não regularmente. Eu trabalho na linha um ou dois dias na semana, ao invés de pegar toda noite. E às vezes minha tosse aperta demais para eu sair, e James, o outro empregado, assume para mim. Carrego essa tosse desde que tive pleurisia, e tenho medo que ela não me permita ficar por aqui muito tempo mais.

— Oh! Não é tão ruim assim, espero. Boa noite! — disse papai, e me lembro das muitas conjeturas diferentes sobre que história seria que tecemos no caminho para casa. Então eu peguei um resfriado muito forte e não saí com papai por cerca de duas semanas; mas eu sempre lhe perguntava quando ele chegava se ele tinha falado com o "meu velho"; mas ele não tinha, e com isso concluímos que ele tivesse sido atacado pela sua tosse de novo.

Ao não ser visto em seu posto uma semana depois de eu ter recebido permissão para sair de casa, quase já tínhamos desistido de procurar por ele, até que uma noite eu o vi, e puxei papai para falar com ele. Papai riu e me disse para não ter tanta pressa, então tomamos o rumo da esquina da praça, embora esse não fosse de fato o caminho de casa, pois, como expliquei, ele ficaria cada noite mais longe de nosso caminho e talvez não tivéssemos outra oportunidade.

Ele parecia tão contente em nos ver, e disse que tinha estado em casa com sua tosse, como pensamos.

— Antes de eu começar — disse ele — posso perguntar-lhe, senhor, se é filho do general Culwick's, que costumava comandar o Quartel Real vinte ou trinta anos atrás?

— Sim — disse papai, olhando fixo para ele. — Mas como sabe alguma coisa sobre isso? Ele morreu há quinze anos.

— Ah, bem! Faz parte da minha história.

"Meu pai era o deão da Catedral de São Patrício. Está surpreso, senhor, e pode não acreditar em mim. Homens da minha classe de vida não têm muito crédito, mas é a mais pura verdade de Deus! Eu era seu segundo filho e deveria ter estudado na Trinity para receber meu título e então estudar para a prova da Ordem dos Advogados, mas eu nunca fui além dos exames de calouro, embora tivesse passado quatro anos na universidade. Eu fui um mau rapaz — agora sei disso — e uma enorme preocupação para meu pobre velho pai. Meu irmão mais velho era diferente de mim em tudo; trabalhador, inteligente e equilibrado, e concluiu Sandhurst antes dos vinte, e serviu no Quartel Real sob o comando de seu pai, senhor; e muitas vezes eu jantei naquele refeitório, e à mesa com o general, mas de nada adiantou. Eu apenas ficava acordado até de manhã cedo bebendo e jogando, e perdendo mais dinheiro do que eu jamais poderia pagar. Para encurtar o caso, certa manhã meu pai me chamou no escritório e me disse que tinha ouvido falar do que eu andava fazendo, e falou mesmo a sério, e me ofereceu um 'empurrãozinho' caso eu fosse para o Canadá e me livrasse das más companhias, pois viu que em casa não ia dar certo. Mas eu estava de cabeça tão quente que fui tomado de raiva e disse a ele que não aceitaria o tal 'empurrãozinho', e que se em casa não me queriam eu daria meu jeito. Fui-me embora e nunca mais vi meu pobre pai novamente.

"Nem preciso lhe contar da vida que eu levei na Austrália, aonde fui para a escavação de ouro, indo de mal a pior, até que um dia me peguei querendo voltar para casa, e adotei uma vida equilibrada até que pude comprar minha passagem de volta. Isso já foi há quatro anos, e voltei para casa, sem nunca ter ouvido uma só palavra de nenhum dos meus ou nenhum dos meus amigos por todo aquele tempo. Desembarquei em Dublin sem nenhuma recomendação, claro, e o senhor sabe como é difícil para um homem abandonar velhos hábitos. Não tinha alma conhecida dos velhos tempos que eu pudesse encontrar, tinham morrido ou partido, e eu passava pelas casas em que um dia entrei como convidado agora como um sujeito qualquer, nada mais que rostos estranhos para todo lado. Ouvi falar que meu irmão mais velho é general na Índia. Ele conservou o crédito da família e eu o perdi. Minha única irmã está morta, e seu marido e família moram na Fitzwilliam Square. Meus sobrinhos e sobrinhas! Bem! Bem! É um mundo engraçado, este, e é tudo culpa minha. De qualquer forma, eu não vou ficar por aqui muito tempo mais. Um dos meus camaradas na Austrália (um jovem doutor que estava fazendo nome até começar a beber e ir parar na escavação de ouro) contou-me, já há muitos anos, que meus pulmões não suportariam clima úmido ou exposição ao frio. Bem, suponho que eu tenha levado uma vida animada, embora não feliz, e eu não devo ficar prendendo o jovem cavalheiro fora da cama tão tarde. Foi muito gentil da sua parte, senhor, me ouvir por tanto tempo, mas eu queria mesmo contar a minha história a alguém antes de ir! Boa noite, senhor! Ah, não, não preciso de nenhuma ajuda; vou ficar bem como estou. Boa noite, senhor!"

Ele se foi e nós tivemos que ir para casa. Porém, papai descobriu onde ele morava e o mandou para um hospital, e eu costumava ir vê-lo com frequência, mas ele viveu apenas algumas semanas, e eu lamentei muitíssimo a sua morte.

Mas agora eu sempre olho para os vigias nas linhas do bonde e me pergunto se eles têm uma história parecida com aquela do "meu velho"!

Cronologia

1876 Publicação de *Gabriel Conroy*, de Bret Harte, de onde Joyce retirará o nome do protagonista de "Os mortos", além de inspiração para a prosa do último parágrafo do conto.

1882 No dia 2 de fevereiro, nasce James Augustine, primeiro filho de John Stanislaus Joyce e Mary Jane Joyce (Murray), na cidadezinha de Rathgar, que hoje é um subúrbio de Dublin. Já na escola, ele vai escolher São Luís Gonzaga como seu patrono, passando então a ser conhecido como James Augustine Aloysius Joyce.

1891 Escreve seu primeiro poema, *Et tu Healy*, hoje perdido.

1898 Início da redação dos pequenos estudos em prosa que chama de *Epifanias*.

1899 Ingressa no University College Dublin, para seus estudos universitários.

1900 Publica um ensaio sobre o teatro de Henrik Ibsen (1828--1906). Joyce chegou a aprender norueguês apenas para escrever uma carta para o dramaturgo.
Escreve sua primeira peça de teatro, *A Brilliant Career* [Uma carreira brilhante], que teria dedicado "a minha alma". O manuscrito se perdeu.

1901 Publicação do ensaio *The Day of the Rabblement* [O dia da ralé], primeiro texto de sua autoria a vir a público. Estuda alemão para traduzir duas peças (*Vor Sonnenaufgang* e *Michael Kramer*) de Gerhart Hauptmann, que considera o herdeiro direto de Ibsen.

1902 Deixa Dublin para ir estudar medicina em Paris, onde

no entanto acaba passando seu tempo lendo e tentando esboçar um tratado de estética baseado na filosofia de Tomás de Aquino.

Na viagem de ida, em Londres, conhece William Butler Yeats (1865-1939), a quem diz "Eu o conheci velho demais", pensando que não poderia influenciá-lo. Yeats registra que conheceu um jovem poeta que escrevia maravilhosamente, mas tinha péssima educação.

1903 Volta às pressas de Paris para acompanhar os últimos momentos da vida da mãe, depois de receber um telegrama que avisa que ela está à beira da morte. Mary Joyce falece em agosto.

1904 Num passeio pelo centro da cidade, conhece a camareira Nora Barnacle. Depois de ela não conseguir comparecer ao primeiro encontro que eles tentam marcar, os dois saem juntos no dia 16 de junho, data em que posteriormente Joyce localizará a ação de seu romance *Ulysses*.

Primeiros esboços de *Um retrato do artista quando jovem*.

Publicação de "The Old Watchman", de Berkeley Campbell, na edição de 2 de julho de *The Irish Homestead*.

Publicação, na edição de 13 de agosto do mesmo periódico, do conto "As irmãs", que seria revisto e depois incluído como abertura em *Dublinenses*.

Convence Nora a fugir com ele para o continente europeu, onde iria trabalhar como professor de inglês na escola Berlitz.

Provável momento em que se inicia a redação de *Stephen Herói*, livro autobiográfico mais alentado que será abandonado em favor da forma definitiva de *Um retrato do artista quando jovem*.

1905 Nascimento de seu filho Giorgio.

Primeira de dezoito tentativas de publicação de *Dublinenses*. Nos nove anos seguintes, quinze editores diferentes seriam abordados.

1907 Nascimento de sua filha Lucia.

Dá aulas de inglês para o banqueiro italiano Aron Ettore Schmitz (1861-1928), que quando jovem tinha banca-

do sozinho a publicação de dois romances assinados sob o pseudônimo de Italo Svevo. Depois de mostrar seus textos a Joyce e ser muito incentivado por ele, Svevo retoma a carreira literária que o levaria ainda a escrever sua obra-prima, *A consciência de Zeno* (1923).
Publicação do livro de poesia *Música de câmara*.

1908 Momento em que Joyce teria queimado trechos do manuscrito de *Stephen Herói*, livro em que não iria mais trabalhar, e que seria publicado, incompleto, apenas depois de sua morte.

1909 Primeiro retorno à Irlanda, acompanhado pelo filho, para uma breve viagem a fim de visitar o pai, conhecer a família de Nora em Galway e tentar encontrar uma editora para *Dublinenses*.
Enquanto está na Irlanda, um comentário maldoso de um conhecido gera em Joyce uma crise de ciúme e ele desconfia que Nora está sendo infiel, o que culmina com a escrita das famosas *Cartas sujas*, de natureza francamente erótica.
É nessa ocasião também que Nora parece pensar em abandonar Joyce, mas acaba lhe enviando um telegrama com apenas uma palavra: Sim.

1912 Última passagem pela Irlanda, em curta viagem para tentar negociar mais uma vez a publicação de *Dublinenses*. As provas iniciais do livro acabam sendo destruídas pelos editores, Maunsel & Robins, e, segundo Joyce, os exemplares impressos teriam quase todos sido queimados.

1914 Publicação de *Dublinenses*, em Londres.
Graças aos esforços de Ezra Pound (1885-1972), *Um retrato do artista quando jovem* começa a ser publicado serializadamente pela revista literária *The Egoist*.
Escrita de *Giacomo Joyce*, que se referiria a seu interesse por uma aluna de inglês em Trieste. Descoberto postumamente entre os papéis deixados pelo autor, o texto foi publicado apenas em 1968.
Começo da redação de *Ulysses*.

1915 Escreve a peça de teatro *Exilados*.
Primeiras cartas trocadas com Harriett Shaw Weaver

(1876-1961), que se tornaria a grande mecenas da vida de Joyce.

1916 Publicação de *Um retrato do artista quando jovem*, nos Estados Unidos.

1918 Os episódios iniciais do *Ulysses* começam a ser publicados pelo periódico literário *The Little Review*, novamente com o auxílio de Pound.

Publicação de *Exilados*, na Irlanda.

1920 Depois de um longo périplo por Pula (hoje na Croácia), Trieste, Roma, Trieste, Zurique, Trieste e Zurique, a família se estabelece definitivamente em Paris, onde no entanto o nomadismo não se interrompe, já que eles ocupariam cerca de vinte endereços nos anos que viriam a passar na cidade.

1922 No dia 2 de fevereiro, publicação de *Ulysses* em Paris. Vários editores, inclusive Virginia Woolf (1882-1941) e seu marido Leonard Woolf (1880-1969), tinham se negado a publicar o livro, sempre movidos pelo receio de que seu realismo detalhista pudesse motivar processos na justiça, tanto por conta da "obscenidade" quanto pelo hábito do autor de misturar personagens e ambientes reais ao mundo da ficção. O romance acaba sendo editado pela americana Sylvia Beach, dona da livraria Shakespeare and Company, na capital francesa, que nunca tinha publicado um livro antes.

1923 Começo da redação de *Finnegans Wake*, que durante os dezesseis anos seguintes será conhecido apenas como *Work in Progress* [Obra em andamento].

Primeira cirurgia oftalmológica. Vítima de irite e, por causa dela, de cataratas, conjuntivites, episclerites, sinequia e glaucoma, Joyce terminaria a vida praticamente cego, depois de pelo menos onze cirurgias que o levaram até a extrair dezessete dentes.

Estudos mais recentes defendem que seus problemas oftalmológicos poderiam estar relacionados à sífilis, que Joyce teria contraído na juventude.

1924 Primeira divulgação de um excerto do *Work in Progress* na *Transatlantic Review*. Nos anos seguintes, praticamente todo o livro será dado a conhecer em trechos publicados nesta e em outras revistas literárias, especialmente a parisiense *Transition*.

1927 Publicação do livro de poesia *Pomes Penyeach*.

Primeira tradução do *Ulysses*, por Georg Goyet, na Alemanha. Joyce chegou a revisar algumas páginas do manuscrito com o tradutor.

1928 Conhece o jovem Samuel Beckett (1906-89), que acabava de chegar a Paris. A relação entre os dois será determinante para ambos.

1929 Encontra o cineasta Serguei Eisenstein (1898-1948). Joyce se interessava muito por ver o *Ulysses* levado ao cinema. Os planos não se realizaram naquele momento.

Publicação da tradução francesa do *Ulysses*, realizada a quatro mãos por Stuart Gilbert e Auguste Morel, com coordenação de Valery Larbaud e consultas ao autor.

1930 Primeiros problemas psiquiátricos de Lucia, que talvez tenham sido motivados pela rejeição de Beckett, por quem ela desenvolvera um interesse sentimental. Depois da morte de Joyce, Beckett continuaria a visitar Lucia, já internada, e chegou a doar a ela os direitos autorais de um texto que escrevera sobre Joyce.

1931 Casamento com Nora, movido basicamente pela preocupação com a estabilidade financeira dos filhos no futuro.

Morte, em Dublin, de seu pai, John Joyce. James não vai ao funeral.

1932 Nascimento de Stephen James Joyce, filho de Giorgio e único neto de Joyce. O intervalo de menos de dois meses entre a morte do pai e o nascimento do neto motiva um dos mais bonitos poemas de Joyce, *Ecce Puer* [Eis o menino].

1934 Depois de complexa batalha judicial para livrar o livro da acusação de obscenidade, o *Ulysses* é publicado pela primeira vez no mundo de língua inglesa, pela Random House, nos Estados Unidos.

1939 Publicação de *Finnegans Wake*, em Londres.

1940 A família abandona a Paris ocupada pelo Exército alemão e volta a Zurique.

1941 Com cinquenta e nove anos incompletos, Joyce morre no

dia 13 de janeiro, em Zurique, em decorrência de uma peritonite, depois de uma cirurgia para tratar uma úlcera perfurada. Está enterrado no cemitério Fluntern, na colina Züriberg, na mesma cidade.

1942 Primeira tradução (incompleta) de um conto de *Dublinenses* no Brasil, com "Os mortos" vertido por Tristão da Cunha (José Maria Leitão da Cunha Filho, 1878-1942) na *Revista do Brasil.*

1945 Primeira tradução brasileira, de José Geraldo Vieira (1897-1977), do *Retrato do artista quando jovem* (sem o artigo indefinido).

1946 Primeira publicação brasileira de trechos do *Ulysses*, traduzidos por Dalton Trevisan (1925-), na revista literária curitibana *Joaquim.*

1951 Morte de Nora Joyce.

1962 Primeira publicação brasileira de fragmentos do *Finnegans Wake*, traduzidos por Augusto (1931-) e Haroldo de Campos (1929-2003) em *Panaroma do Finnegans Wake.*

1964 Primeira tradução integral de *Dublinenses* no Brasil, por Hamilton Trevisan (1936-84).

1966 Primeira tradução integral de *Ulisses* no Brasil, por Antônio Houaiss (1915-99).

1967 Primeira adaptação cinematográfica do *Ulysses*, dirigida por Joseph Strick (1923-2010).
Adaptação de "Os mortos" para o teatro, por Hugh Leonard (1926-2009).

1976 Morte de Giorgio Joyce. Ele e a mãe estão enterrados com o pai em Zurique.

1977 Adaptação de *Um retrato do artista quando jovem* para o cinema, com direção de Joseph Strick.

1982 Morte de Lucia Joyce. Hospitalizada desde que suas crises esquizofrênicas se tornaram incontrolavelmente violentas, em 1936, Lucia sofreu um derrame no hospital inglês onde estava internada desde 1951. Em sua vida, Joyce se recusara a permitir que a filha ficasse internada "entre os ingleses".

1987 Lançamento de *Os vivos e os mortos*, último filme de John Huston (1906-87), baseado no conto final de

Dublinenses e largamente considerado um exemplo de adaptação literária para o cinema.

1999 Lançamento do curta-metragem *Araby*, de Dennis Courtney (1968-), baseado no conto "Arábias".

2000 Estreia de *James Joyce's The Dead*, musical de Shaun Davey (1948-), cujo libreto, assinado por Richard Nelson (1950-) e baseado também no conto "Os mortos", foi vencedor do prêmio Tony daquele ano.

2003 Conclusão da publicação da primeira tradução brasileira integral de *Finnegans Wake*, intitulada *Finnícius Revém*, por Donaldo Schüler (1932-).

Segunda adaptação de *Ulysses* para o cinema, o filme *Bloom*, de Sean Walsh.

Sugestões de leitura

AMARAL, Vitor Alevato do. "*Dubliners* in Brazilian and European Portuguese: the question of title translation in 'The Dead'". In: *ABEI Journal. The Brazilian Journal of Irish Studies*. São Paulo: Humanitas, n. 14, 2012, p. 43-54.

____. *Literalmente Joyce: Uma retradução de Dubliners*. Rio de Janeiro: UFRJ, 2013. Tese de doutoramento.

AMARANTE, Dirce Waltrick do & MEDEIROS, Sergio (org.). *James Joyce: De santos e sábios*. São Paulo: Iluminuras, 2012.

AMARANTE, Dirce Waltrick do & MEDEIROS, Sergio (org. e trad.). *James Joyce: Cartas a Nora*. São Paulo: Iluminuras, 2012.

BEACH, Sylvia. *Shakespeare and Company: Uma livraria na Paris do entreguerras*. Trad. de Cristiana Serra. Rio de Janeiro: Casa da Palavra, 2004.

BIRMINGHAM, Kevin. *The Most Dangerous Book: The Battle for James Joyce's Ulysses*. Nova York: Penguin Books, 2015.

BURGESS, Anthony. *Homem comum enfim: Uma introdução a James Joyce para o leitor comum*. Trad. de José Antonio Arantes. São Paulo: Companhia das Letras, 1994.

____. *Re Joyce*. Nova York, Londres: W. W. Norton, 2000.

CAMPOS, Augusto & Haroldo de. *Panaroma do Finnegans Wake*. São Paulo: Perspectiva, 2001.

ELLMANN, Richard. *James Joyce*. Trad. de Lya Luft. Rio de Janeiro: Globo, 1989.

GABLER, Hans Walter. Introduction. In: JOYCE, James. *Dub-*

liners. Margot Norris (org.); Hans Walter Gabler; Walter Hettche (ed.). Nova York: Norton, 2006, pp. xv-lxiii.

GALINDO, Caetano W. *Sim, eu digo sim: Uma visita guiada ao Ulysses de James Joyce*. São Paulo: Companhia das Letras, 2016.

GILBERT, Stuart. *James Joyce's Ulysses: A Study*. Nova York: Vintage,1952.

HART, Clive & HAYMAN, David (org.). *James Joyce's Ulysses: Critical Essays*. Jackson: University of California Press, 1977.

HEMINGWAY, Ernest. *Paris é uma festa*. Trad. de Ênio Silveira. Rio de Janeiro: Bertrand Brasil, 2013.

JOYCE, James. *Dublinenses*. Trad. de Hamilton Trevisan. Rio de Janeiro: Civilização Brasileira, 1964.

____. *Dublinenses*. Trad. de José Roberto O'Shea. São Paulo: Hedra, 2012.

____. *Dublinenses*. Trad. de Guilherme da Silva Braga. Porto Alegre: L&PM, 2012.

____. *Epifanias*. Trad. de Piero Eyben. São Paulo: Iluminuras, 2013.

____. *Exilados*. Trad. de Alípio Correia de Franca Neto. São Paulo: Iluminuras, 2003.

____. *Finn's Hotel*. Trad. de Caetano W. Galindo. São Paulo: Companhia das Letras, 2014.

____. *Finnícius Revém*. Trad. de Donaldo Schüler. São Paulo: Ateliê, 2003.

____. *Giacomo Joyce*. Trad. de Paulo Leminski. São Paulo: Brasiliense, 1985.

____. *Giacomo Joyce*. Trad. de José Antonio Arantes. São Paulo: Iluminuras, 1999.

____. *Giacomo Joyce*. Trad. de Roberto Schmitt-Prym. Porto Alegre: Bestiário, 2013.

____. *Giacomo Joyce*. Trad. de Caetano W. Galindo. Incluído em *Finn's Hotel*. São Paulo: Companhia das Letras, 2014.

____. *Os mortos*. Trad. de Caetano W. Galindo. São Paulo: Companhia das Letras, 2013.

____. *Música de câmara*. Trad. de Alípio Correia de Franca Neto. São Paulo: Iluminuras, 1998.

____. *Po'mas, pechinha*. Trad. de Marcelo Tápia. São Paulo: Timbre, 1986.

JOYCE, James. *Pomas, um tostão cada*. Trad. de Alípio Correia de Franca Neto. São Paulo: Iluminuras, 2001.

____. *Retrato do artista quando jovem*. Trad. de José Geraldo Vieira. Porto Alegre: Globo, 1945.

____. *Um retrato do artista quando jovem*. Trad. de Elton Mesquita. São Paulo: Hedra, 2013.

____. *Retrato do artista quando jovem*. Trad. de Guilherme da Silva Braga. Porto Alegre: L&PM, 2014.

____. *Um retrato do artista quando jovem*. Trad. de Caetano W. Galindo. São Paulo: Companhia das Letras, 2016.

____. *Stephen Herói*. Trad. de José Roberto O'Shea. São Paulo: Hedra, 2012.

____. *Ulisses*. Trad. de Antônio Houaiss. Rio de Janeiro: Civilização Brasileira, 1966.

____. *Ulisses*. Trad. de Bernardina da Silveira Pinheiro. Rio de Janeiro: Objetiva, 2005.

____. *Ulysses*. Trad. de Caetano W. Galindo. São Paulo: Companhia das Letras 2012.

KENNER, Hugh. *Ulysses*. Baltimore: Johns Hopkins University Press, 1987.

MADDOX, Brenda. *Nora*. Trad. de Carlos Daudt de Oliveira. São Paulo: Martins Fontes, 1991.

MUTRAN, Munira & TÁPIA, Marcelo. *Joyce no Brasil: Antologia Bloomsday 1988-1997*. São Paulo: Olavobrás/Abei, 1997.

James Joyce

Ulysses

Tradução de
CAETANO W. GALINDO
Introdução de
DECLAN KIBERD
Coordenação editorial de
PAULO HENRIQUES BRITTO

Um homem sai de casa pela manhã, cumpre com as tarefas do dia e, pela noite, retorna ao lar. Foi em torno deste esqueleto enganosamente simples, quase banal, que James Joyce elaborou o que veio a ser o grande romance do século XX.

Inspirado na *Odisseia* de Homero, *Ulysses* é ambientado em Dublin, e narra as aventuras de Leopold Bloom e seu amigo Stephen Dedalus ao longo do dia 16 de junho de 1904. Tal como o Ulisses homérico, Bloom precisa superar numerosos obstáculos e tentações até retornar ao apartamento na rua Eccles, onde sua mulher Molly o espera. Para criar esse personagem rico e vibrante, Joyce misturou numerosos estilos e referências culturais, num caleidoscópio de vozes que tem desafiado gerações de leitores e estudiosos ao redor do mundo.

O romance é um divisor de águas pelo êxito de Joyce em esticar e moldar a língua inglesa ao limite, a fim de retirar disso um retrato fiel, divertido e comovente do que se convencionou chamar de o "homem moderno". Na nova tradução, Caetano Galindo captou "a imensa gama de cores, registros, estilos, recursos e efeitos" de sua prosa revolucionária.

1ª EDIÇÃO [2018] 2 reimpressões

Esta obra foi composta em Sabon por Raul Loureiro e
impressa em ofsete pela Geográfica sobre papel Pólen Natural da
Suzano S.A. para a Editora Schwarcz em outubro de 2023

FSC
www.fsc.org
MISTO
Papel | Apoiando o manejo florestal responsável
FSC® C019498

A marca FSC® é a garantia de que a madeira utilizada na fabricação do papel deste livro provém de florestas que foram gerenciadas de maneira ambientalmente correta, socialmente justa e economicamente viável, além de outras fontes de origem controlada.